龙冈四规
——王阳明的人生法则

王华 著

LONGGANG SIGUI

贵州出版集团
贵州人民出版社

图书在版编目（CIP）数据

龙冈四规：王阳明的人生法则 / 王华著. -- 贵阳：贵州人民出版社，2022.5
 ISBN 978-7-221-17068-2

Ⅰ. ①龙… Ⅱ. ①王… Ⅲ. ①长篇历史小说－中国－当代 Ⅳ. ①I247.5

中国版本图书馆CIP数据核字(2022)第063621号

龙冈四规：王阳明的人生法则
Longgang Sigui:Wangyangming de Renshengfaze

王　华　/著

总 策 划	王　旭　谢亚鹏
出 版 人	王　旭
责任编辑	刘晓岚　刘　妮　郭予恒
装帧设计	陈　电

出版发行	贵州出版集团　贵州人民出版社
地　　址	贵阳市观山湖区会展东路SOHO办公区A座
印　　刷	深圳市新联美术印刷有限公司
规　　格	787mm×1092mm　1/16
字　　数	222千字
印　　张	15.5
版　　次	2022年5月第1版
印　　次	2022年5月第1次印刷
书　　号	ISBN 978-7-221-17068-2
定　　价	45.00元

本书获中共贵阳市委宣传部
2021年度贵阳市文艺创作重点项目扶持

目 录

前　言	001
第一章　龙场悟道	001
第二章　龙冈立规	099
第三章　贵阳传道	119
第四章　天泉证道	205
后　记	238

前言

我们做每一件事情，总存在一个"为什么做"的问题。关于"阳明学"研究的著作已经很多，也不乏经典，那么，我们今天要在这里谈他的"龙冈四规"，意义何在？

"龙冈四规"，即《教条示龙场诸生》，也就是王阳明在龙冈书院讲学时，对学生提出的"立志、勤学、改过、责善"四条学规。有史以来，学界也只把它当成了学生守则，忽略了它更深的价值和意义。当然，我们不能否认它首先的确只是四条学规，它继承了朱熹的《白鹿洞书院揭示》，但我们同样不能否认，它以其深刻的内涵超越了学规的意义——也就是说，它不仅仅是几条学规而已。

事实上，当我们读到"王阳明"和"龙冈"这样的关键词的时候，第一时间想到的，便是"龙场悟道"，悟出的是什么？全天下似乎只有一个答案：心即理、知行合一、致良知。这几个关键词勾勒出阳明心学的流变，但学界不能囿于这一流变的研究，而应加强对心学体系架构的整体性、综合性认识和把握。仔细琢磨时会发现，对龙场悟道、阳明三观、阳明心学体系等基本概念或者语焉不详，或者定义不确，使刚接触到阳明文化的初学者摸不着头脑，不得要领。很大程度上，都是因为《教条示龙场诸生》一文，遭到了忽略。

如果说，朱熹的《白鹿洞书院揭示》是希望通过教育建立起一种人文的良好秩序和生态，是告诉我们要做什么样的人，那么《教条示龙场诸生》不仅告诉我们要做什么样的人，还告诉了我们怎样才能做到。

立志。志不立，天下无可成之事。

勤学。不以聪慧警捷为高，而以勤确谦抑为上。

改过。不贵于无过，而贵于能改过。

责善。忠告而善道之，攻我之失者皆我师。

立什么志？圣贤志。抱什么样的态度？勤学、改过、责善。

与其说，龙冈四规是书院学规，是治学方略，不如说，它是一种人生态度。

这就要谈到它与龙场悟道的关系了。我们说，王阳明龙场悟道，悟到的是"心即理"——"圣人之道，吾性自足，向之求理于事物者误。"毋庸置疑，王阳明从此坚定了圣人之道的价值观，转向了吾性自足的世界观。那么龙冈四规是什么？是呼应于这种价值观和世界观的人生观。阳明三观的确立，即是阳明心学体系的雏形。因此龙冈四规，便必然地成为阳明心学体系的奠基性文献。

历史以来，学界一直停留于心学本体的研究，我们也只停留在"心即理"跟前感叹，并似有所悟。可当我们放下这些著述，那种顿悟就会随风而去，或遁隐回书本，或逃逸进虚渺，这就意味着我们永远只停留于研究，却无法践行。就像我们站在一座恢宏的建筑前指手画脚、夸夸其谈，自己却没法去建一座同样恢宏的建筑一样。那么龙冈四规就像建筑设计图，你必须照着它给予的路径和方法，才可到达"心即理"的境界。

前言

但它又不仅是一张建筑设计图。当我们抛开"心即理",龙冈四规依然是一个可以独立于人类的人文贡献。不论你生在哪个朝代、哪个国度,也不论你是一个什么样的人,你甚至不需要理解"心即理",但你只要照着这四规去做人,哪怕你做得不够好,你也能完成你的人格升华。倘若人人照此践行,又何愁社会无太平、无盛世?

习近平在纪念五四运动100周年大会上说:"新时代中国青年要树立远大理想。""青年志存高远,就能激发奋进潜力,青春岁月就不会像无舵之舟漂泊不定。正所谓'立志而圣则圣矣,立志而贤则贤矣'。青年的人生目标会有不同,职业选择也有差异,但只有把自己的小我融入祖国的大我、人民的大我之中,与时代同步伐、与人民共命运,才能更好实现人生价值、升华人生境界。"

至此我们已经很明白了,本书的目的,正是要我们正确认识龙冈四规,它不仅是学生法则,还应该是每个人的做人守则。你可以用它自勉,也可以用它勉人。

这或许是王阳明自己也没料到的一个结果,但它却是王阳明用半生的苦难和坚持换来的。倘若你能读完这部书,并且照着龙冈四规去做,你也就具备了某一天在某个时候突然悟道的资质了。

第一章 龙场悟道

1

要讲王阳明的故事,就必须讲到明朝的正德皇帝。这位皇帝登基时只有十五岁,他从小机智聪颖,可又喜欢玩乐,好勇逞强。他一生中做下的那些荒唐事,有人认为跟他的面相有关。据说这位皇帝眉眼分得很开,还生了一对吊脚眉;鼻头离上嘴唇很近,又生了一对招风耳。说的是,吊脚眉三角眼,山恶龙急穴歪斜。眉头向上尾向下,眼如三角淫奸诈。又说,鼻头下坠者,便是世俗小人。但朱厚照投胎于皇宫,两岁被立为太子,十五岁就做了天子,怎么能称世俗小人呢?于是又说,对于皇帝来说,便是"亲小人远君子"了。

不管这种说法正确与否,这位皇帝短短的一生,的确是荒淫无度,亲小人远君子的。这小人不是别人,是同这位皇帝一样有名的"八虎"之首——大太监刘瑾。

刘瑾六岁净身入宫,后来一直侍奉太子。这位太监虽为朝廷做事,心里却并无国家大局,满肚子都是自己升官发财那点儿鸡零狗碎,所以,每日只管讨太子欢心,由着太子胡作非为。太子年轻,小孩子玩心又重,自然更亲近这样的人。太子的成长过程中,是有专门的詹事府负责其教育和培养的，王阳明的父亲王华，便是朱厚照最主要的老师。可虽说师道尊严，却因为师生之间的地位特殊，又加上学生的无法无天，为师的在这里便并没有尊严可言。皇子不像世井中老百姓的孩子，成长过程中父亲承担最大的教育责任。皇子因为是皇子，父亲就不是父亲，只能是父皇，父子关系其实是君臣关系。再说了，皇帝日理万机，也没时间来管孩子。但老师也都是臣子，与其说让太子听老师的，倒不如说是老师听太子的，那些有关于为人处事的大道理，也都只能当谏言来说。既然是谏言，接不接受，便全看学生的心情了。爱玩是孩子的天性，又加上这孩子还是集三千宠爱于一身的任性孩子，那么老师的话，当然不如整日由着他性子闹的那些太监的话更中听了。

就在朱厚照登基的前一天，他的老师王华还跟他讲过《大学》里的"亲民"和"明明德"，朱厚照也说过自己将来做了皇帝会像爱家人一样爱自己的百姓，可登基后，他便让朝纲大乱，拿大臣们的生命开起了玩笑。

当然，这一切都与他身边有一位叫刘瑾的太监有着极大的关系。

1505年6月8日，御医为弘治皇帝下了病危通知书。刘瑾因为跟太子走得很近，所以也在第一时间便感觉到了这个预兆。当晚，太子进了乾清宫，那便是父子之间最后的告别了。那刘瑾，原本就野心勃勃，可当太监都当到快近花甲之年了，那令他垂涎八尺的权力，却依然离自己很遥远。他这些年之所以拼尽老脸巴结太子，就是为了自己有出头的那一天。用他自己的话说，是六岁就进宫做太监了，做了五十多年还是得夹着尾巴活人。不知道他为什么没法明白，为人臣，就得夹着尾巴做人的，难道他还想做皇帝吗？可你还真别小瞧了他，他还真想做皇帝，即便做不了皇帝，也得做一个相当于皇帝的人。

弘治是靠不上的，但太子年幼，还贪玩好乐，他又是长期侍奉太子的贴身太监，太子听他的，这才是他最大的希望所在。一般情况下，皇宫里最巴望皇帝早死的，都是太子，因为只有皇帝死了，太子才有出头之日。如果皇帝总不死，太子就只能熬着，那滋味可不好受。可在这里，巴望弘治早死的还有刘瑾，因为他眼看着自己寿数已不多，野心却不减，只盼着自己跪舔了半生的王朝，能给他一个翻身的日子。可以说，这皇宫里除了御医，没有人比他刘瑾更关注弘治皇帝的健康了。就像一个把全部希望都寄托于庄稼的农民，能用鼻子闻出气候的变化一样，刘瑾几乎能用毛孔感知到皇宫里的气候变化，当弘治终于气息奄奄，他甚至先于太子预感到了皇帝的不祥。当太子深夜被叫进乾清宫，他便知道，自己的机会终于来了。

于是，太子前脚一走，他便召集了东宫太监谷大用、丘聚、马永成、罗祥和高凤等人，密谋起太子登基后的大事来。因为他们是八个人，所以他一开始称他们是"八仙"。但又因为他们活得并非像神仙那般快活，所以很快他又否定了这种说法，而改称"八虎"。

关于太监立志于治理天下，他们是有前辈榜样的。秦朝有赵高、汉代有十常侍、唐代有鱼朝恩、宋代有郭槐，更近的，还有他们本朝的王振。用刘瑾的话说，治理天下用的是脑子，又不是裤裆。意思是说，他们虽然是太监，但只要能手握大权，便同样能治理天下。

至于怎样才能手握大权，刘瑾说起这话来的时候，还特意加上了一个在空中抓握的手势，那劲儿，一点都不比一个真正的壮汉小。

那个手势配的是这样一句狂话："太子登基后，天下就是他的了，只要我们把太子紧紧抓在手中，不就等于把天下攥在手中了？"

在座的，也都是太子宫中行走的太监，谁不了解太子呢？就一十几岁不懂事的小孩子，他们"八虎"想把他拿住，还是什么难事吗？于是就都信心十足，甚至早早就看见了自己的权位，东厂、西厂、京军十二营、边军十三省等等。有人甚至已经开始盘算自己当权后该起用哪些人，该照顾哪些亲戚了。

因为是刘瑾带的头，大家都推举他为"八虎"之首，甘愿受他的领导。刘瑾又是那般地尽职尽责，当即就做起了安排：张永跟他左右，同他一起照应大局；谷大用负责把新皇帝哄好，好到什么程度呢，最好是让他乐得忘乎所以，不理朝纲；高凤、罗祥两小太监负责关注新皇帝的新喜好，以便于他们及时地投其所好……

也难怪，这刘瑾也是有偶像的，这偶像不是别人，正是秦朝的赵高公公。这晚的密谋活动，竟以跪拜赵高公公为压轴，那刘瑾竟然私藏了一尊赵高的塑像，这会儿为了加固他的联盟，他竟拿出赵高像来，让大家三跪九拜，立下了"八结义誓言"，并喝了血酒。

果不出刘瑾所料，第二天早上，就传来了弘治皇帝驾崩的消息。一时间，天下缟素，举国悲痛，唯有东宫"八虎"偷着乐。

传位诏书已经颁布，只等朱厚照守完二十七天孝便是登基大典了。可朱厚照忍耐到第五天，就不想再忍受那身粗麻布孝服和那套繁重的礼制了。为了讨得他的欢心，刘瑾他们不仅不规劝，反而纵容他脱掉孝服，换上登基礼服一通玩闹。

国不可一日无君，朝廷也没让朱厚照守满二十七天，便让他登基了。从此，朱厚照结束了他的太子生涯，做起了正德皇帝。

登基典礼才刚进行，那"八虎"便早早地肃立于宫门前恭候着了。典礼一结束，新皇帝刚回宫，"八虎"便齐刷刷趴地上喊起了"恭喜万岁爷""万岁万岁万万岁"来。

新皇帝一高兴，当即就都行了赏。那刘瑾原本想来点儿与众不同的表现，多磕了几个头，还做出一番想学比干掏心的绝对忠诚，于是新皇帝来了兴致，差点儿让他假戏真做，要了性命。但这场有惊无险的瞎闹之后，新皇帝竟然真把刘瑾当比干了。自那以后，刘瑾说的话他都听，更何况那刘瑾说的，又全都是他喜欢听的话。

登基不满一月，刘瑾便将新皇帝泡进了声色场所。皇宫虽是宫娥无数，但皇宫里却也礼制森严，宫娥们也都矜持得慌。而青楼，则是一个完全不需要礼数，完全不需要矜持的地方。新皇帝很快就迷上了青楼，至于国家大事，他已经想不起它来了。都知道，做皇帝是很辛苦的，每日早早就得上朝，很晚还在批奏章。可正德皇帝半月才上一次朝，批阅奏章这类大事，也全权委托给刘瑾了。

新皇帝的荒唐行为，早已经传得满城风雨，监察部门一百多位御史早已如坐针毡，几十位给事中也早已经心如猫抓。谏言、奏章成车送入内阁，但司礼太监根本见不着新皇帝的面儿，能见到的只有刘瑾。刘瑾拿到这些谏言、奏章先自己偷着看上一遍，再选一些自认为恰当的，在一个恰当的时候（比如皇帝玩够了也歇够了的时候）再转给正德皇帝。

谏言全是针对他荒淫无度、不顾皇家尊严、不理朝政的。对于言官们来说，是披肝沥胆的忠言，但对于皇帝来说，却是大逆不道、胆大包天的指责。选来选去，都是这个话题，是不是恰当，哪一个才恰当，倒有些为难刘瑾了。刘瑾不是不知道，这样的谏言，皇帝看了是会发怒的，也不是没想到过这些谏言将会给自己带来麻烦，但他不能全部压下，一个也不呈。倒是皇帝身上那股子逆反劲儿，帮了他的大忙。这些奏章到了皇帝眼前，竟是那般刺他的眼，逆他的耳，于是他掀翻了案桌，将奏章天女散花，咆哮道："食色，性也！朕也是人！"

刘瑾则趁机进言："万岁爷别生气，这件事儿解决起来非常简单。既然不让万岁爷逛青楼，那万岁爷何不在宫内建它一座？咱们就建它一条街市，吃的、喝的、玩的全有。只要万岁爷不出皇宫，朝臣们也就无话可说了。"

正德皇帝听了这话，自然是喜不自胜，可转脸又愁起来——建这样的东西，户部是不会拨钱的。

刘瑾却说："户部不给拨款，我们自己挣钱来修。"

而他的所谓挣钱路数，无非是坐镇京师卖官、在京师周边圈地，或垄断倒买倒卖，同时还截留户部的贡银。不管是什么办法，都打的是皇家的牌子，扯的是皇家的大旗，他们一边堂而皇之地为皇帝赚着钱，一边名正言顺地中饱私囊。

而他们的新皇帝，则由着"八虎"胡作非为，只要没人阻拦他逍遥玩耍，每日只管遛狗玩鸟，泡妓院。这还不满足，还催命似的催着刘瑾建宫内街市。

皇帝胡闹，户部银根紧缩，已经揭不开锅，于是，再一次发生了九卿联奏的盛况。

2

这一次，大九卿六部尚书、督御史、通政使、大理寺卿；小九卿太常寺卿、太仆寺卿、光禄寺卿、詹事府詹事、翰林学士、鸿胪寺卿、国子监祭酒、苑马寺卿、尚宝寺卿几十人的联名上奏，可不仅仅是为了谏劝皇帝的荒唐行为，还要求诛杀"八虎"。"八虎"祸乱朝廷，已经不再藏着掖着，而是明目张胆。那刘瑾，已经一天比一天嚣张跋扈，此害不除，朝廷将大难临头矣。

按理说，这次是满朝大臣的联署，气势上远比"八虎"来得浩荡吧？因为先前的教训，这一次的奏章没按原本的程序呈送，奏章到了内阁后，内阁三位阁老刘健、谢迁、李东阳再附了一份奏章，算是更加强调了一下，然后才由司礼监太监王岳亲手呈送到皇帝手上。刘瑾再能，也还有王岳这样没被他拉拢的吧？这里朝臣们一边庆幸着这一点，一边满心希望地等着圣上宣布诛杀"八虎"呢，可等来的却是一道王岳被革职，刘瑾任司礼监太监的圣旨。敢情不仅诛杀不成，还提升成千岁了。内阁的阁老们告半天状，原告没被告倒，反成了他们的顶头上司，这下算是名正言顺地骑他们头上了。往后的日子，可想而知了。往日，夹着尾巴替皇帝做事，好歹还可以忍受，现在要他们夹着尾巴听命于刘瑾这龌龊小人，他们可受不了这侮辱。于是，三阁老又联名上奏，辞职不干了。

中国人讲究礼数，辞职报告大多都是要经过三次劝留才批的。可正德皇帝不喜欢玩虚情假意，上午报告呈上来，下午他就批准了。当然，他留下了李东阳。正德皇帝虽说爱胡闹，但并不代表他完全没脑子。要是将计就计全部清空内阁，那是说不过去的。留下一个，他也好跟朝廷交代。三人除去了两人，剩下这一位孤零零的，也翻不起什么浪来。更何况，那俩空出的位置，很快就被他安插了自己的人，你李东阳还能干什么呢？

不仅如此，自这次联奏以后，户部也被洗了牌，户部郎中李梦阳先是坐牢，后又被贬回老家了。

这就要说到王阳明了。

这李梦阳，不仅做着户部的官，平时还喜作诗。他要返乡，诗友们便都来送行。这群诗友中，就有王阳明。

当时王阳明只是个兵部主事，正六品，朝廷大事，轮不上他谏言，可就因为有了这次送行，又因为紧接着朝廷就下达了要逮捕南京联署劝谏奏疏的官员，他还是写了一份奏章。

要知道，南京那三十多位可都是给事中或御史啊，这其中的史良佐等几位，还是王阳明同年的进士。给事中也好，御史也罢，不都是言官，职责不都是谏言吗？可他们的尽职尽责换来的，却不是奖赏，而是罪罚。

当然，如果是别人，这又关他什么事呢？自己明哲保身，但求安稳得了。可王阳明不是别人啊！王阳明从小就立志做圣贤，见了这种事，岂有坐视不管之理？朝廷乱成这样，说明圣上身边没有一个明理之人了。如今，言官们又都给一锅端了，谁来给圣上敲警钟呢？自然轮到他王阳明了。

与李梦阳他们不同的是，王阳明觉得，谏言是谏言，但应该讲究方式方法。忠言逆耳，往往是因为这忠言去得鲁莽，出得尖锐了。同样的话，不同的语气说出来，效果会不一样，所以说，我们对平常人还得注意语气，更何况是对圣上呢。

于是，他写下了《乞宥言官去权奸以章圣德疏》：

"臣闻君仁则臣直。大舜之所以圣，以能隐恶而扬善也。臣迩者窃见陛下以南京户科给事中戴铣等上言时事，特敕锦衣卫差官校拿解赴京。臣不知所言之当理与否，意其间必有触冒忌讳，上干雷霆之怒者。但铣等职居谏司，以言为责；其言而善，自宜嘉纳施行；如其未善，亦宜包容隐覆，以开忠说之路。乃今赫然下令，远事拘囚，在陛下之心，不过少示惩创，使其后日不敢轻率妄有论列，非果有意怒绝之也。下民无知，妄生疑惧，臣切惜之！今在廷之臣，莫不以此举为非宜，然而莫敢为陛下言者，岂其无忧国爱君之心哉？惧陛下复以罪铣等者罪之，则非惟无补于国事，而徒足以增陛下之过举耳。然则自是而后，虽有上关宗社危疑不制之事，陛下孰从而闻之？陛下聪明超绝，苟念及此，宁不寒心！况今天时冻沍，万一差去官校督束过严，铣等在道或致失所，遂填沟壑，使陛下有杀谏臣之名，兴群臣纷纷之议，其时陛下必将追咎左右莫有言者，则既晚矣。伏愿陛下追收前旨，使铣等仍旧供职，扩大公无我之仁，明改过不吝之勇。圣德昭布远迩，人民胥悦，岂不休哉！

臣又惟君者，元首也；臣者，耳目手足也。陛下思耳目之不可使壅塞，手足之不可使痿痹，必将恻然而有所不忍。臣承乏下僚，僭言实罪。伏睹陛下明旨有'政事得失，许诸人直言无隐'之条，故敢昧死为陛下一言。伏惟俯垂宥察，不胜干冒战栗之至！"

这份奏章用了十分委婉的语气提醒正德皇帝，言官的职责就是谏言，还恭维说，只有在皇帝仁慈明理的情况下，言官才敢直言。就是说，当下能发生满朝百官联名上奏的情况，全因为皇帝的圣明。如若怪罪这些言官，那今后皇帝想听真话，就听不到了。

可这份奏章根本就没到达皇帝那里，那会儿所有的奏章都是先到刘瑾手上。刘瑾见到这份奏章之后，还有些看不明白——之前那些奏章，篇篇言辞犀利，字字如刀般直指他刘瑾，可这个奏章，却只字不提他刘瑾，只说不该怪罪南京那帮言官。那么，该如何看待这个奏章呢？

刘瑾读书少，做了千岁后，身边却不乏阿谀逢迎的伪读书人。于是，他将这些人召集到身边，想听听别人的意见。这其中就有王阳明的顶头上司，兵部尚书刘宇。这家伙本身就是因为行贿了刘瑾，才得到这个权位的，这下看了王阳明的奏章，连吓带气，趴地上磕完头，就要撕毁奏章。却被刘瑾制止了。

刘宇说:"求千岁恕小人管教不严,容我撕了这奏章,就权当王守仁那小官根本没有上奏过。"

刘瑾却示意小太监夺过那份奏章,并意味深长地看着刘宇说:"留着吧。我看这上头只字未提本人,它并没那么可怕。"

刘宇赶紧接着磕头,脑袋忙着磕头,嘴上也不敢闲着。他说:"千岁爷说得是,这小官只字不敢提千岁大人,可见胆小如鼠,回头我教训教训他,也就没事儿了。"

又说:"只是,千岁才刚让京师这帮不知天高地厚的言官消停了,南京那边又兴风作浪起来。您这里还没拿他们怎么样呢,这小官竟然跑到这里帮他们求起情来了,这样的奏章,虽只字未提千岁爷您,但留着不是让千岁爷生气吗?"

刘瑾说:"一个读书人说了几句温暾话,我倒不见得那么没肚量。不过我又想,这一小小的兵部主事,竟然敢上书朝廷,难道仅仅因为他胆子大?"

刘宇说:"千岁可别小看这个小官,他可不是一般的读书人。这人学问大,诗词歌赋样样精通,学术方面也很精湛,世人都以能得到他的诗文为荣,是天下读书人的偶像。所以,下官怕的倒不是他这一纸奏章,即是他这个行动带来的影响。"

一边的王云凤一下就看到了插嘴的时机,他身为国子监祭酒,管的就是宣传工作,经刘宇这么一说,还不敏感地想到"名人效应"这个词儿?

于是他赶紧磕头建言:"既如此,千岁何不将此人拉拢过来?据下官所知,此人在学界的确具有很强的影响力。"

刘瑾皱着眉头想了想,说:"那就先抓了吧。"

于是当天晚上,王阳明就进了诏狱。

3

诏狱是明朝时期特有的一种监狱，据说它是用来专门关押皇帝直接下诏抓来的人，不受三法司管辖，只由锦衣卫负责。抓捕、审讯、行刑都是由锦衣卫实施。刑部、大理寺、都察院是无权过问的。而今皇帝不问朝政，多数时间都是刘瑾在行使着皇权，那么刘瑾抓来的人自然也是进诏狱了。

诏狱原本只关押九卿、郡守一级的二千石高官，通常的小官和平民百姓是没有资格住进去的。单从这一点来讲，王阳明倒是受到抬举了。据说，但凡被抓进诏狱的人，死活完全由皇帝一人决定，此时王阳明的死活，显然完全由刘瑾来决定了。刘瑾要他死，随时就可能拖出去杖毙了。要他活，也得是在里头煎熬上一辈子，沦落个生不如死。

诏狱内设有十八种酷刑——拶指、夹棍、剥皮、割舌、断脊、堕指、刺心、琵琶、贴加官等，这些酷刑是专门用来侍候犯人的。你有没有罪，你说了不算，得这些刑具说了算。

因为是晚上，王阳明都没能看清诏狱长什么样子。拖他入狱的两名锦衣卫，也都是凭着身后一个火把照路。好在他们都像熟悉自己的身体一样熟悉这里，脚下并不磕绊。不知出于什么心理，王阳明竟十分庆幸这一点。当他最终被像扔石头一样扔进监狱的时候，他听见自己身下发出了一声惨叫，原来是他不由自主之中，压着了一只老鼠。送他入狱的火把早已经离他而去，四周黑得伸手不见五指，黑暗中他只能摸到身下的乱草，而那只倒霉的老鼠不知道是不是已经挣扎着逃离了这个危险之地。他不敢乱摸，怕摸着那惨遭自己伤害的老鼠，给回报上一口。他试着一动不动地坐了那么一会儿，他希望那只老鼠能利用这个时间安然离开。

隔壁有了响动，窸窸窣窣的，他开始以为是狱友，以为别人会问："隔壁来的是谁？"他做好准备要大大方方告诉人家："这里来的是兵部主事王守仁也。"但这样的事情并没有发生，于是他想：那动静可能还是老鼠弄出来的吧。

在兵部做事,他不是没有听说过诏狱的恐怖。这里除了五花八门千奇百怪的酷刑之外,就是老鼠了。这种阴暗肮脏的地方,原本就是老鼠们的天堂。就老鼠而言,它们根本就不懂得监狱为何物,只知道这里是它们的地盘,人进到这里,对于它们来说,就近乎一种侵犯。更何况,胆小如鼠,那都是无知者的看法,你要是进过诏狱,就一定不会说这种傻话了——这里的老鼠,是敢吃活人的。

很显然,王阳明这是第一时间就跟老鼠遇上了。他下意识地想到了防范,摸摸脚,鞋还在,摸摸身上,衣服也还是完整的,那么,只有头脸和双手是露在外面的了。动动屁股,没发现下面有什么异样,那就证明屁股下面是安全的。那么,今天晚上,只要自己不动屁股,不把双手和头脸置于老鼠伸嘴就能够得着的地方,就问题不大。那就不能睡觉。幸好他年少时便练就了一身打坐的功夫,一直以来,每天又都坚持打坐的。这下干脆两腿一盘,闭眼打起坐来。

他是稀里糊涂就来到这里的。事实上他根本想不到自己那纸温文尔雅的奏章会给自己带来牢狱之灾,他原本就是为了避免激怒正德皇帝、为了避免激怒刘瑾,才那样写的。作为一个七尺男儿,他也想要那种直言不讳、疾恶如仇的快感,但作为一个读书人,他又希望能够用温婉的办法解决问题,以避免惹来不必要的祸端。奏章递上去之后,他还安安心心读着自己的书呢。不曾想,自己那原本就不太结实的家门"哐"的一声被人踢开了,一股邪风当即就刮灭了他书案上的一支蜡烛,他还没反应过来,就已经被人架上,不由分说地拖走了。

这会儿,他算是明白,他们的正德皇帝,是真的油盐不进了。

平日打坐,是为了静心。处境平安,内心尚且还需要刻意收拾才能平静,更何况是这种情况呢。都说这诏狱只要进来了,就没有出去的可能了,要么被那些刑具折磨死,要么就是被拖出去杖毙了事。这诏狱,是一个临时羁押犯人的地方,所谓临时,指的就是皇帝处置这里的犯人有着很大的随意性,一般来这里的,都是皇帝急于处置的犯人。除非进来后就被皇帝遗忘了,便有可能在此长住。这种例子也是有的,有在这里待了十八年的,也有三十多年的……一股不知从哪里飘来的恶臭突然灌进鼻子，他不禁想，自己这样一个小官，实在算不上刘瑾的威胁，怕只怕这一抓进来就给遗忘了，他就得在这样的地方生不如死地活着，那还不如死了好呢。可谁又真是不怕死的呢？尤其这样死，还是冤死……身边又有了响动，听似老鼠的动静，那东西是想来偷袭自己呢，还是打此路过？正想着，腿上已经感觉到它了，它敢情干脆爬到他腿上来了，他一吓，腿一抖，老鼠"吱吱"逃了。王阳明的心，"咚咚"狂跳，再次静下来，又是半个时辰后的事了。

不管如何，这一晚总算是熬过来了。

当天光从那一米见方的窗户洞洒进来，王阳明终于看清了自己所待的这间牢狱的样子——十尺见方，靠墙有三四个草窝，显然这是可容三四个犯人的大监。因为地面长期潮湿，铺草散发着霉味，靠墙的地方，干草上甚至长着白毛，霉草间，依稀还能看到蘑菇的身影。对面的墙角，放着一只粪桶，昨晚的恶臭味儿，应该是从那里散发出来的。幸好牢门是圆木条的，空气还可以从那里流通。

他不知道接下来这天他将面临什么，一般情况下，犯人进来都得先挨一顿刑，那叫"接风"，其实就是狱卒的发泄。狱卒们整日整日地生活在这个阴暗的地方，内心也跟他们所处的环境一样阴暗。事实上，犯人还有离开这个地方的时候，他们却不一定有。多数狱卒，是要在这里待上一辈子的。所以，与其说这里是关押犯人的地方，倒还不如说是狱卒和犯人共同的监牢。因此这里是不可能有"仁"这种东西的，狱卒们心火往往都重，这些火要怎么发泄，那就是找犯人了。这诏狱里的刑具，就权当他们的玩具了。

"那么，这帮狱卒会用什么刑罚为我'接风'呢？"王阳明寻思。

从门缝里，他依稀能看到对面牢里歪着一个披头散发、遍体鳞伤的汉子。他走到牢门口，希望能跟他打个招呼，不管如何，这也算是对门对户了。虽不认识，但打上招呼不就认识了吗。可那人看上去悄无声息，身边还有两只老鼠鬼鬼祟祟，他薅着手吼喊着替那人赶跑老鼠，依然不见那人有半点儿动静。这样，他就不得不怀疑，那人已经死了。显然又是一个得罪了刘瑾的人。可此人是谁呢？真恨自己识人太少，竟不知道他姓甚名谁，生生错过一位好汉了。

果不出他所料，一个多时辰后，狱卒们来拖那人去用刑，才发现他已经不需要用刑了。看着两个锦衣卫将那人的尸体拖了出去，王阳明不禁心如死灰地想：那么，我是不是也就这个下场呢？

人世间的事情还真是难以预料，王阳明的父亲曾经是正德皇帝的老师，可一回头，王阳明就栽进了正德皇帝的诏狱。如果这也是缘分，那这种缘分也只能是孽缘了。可话又说回来，又恰恰是因为他父亲曾经是正德皇帝的老师，才又得到了刘瑾的一份关照。

国子监祭酒王云凤告诉刘瑾："这王守仁的父亲一直是如今的万岁爷的老师海日翁，万岁爷登基后，让他到南京做了吏部尚书，虽是闲职，但也体现了万岁爷对他的重视。如果千岁爷像对待其他乱党那样对待王阳明，今后让万岁爷知道了这件事情，难保不会怪罪于千岁。"

刘瑾想都不用想，就知道这话很有道理，而且经这一提醒，他也才搞清楚这王守仁和当初那位既给先帝上课又给太子上课的老师，竟然是父子关系。即便刘瑾是个草莽，又内心奸诈，也还是敬佩海日翁这样的人的。能教太子读书的人已经很了不起，何况还要同时给皇帝讲课？

刘瑾立刻宣来锦衣卫，要他到诏狱里阻止狱卒们为王阳明"接风"。末了才问王云凤："昨天你说这个人拉拢过来会有好处？"

王云凤说："千岁英明，千岁要治理天下，光靠锦衣卫那些武夫是不够的。还是得笼络天下文人，让这些文人忠心臣服，才算完美呀。"

刘瑾点着头，若有所思地说："此人有多大能耐，我倒还不曾见识过，不过他父亲，那号为海日翁的翰林，我可是亲自听过他给当今万岁上课的。"

王云凤说："常言说，'有其父，必有其子'哩，论学问，这王守仁不在其父之下，但论才气，他又远胜于他的父亲。"

刘瑾说："如此说来，这王守仁还真有利用价值？"

王云凤说："有，太有利用价值了。"

刘瑾一提气，命令身边的小太监："宣兵部尚书刘宇来见。"

半炷香的时间不到,刘宇就气喘吁吁跪伏到刘瑾面前了。刘瑾不等他起身,便下令他到狱中招降王阳明来了。

4

刘宇来的时候带了酒菜。一到牢门口,他便摆出一副不平的样子冲着狱卒喝喊:"还不快快打开牢门!"

狱卒上前开门,他又假装生气地打起了抱不平,说:"天啊!你们竟然没有给你们的王大人一点照顾,回头小心你们的皮!"

刘宇和王阳明透过门缝四目相对,刘宇摆的是一副上司的派头,王阳明则是一脸的意外。

开了门,刘宇正要往里进,却被突然冲起的一股恶臭给熏得又往后退了一步。随从跟在他身后,手上拎着个篮子,他这一退,两人就撞上了。这一撞,刘宇差一点儿摔了跤,幸好身后的随从伸手顶住了他将仰翻的身子,他才又站稳了。

忍了忍,他命令随从开路,憋着气进来了。王阳明靠边微微颔首侍立,这是下级面对上级时的礼节。刘宇捂着鼻子进了牢门,却找不到一个坐的地方,于是,又回头冲狱卒喊:"还不赶快看座!"

话音刚落,那边两小狱卒已经屁颠颠端着两凳子跑来了。刚放下凳子,刘宇又喊起来:"要两个凳子干吗!找死!"那小狱卒早吓飞了魂儿,又赶紧搬了一个凳子逃开。这牢里现在是一上司一下属,难道你要他们平起平坐?那里正逃,这里刘宇又喊起来了,虽然用不着两个凳子,但好歹得有个桌子摆放酒菜吧?于是,狱卒又屁颠颠拿来一张简陋的小桌子。

这么折腾了一番,刘宇总算是气顺了。一边命随从摆酒菜,一边乜着王阳明连嘲带讽地说道:"啧啧啧,这是人待的地方吗?你看你……"往下的话,他没有继续。王阳明也无心听,他心里一直在犯嘀咕:这上司是攀附上了刘瑾后，才上任来的，跟自己并不同气。因为上司的靠山是刘瑾，他平日里都是高高在上，并不待见部下的。那么他今日来此的目的是什么呢？若是来提我，又带着酒菜……怕不是……刘瑾派他来赏我最后一顿饭？

王阳明正想得心往下沉，随从那里酒菜已经摆好了。刘宇将随从赶走，一屁股坐到了唯一的那张凳子上，倒好像他是要来这里自斟自酌似的。他驾起了二郎腿，还惬意地晃着架起的那条腿，一副消遣的样子。虽已和王阳明面对面，但他依然要斜着眼乜视王阳明。

"你让我怎么说呢？"他看上去真像是不知道说什么才好。

王阳明虽不知他葫芦里卖什么药，但还是照着礼数向这位上司深深鞠了个躬作了个揖，而后依然颔首肃立于一边。他没有看对面那双眼睛，他只看着他们之间那块地面，那里有一块黄斑，有点像粪便残留的污秽。

"你说你吧，好好的兵部主事，正事不干，却非要上什么奏，你以为你是谁呢？"看样子，刘宇终于知道说什么了。

王阳明认真看了他一眼，意思是愿闻其详。

刘宇说："你知道这一招得罪了谁吗？"

王阳明没吭声。这还用问吗？

刘宇突然击了一下桌子，就像这件事情得罪的是他一样。因为用力太猛，那碗黑乎乎的肉吓得一跳，碗里的酒也撒了出来。

"你得罪了刘公公刘千岁，你知道吗？！"他喊道。

王阳明脸上不经意地闪过一缕讥笑，他想说，曾几何时，堂堂一兵部尚书竟怕起一阉人来了？

刘宇不迟钝，一下子就把他这个表情抓住了。于是，他也挑起嘴角冷笑，而且还是从从容容、不慌不忙的，不像王阳明的那样一闪即逝。

他说："识时务者为俊杰。"他觉得这句话足以点明自己的意图了。

这之后，他的气性似乎小了些，语气也不再那么火爆了，听上去甚至有点语重心长。他说："你得罪了刘公公倒在其次，可你知不知道，你连累了我，还连累了你的父亲。"

王阳明这样的人，怕的正是这样的果，尤其当他听说自己连累了父亲，便脸都白了。

刘宇见有了效果，便继续："就昨天，我挨了刘公公的责骂，同时我还被罚了一千石粮。至于你父亲，就不知道将受到什么样的惩罚了。"说完刘宇装了一副哭丧的表情在脸上，眼睛却始终觑视着王阳明，生怕错过了王阳明任何一个表情。

正是他的眼睛暴露了他。那王阳明原本已经傻那儿了，可他立即就从上司的眼神儿里看到了蹊跷，再看看那一桌酒菜，王阳明便小心地问道："那……大人这是要为我送行了？"

刘宇弱弱一怔，后又大笑起来，一时也没想太多，就说："你想错了，大人我不是来给你送行，是受命慰问你来了。"

王阳明一脸意外："慰问？"

又问："大人是受谁的命？刘公公的？可……我不是得罪他了？"

刘宇突然意识到自己的话出现了前后矛盾，心里尴尬，只好强打哈哈，说："刘公公大人大量，这是为了给你小子机会。"这一慌张，口齿就不讲究了，话里也带上了江湖气息。

王阳明倒不在意这个，他是真心想知道刘瑾要给自己什么样的机会。

于是，刘宇便离开了那在这里唯一能代表着权威的凳子，不惜放下架子走到王阳明身边，倾身凑到他耳边悄声说："你只要悔过，并保证从此跟随于刘公公，此过便可一笔勾销。"

王阳明也用的是耳语的语气，但话却问得直杠杠的："过？我有什么过？"

刘宇一愣，狠声道："你小子是真糊涂还是假装糊涂？"

王阳明说："我是真糊涂。"

刘宇瞪他一眼，气得不行，他甩了两下袖子，大有要撂下他拂袖而去的意思，可末了又转回到他身边来了。

他说："既然你小子是真糊涂，那我现在明确告诉你：你得罪了刘公公，刘公公可以不计较，但前提是你得从此效命于刘公公。"

王阳明说："那怎么行？我这里刚说完他的不是，转身又说愿意效命于他，他信吗？"

　　刘宇没听出这话里头的讥讽，以为他是真的脑子转不过弯，便开解道："只要你真心效命，前面说过的那些傻话，根本就不算什么。"

　　王阳明问："怎样才叫真心效命呢，是像大人您这样吗？"

　　不知道刘宇这样的人，是不是也还有那么点儿羞耻心，他竟红了脸。但那当然是转瞬即逝的事情，很快他就自然起来。他说："刘公公是看你小子有份才气，千岁爷识才，也惜才，这是希望你痛改前非，重新做人呢。"

　　王阳明深叹了一口气，没有吭声。

　　刘宇问："你想说什么？"

　　王阳明长叹一声道："曾几何时，为国效命倒成了大逆不道，为一小人效命倒成了'重新做人'了！"

　　刘宇急得一瞪眼，想说什么，却无奈语塞，完了跺了一脚，说了声"你等着"，便甩门而出了。

5

　　王阳明知道刘宇这一去，自己将等来什么。但奇怪的是他没有害怕。倒是那一桌子酒肉，还有刘宇那一席话令他悲哀不已。可谓"人上一百，形形色色"，朝廷何以能让刘瑾那样的小人当道，就看看刘宇这样的人吧！

　　不过，他的多愁善感很快就得宣告结束。因为不到半盏茶的时间，锦衣卫就拿他来了。两人也没告诉他这是要去哪里，不容分说，架了他就走。他那副清瘦的身子骨，对于两名健壮的锦衣卫来说，简直就像捉一只鸡那般轻松。王阳明不禁眼前一黑，心想这下完了，怕是要去见阎王了。都怪自己图一时嘴快，激怒了小人。要是言词温和一点，好歹能有机会和父亲告个别呢……

这么想着，他已经被拖到了行刑室。在两名锦衣卫将他横绑到一条长板凳上的时间，他环视了一下这间行刑室：门楣上挂着一个巨大的虎头，虎嘴向两边伸出长长的獠牙，除此之外，这间屋子便再没有别的装饰了。剩下的，便是按各种需求放置于各个地方的各种刑具。他其实还想看看自己身下这张板凳的，因为他很想知道自己将要受的是什么刑，但别人已经不容他东张西望了，他们将他五花大绑后，在他脸上贴了一张麻纸，他想看也没法看了。

但他还是忍不住要问："这是什么刑呢？"

这话令正忙着行刑的几个锦衣卫好不意外，因为他们所见过的，这种时候都没问过这种话。这种时候，多数人都是在骂人，不然就是在求饶，他们还从来没见过求知欲这么强的。于是他们先放下手上的活，开心大笑了一场。完了才告诉王阳明："你放心，这是诏狱里最文明的一种刑法，叫'贴加官'。刘公公看你是个学问人，很赏识你，特意叮嘱我们用最文明的刑法来侍候你。"

王阳明心里一沉，他是听说过这种刑法的，这种刑法的确不像别的刑法那般粗暴血腥，刑具也就是一张麻纸一口水，但犯人的死法，却是最痛苦的一种了。

他这么想着的时候，有人已经"噗"地往他脸上喷了一口水，纸一湿，便紧紧地闷住了口鼻，他无法呼吸，只能屏住呼吸。好歹这第一关还能坚持，不至于丢了一个读书人的尊严。但紧接着锦衣卫就往他脸上贴上了第二张麻纸，喷了第二口水，并唱了起来："给大人升五品官啊，大人不已经是六品了吗……大人要是想明白了，就一齐蹬双腿……"

第三张又上去了："给大人升四品官啊！噗——"

王阳明不由自主地蹬了蹬腿，或许真的是两腿一齐蹬的，行刑者停了下来，慢条斯理地问："大人是想明白了？"

王阳明此时脑子闷得像将爆的气球，什么也听不见，他是在做本能的垂死挣扎。行刑者拿掉了他脸上的纸，只见他垂死般瞪着两眼，大口吐气，咳个不停。行刑者倒显得极具耐性，直等他缓过劲来，才又一次问他："大人是想明白了？"

怕他不明白这话，又追加了一句："答应从此效命于刘公公了？"

待缓过气来，王阳明的脸又由先前的死白走向了另一个极端——红得像颗刚升起的太阳似的。

"闷死我吧！"他大脑完全空白，内心却清醒得很。

行刑者一生气，麻纸迅速回到脸上，继续给他升三品、二品。

正要升二品，刘瑾和刘宇、王云凤，就都来了。这当然是早设置好的程序：刑该上到哪个分寸，该上到哪儿，他们该在哪个时间出场。说白了，他们并不想王阳明那么快就死。就王云凤的意见而言，他们最终的目的也不是让他死，而是要拉拢他。最先还只是想到，拉拢了他，就可以拉拢大批读书人。后来甚至还想过，利用他去影响南京那帮言官。

既然给他甜头没用，那就给他点苦头尝尝。不让他到鬼门关绕一圈儿，他怎么能知道人间的好？

照王云凤设身处地的分析，这读书人都死要面子，肯定不可能一开始就答应。适当用点儿刑，也就等于是给他铺个台阶，好让他就坡下驴，给别人，也给自己一个说法。所以说，这个刑，不能太轻，太轻了，过不去。但也不能太重，读书人身子骨弱，太重了，就整死了。这就是为什么要在王阳明身上用"贴加官"了，这种刑法既能让你去鬼门关旅行一趟，还不会坏了你的身子。在刘瑾看来，这是最适合用来对付读书人的刑法了。

一听小太监喊"刘公公刘千岁驾到"，这里便立即停止用刑，将王阳明脸上的麻纸拿掉了。那王阳明原本已经绝了望，轻飘飘前脚已经迈进了鬼门关，结果一口气钻进口鼻，又给呛回来了。他大口吸着气，猛烈咳嗽着的时间，那一行人便已经威风凛凛地来到了跟前。

"是谁让你们给王大人动大刑的？！"刘瑾声色俱厉，但因太监不具备雄浑的声音，听上去竟像老公鸡打鸣儿似的。

可尽管如此，那几个行刑者还是慌忙趴地上磕起了头。这刑当然是受命而行，但这种时候难道谁还敢揭穿这一点？他们一开始就被告知这是演戏，那么刘公公这一句难道不是戏里的台词？

果然，刘公公接下来的一句台词便是叫他们赶快松绑。待松完绑，刘公公还有一句："我看你们简直无法无天，竟然敢动王大人！我要不及时赶到，只怕你们已经要了王大人的命了。"

这当然都是假惺惺的，他们自己知道，王阳明也知道。可表面上，他刘瑾可是为救王阳明而来的，而且还真的救下了。从此他刘瑾便不再是那种心胸狭隘、斤斤计较的小人，而是一个深明大义的君子，是王阳明的救命恩人，王阳明这条命，就是他刘瑾给的了。你王阳明今后要不为他肝脑涂地，那就是不仁不义、忘恩负义，"小人"这名分，就是你王阳明的了。

演完了这一出，刘公公刘千岁便撂下一句"你们最好好生侍候王大人，不然我拿你们是问"，便起驾离开了诏狱。作为皇帝身边的一名大太监，他有着一位大人物该有的城府，接下来的时间，他可以耐心等待，等待王阳明的"醒悟"和投靠。

王阳明又被那几名差点儿要了他命的锦衣卫拖回了牢房，扔到了烂草堆上。或许是为了遵照刘公公最后那句嘱咐，他们扔下他之后，还无端地踢了他两脚。末了还跟他开玩笑说："王大人，您歇着，歇好了，我们再给您'升官'啊。"

又说："今天我们都给你升到'二品'了，要是刘公公没来，您就是一品官员了哈哈哈。"

还说："您想想啊，就您现在的六品，要想升到一品，那得等多少年啊。"

"有可能一辈子也升不到一品呢。"

"可我们只让您半盏茶的时间就升到顶，哈哈哈。"

说够了笑够了，他们就要离开了。王阳明突然问他们："刘公公为什么要救我？"

他们想都没想就告诉他："刘公公大仁大德，惜才如命啊。"

王阳明又问："既如此，那他为什么又将我打入诏狱？"

那几个给问得愣头愣脑，几双白眼瞪来瞪去，最后终于有人找到了说法："你小子不懂事儿得罪了刘公公，不给你点苦头尝尝，你怎么知道天有多高地有多厚？"。

王阳明听得直点头，末了还呻吟了一声。那几个认为王阳明总算明白个中道理了，也松了口气，迈开了腿。刚出了牢门，王阳明的问题又追上来了："开始你们还叫我'王大人'，怎么一下子又叫我'小子'了？"

那边回答他的，却是几双愤怒的眼睛，和狱卒锁门时故意弄出的声响。王阳明当然并不在意他们的回答，他不过是想轻松一下，不管如何，这死里逃生的感觉总是好的。接下来，他甚至酣酣地睡了一觉，傍晚时有只老鼠从他脸上路过，才把他吓醒过来。

整整两天，再无人来理会他。大把大把的时间，竟无一本书读，实在是无聊透顶。于是，他找狱卒要书，什么书都行。可狱卒不是读书人，哪里有书给他？当然，自己没有，还可以去别处找，可他为什么要去替你找呢？没办法，王阳明尝试着凭记忆背诵温习他读过的那些书：

《大学》说："大学之道，在明明德，在亲民，在止于至善。知止而后有定，定而后能静，静而后能安，安而后能虑，虑而后能得。物有本末，事有终始。知所先后，则近道矣。古之欲明明德于天下者，先治其国；欲治其国者，先齐其家；欲齐其家者，先修其身；欲修其身者，先正其心；欲正其心者，先诚其意；欲诚其意者，先致其知。致知在格物。物格而后知至，知至而后意诚，意诚而后心正，心正而后身修，身修而后家齐，家齐而后国治，国治而后天下平。自天子以至于庶人，壹是皆以修身为本。其本乱而末治者，否矣。其所厚者薄，而其所薄者厚，未之有也……"

但你若相信背书时他便能心若止水，那就错了。他不是糊涂人，很清楚摆在他面前的只有两条路：一是如刘瑾所愿，背弃贞节和道义，投到奸臣门下像哈巴狗一样活着；二是宁死不屈，以身殉道，誓死做个君子。

能活着，固然好，但若是那种活法，他又宁可不活。但是死，即便它轰轰烈烈，也还是个死，也还是常人最害怕的一种结局。

于是，他想到了《易经》，何不为自己来上一卦，看看能不能找到第三条路？从乱草中选了几截草茎正要摆弄，诏狱里突然热闹起来。一开始他以为这热闹跟自己有关，怕刘瑾那阉人终于没了耐性，拿自己来了？等他定了定神，才感觉到此番热闹非同寻常，显然拿他一个王阳明用不着这般兴师动众。很快就搞清楚了，这是刚来了一批新犯人，一听动静就知道数目不小。他一下子就想到了南京那三十多位言官，莫不是把他们给抓来了？正这么想，就见几名锦衣卫乱糟糟拖来了三个血肉模糊的囚犯，一狱卒惶急上来打开了他的牢门，那三位便成了王阳明的室友。

而这三位室友不是别人，正是他谏言放过的南京那帮言官中的三位。

显而易见，他那篇文绉绉的奏章不仅给自己带来了牢狱之灾，也没能救下这帮言官。让他们来做王阳明的室友，大概也是为了让他明白这一点。这不光是一种示威，也是一种讽刺。

王阳明心里一沉。

6

他们原本互不认识，待问清刚进来的三位就是南京联名上奏要诛杀刘瑾等乱党的三十多位言官中的领头人戴铣、陆昆和薄彦徽之后，王阳明突然间就无语了。那三位也是这时候才想起问他是谁，他说："我叫王守仁，兵部一主事。"他们又问他是怎么进来的，他却只是苦笑笑，并没有说他是为救他们进来的。

这时候，这种话还有什么意义吗？

他只说，他也和他们一样，是因言获罪。

又说："这一阵儿，这诏狱里关的，大概都是这样的吧。"

三位室友都遍体鳞伤，其中一位还断了一条腿。原来进京之前，他们就挨过刑罚了。但令王阳明敬佩的是，都如此这般了，他们依然还是那般意志昂扬。他们问王阳明在这里待几天了，王阳明说，三天四晚了。又问他可受过刑，王阳明说："两天前受过一次。"三人看他的身体完好无损，露出疑惑，王阳明解释说："我受的是'贴加官'，不留伤痕。"

"'贴加官'？"那三人几乎是一齐叫起来。他们可都知道"贴加官"是什么样的刑法。

"这么说，他们也想要你的命？"戴铣说。

王阳明说："迟早的事儿吧。"

"我们肯定活不到明天晚上。"薄彦徽说。

王阳明叹气，说："这种活法，多活一天还不如少活一天呢。"

"但是，多活一天，就多一份劝醒圣上的希望。"陆昆说。

王阳明又叹气，说："眼下两京的给事中、御史都在劝谏，可谓喊声震天了，圣上也没能给喊醒过来，怕多一天也无济于事了。"

"那是因为刘瑾那老贼欺上瞒下，我们的奏章到了他那里就给截下了。天子年少，不更事，刘瑾那老贼几乎一手遮天……"戴铣说。

"既这样，我们就不谏言天子了，直接上奏骂刘瑾老贼！"陆昆道。

"对！"薄彦徽说。

这里正说着，戴铣那里已经吟上了："刘瑾老贼一祸鼠，祸国殃民乱朝纲……"

一人吟上，另外两人也跟上了："裆里无根一阉党，弄权受贿欺天良！杀人放火无忌惮，欺上瞒下害忠良……"

跟着，对面牢里的，竟然也跟上了："……此害不除国无宁，誓杀刘贼还青天……"一开始是还是压抑着的一两个声音，后来竟是半个诏狱的震天吼了。王阳明受到如此强烈的情绪感染，也不由自主地跟着大家吟诵起来。狱卒一时炸了锅，举着棍子乱敲乱打，扯着嗓门胡喊胡叫，但犯人们一点儿也没有要停下来的意思。看着他们慌乱得像一窝受惊的老鼠，犯人们甚至更开心更来劲了。这就惊动了锦衣卫。一群锦衣卫扑进诏狱，打开几个牢门一阵棍棒伺候，总算是镇压住了。气咻咻的锦衣卫们恶狠狠地咆哮："谁再闹，定保你们活不过今晚！"

但犯人们停下来，显然又都不是害怕活不过今晚。锦衣卫刚转身，有人就"扑哧"笑了起来——这一趟骂得真是痛快！

接下来，戴铣他们还真将刚才的打油诗写成了奏章，让狱卒送出去了。送信的狱卒刚走，他们便捂着嘴乐得不行。他们想象着刘瑾被这奏章气得暴跳如雷的样子，学着那阉人给激怒时咆哮出来的公鸭似的声音，笑得腰都直不起来了。

当晚，当王阳明还要靠打坐来求取心静的时候，他的三位室友却已经鼾声雷动了。黑暗中听着他们的鼾声，他不禁想：当人视死如归的时候，还有什么是能乱心的呢？是啊，当你走过一回鬼门关之后，就会发现，死，也不过就那么回事。不管死亡的过程有多痛苦，一旦真的死了，就什么都感觉不到了。从这种意义上说，死亡其实并不可怕。更何况，是人又都是要死的，坏人要死，好人也要死。死，是人一生的总结，是"好人"或"坏人"、"君子"或"小人"的盖棺定论。这大概就是为什么坏人在死的时候也会有忏悔之意的原因了，因为即便是坏人，即便他做了一辈子坏事，到死的时候，也不愿意背着个坏人的名声死去。那么，更何况好人呢？我王阳明遵循了半生的君子之道，难道临死还要做个小人？

第二天大清早，朦胧的晨光才刚伸进诏狱，犯人们便被锦衣卫吵醒了。来的不是一两个，而是一整个锦衣卫队。显然，今天早上要挨刑的不止一两个人了。当预见到将要发生什么情况，牢友们都不由自主地交换着眼神，王阳明身边这三位，脸上甚至带着冷笑。

诏狱的行刑室不大，一时间要提走这么多人，肯定是要去午门了。早在进京之前，他们就被告之是来这里接受廷杖的。所谓廷杖，就是在朝廷内进行的一种棍棒之刑，是天子教训罪臣的一种刑法，实际上是打屁股。成化年间，考虑到犯人进京受杖途中受罪，改由锦衣卫下到地方行刑。而且，那时候行廷杖，犯人也都穿着衣服，还要在身上垫上棉絮一类的东西护身。由此表明，廷杖的终极目的，无非是给罪臣一点侮辱，并非想要其命。

如今这刘瑾一腔报仇雪恨之心，哪顾得上你们是不是会在路途中受罪？廷杖就得在朝廷执行，而且，为了让全天下人都知道自己的厉害，一上手就都往死里打。自然，往犯人身上垫棉絮就太可笑了，不仅不要垫棉絮，还要脱光了衣服打，不让你尝到苦头，你怎么知道刘公公的厉害？

此次行刑，除了惩罚，还有杀鸡儆猴之意。因而，南京来的三十多位犯人，外加王阳明，全都被戴上了枷，押到了午门广场。除此之外，朝廷各部门大小官员都得到场观看。

刘瑾为了体现自己的大气，行刑指挥台搭得很大，"八虎"皆坐于台上，也不显挤。今天先打重犯，也就是这群获罪言官的领头人，即戴铣、陆昆、薄彦徽。因为王阳明是替他们这群人求情的人，也连带着戴了重枷，被安排在首刑的队列里。其余陪刑的官员都按锦衣卫的安排，呈队列肃立于行刑场的周围，待刑者则站在指挥台的右侧，那是他们登台演出时更方便的地方。

第一个是戴铣。四名锦衣卫将他拖至行刑台前，三两下摘了重枷，剥了衣服，像粽子一样捆了，按到行刑台上，只等刘瑾宣布开打了。

刘瑾面带冷笑看着戴铣，一脸玩人于股掌的得意。戴铣被五花大绑于台上，却强扭着脸"噗"地冲着他的方向喷了一泡口水，愤怒地骂了一声"阉人老贼"。刘瑾脸色一暗，公鸭嗓子一扬，尖声喊道："给我打！往死里打！"

于是，行刑卫卒手起杖落，戴铣的屁股一杖便开了花。

即便是行刑，也是十分严肃的。廷杖的时候，挥杖的人和数杖的人都要讲究节奏，此节奏必须和受刑者的惨叫合奏成一组和谐的旋律，即杖声、数杖声和惨叫声听上去都要足够有震撼效果。

行刑的深浅、轻重，也都是有讲究的。同样是廷杖，而且挥杖的高度和力度表面上看都没有区别，但结果却是可以不一样的。有的只伤皮肉，不伤筋骨；有的不见外伤，骨头却已成渣。而有的，则肉和骨头全给打烂，当场毙命。这全看指挥台上那位总指挥的意思了，既然刘公公喊的是"给我往死里打"，哪还有那么多讲究，直接打死就是了。

于是，每一杖下去，都是能要命的打法。圣旨判的是四十廷杖，但戴铣只挨到十廷杖便咽了气。可人都死了，剩下那三十廷杖还不能免。对于刘瑾来说，之后的行刑过程显得很乏味，因为受刑的人再也不喊叫了。但就这样，戴铣依然要挨完四十廷杖，完了之后他不光没了性命，连个完尸也没留下。

第二个是陆昆，也是十杖不到就毙命了。

第三个是薄彦徽，眼见了前两位同僚的下场，他反而显得很镇定。反正就是个死，他索性吼出了昨晚那首痛骂刘瑾的打油诗："刘瑾老贼一祸鼠，祸国殃民乱朝纲！裆里无根一阉党，弄权受贿欺天良！杀人放火无忌惮，欺上瞒下害忠良！此害不除国无宁，誓杀刘贼还青天……"

行刑卒打一杖，他喊一句，打一杖，他喊一句。还没喊完，他已经一命归西了。

这就轮到王阳明了。这期间他一直处于大脑一片空白、两眼一片空茫的状态。与其说他是在观刑、待刑，倒不如说他早已经魂飞魄散。待听到喊他的名字，他才回过神来，两眼一闭，凄然一笑。他在心里对自己说："不用怕，我这身子骨，等不到五杖就毙命了。"于是他在心里喊那三位："大人们请等我一步。"

或许因为他是这副听天由命的态度，刘瑾不禁问了一句："此人是王守仁？"他明明是认识王阳明的，但看上去，他却十分怀疑这一点。

台下的赶紧证实回答："此人的确是王守仁。"

刘瑾定睛看看王阳明，像是看清楚了，点了点头。

一杖下来，王阳明感觉五脏俱裂，他本能地喊了一嗓子，但跟着第二杖、第三杖、第四杖……痛感竟越来越少，到第六杖的时候，他已经感觉不到痛，也不知道喊了。果然不出他所料，自己是挨不了五杖的。迷迷糊糊中，他还在想，死有什么可怕，这不就死了吗？

不过，既然前三位都是死了还得打完，那他这里也得照样。这时候，刘瑾却站了起来。他当然不是叫停，他好像只是突然对这件事情很感兴趣，想站起来看个仔细。然而，行刑者却感到了不一样。事实上，不管行什么样的刑，指挥台上的每一个动静都代表着不同态度。就廷杖而言，行刑者身边总是站着个数数的太监，这个太监不光要数数，还要随时关注指挥台上的动静。而行刑人，则根据这位太监的提示判断行刑时的轻重。

这种提示显示在太监的脚上，双脚平行，为普通，外八字为重刑，内八字则从轻，丁字脚则为取命。

前三位，刘瑾的态度是明摆着要取人性命的，行刑时他坐得像阎王爷那般冷静威严。可这一位才打到第六杖，他竟坐不住了。太监忙将目光投向千岁爷的脸，便从那里得到了一点儿提示——此人暂时不能打死。于是数数变成了咳嗽。他一咳嗽，行刑人便要看他的脚了，一见刚才的丁字步已经变成了内八字，往后的刑，就是做做样子了。

这样一来，王阳明那荡悠悠飘荡在鬼门关的性命，又晃悠悠荡回来了。

再一次在诏狱里醒过来，第一眼便看到了刘宇和王云凤。他们在这里等候王阳明醒来，已经有半个时辰了。原本一直盼着他醒来的，可他真醒过来了，他们看上去又显得十分意外，甚至还有点儿失望的感觉。

"你……真醒了？"那刘宇竟然这么问。

王阳明看看他，试着动了一下，发现痛感强烈，很显然自己是真的醒过来了。他龇着牙，忍着剧烈的疼痛说："我以为这回肯定死定了。"

刘宇咧了咧嘴，说："哼哼，要不是刘公公刘千岁手下留情，你以为你还活着？"

王阳明拼尽力气抬起脖子环视了一下四周，发现牢还是那间牢，却真没了那三位室友。恍然间，他想起了自己追赶他们的那一幕——那三人前前后后朝着一片白光飘去呢，他在后面一边追一边喊："三位大人等我一下，王守仁追你们来了！"可三位大人回转头来，却冲着他挥手："你且回吧，你和我们不一样，刘瑾再狠，也不敢在光天化日下杀你……"

他突然神思恍惚地问面前的刘宇："刘瑾为什么不敢杀我？"

刘宇一愣，问："什么叫'不敢杀你'？"

他继续昏头昏脑地问："那我为何还在这里？"

一边的王云凤赶紧告诫："快别说胡话吧，刘公公想杀你是抬抬手的事儿，他不过看你是个人才，舍不得杀罢了。"

到这份儿上，他算是完全清醒了，他想翻一下身，刘宇急忙叫狱医，来的是两个狱卒，王阳明身上的药就是他们敷上去的，这会儿王阳明想翻身，当然也得叫他们了。王阳明的屁股给打烂了，想翻身平躺是很不现实的。狱卒们告诉他这一点，又给他喝了口水，就离开了。用刘宇、王云凤的话说，是回避了。

这两位大人可不是因为无聊来此闲坐的。既然王阳明已经醒来，他们就得抓紧办正事儿了。

"三五天来，你就去了两次鬼门关，有什么感慨？"刘宇略带点儿奚落的味道问。

王阳明说："我的感慨对大人没用，最好您亲自去走一趟。"

刘宇气得语塞："你！"

王云凤说："好啦，我们也不跟你啰唆，第一次你到了鬼门关，是刘公公把你救了回来。昨天挨廷杖的时候，也是刘公公示意要留你一条性命，这样的大恩大德，你是不是该知恩图报？"

王阳明问："如何报？"

王云凤两眼一亮，说："当然是跟随刘公公左右，效忠圣上啊！"

王阳明很想一口"呸"到他脸上，但他没有。他不属于冲动之人，而且他很快就发现了这句话里头的逻辑不清，他说："我为什么要跟随刘公公才能效忠圣上呢？就现在我也是效忠圣上的，而且忠过比干。"

这回，连王云凤也语塞了。

那里正噎得慌呢，王阳明却突然反客为主，起了劝他们改邪归正的心思。他说："两位大人能到朝廷做官，说明您们不仅头脑聪慧，而且学识渊博，可现在怎么却是非颠倒，黑白不分了？'大学之道，在明明德，在亲民，在止于至善……古之欲明明德于天下者，先治其国；欲治其国者，先齐其家；欲齐其家者，先修其身；欲修其身者，先正其心；欲正其心者，先诚其意；欲诚其意者，先致其知。致知在格物。物格而后知至，知至而后意诚，意诚而后心正，心正而后身修，身修而后家齐，家齐而后国治，国治而后天下平。自天子以至于庶人，壹是皆以修身为本。'……"

那刘宇气得一脚踢到他原本开了花的屁股上，同时发了疯似的吼道："你别给我背书了！"

王阳明只觉得两眼一黑，气息倒闭，虽然徒劳地张大着嘴巴，声音却像气息一样叛离了自己。

刘宇弯下腰，把脸凑到王阳明的脸跟前，准备了一脸快意，等着王阳明缓过气来。他希望王阳明一睁眼就能看到自己那脸快意，只有那样，他的快意才是最高值的快意。

那阵要命的疼痛过去，气息终于又回到了王阳明的身体，跟着，他闭上了嘴巴，睁开了眼睛。自然是第一眼就见到了刘宇那脸快意，但他跟着又闭上了眼睛。他其实是因为第二轮疼痛感袭来，不得不闭眼咬牙忍痛，但刘宇认定他是不想看到自己的表情。刘宇把他的第二次闭眼看成了被打败后的不得不投降，是被降服后的不得不顺从。于是刘宇突然就变得心平气和了，他说："你只说一句，愿不愿效忠于刘千岁吧。"

王阳明吸着冷气，紧闭着眼动了动身子，就像小心端平一碗水一样，让自己那绵长的疼痛分散一点，均匀一点。这才又吐出一口气，睁开眼来看着刘宇摇了摇头。刘宇两眼一瞪，又要开踢，王阳明赶紧闭眼吸气，但不知出于什么原因，刘宇那只脚抬到半空又停了下来，就像它需要停下来思考一下，需要搞清楚自己究竟是该去踢王阳明的屁股，还是该离开这个臭气熏天的监狱。他最后选择了离开。既然王阳明如此这般难搞，又何必要在这里枉费口舌？"天道有常，不为尧存，不为桀亡"，况一个小小王阳明！好吧，老子受够这里的气味了！

刘宇走了两步，却发现王云凤没动，回过头，两人对视一眼，王云凤便将最后那点儿耐性奉献了出来。

他走近王阳明。他甚至屈尊蹲了下去。他简直是苦口婆心。他问王阳明："你难道不怕死吗？"

王阳明问："我还是要死吗？"

王云凤两眼一闭，意思是从来没见过如此糊涂的人了。他说："你若不从，只能是死啊。"

王阳明挤了两下眉头，就像真的不明白一样，说："那他为什么又两次都救了我？"

王云凤急得闭眼拍额，都要急吐血了："你是真糊涂还是装糊涂？"

王阳明假装寻思了一下，问："猫玩老鼠？"

王云凤又是两眼一闭，心想这家伙总算是开了窍。可跟着王阳明又说：

"可我从不曾把自己当过鼠辈。"

那边的刘宇早已经看不下去了，两步过来拉了王云凤就走，临了撂了一句话给王阳明："你小子既不怕死，那就等着吧！"

说完这话，两人已经到了牢门外。那边狱卒赶紧过来锁了牢门，王阳明总算是可以清静地睡上一会儿了。

怎知那王云凤并不死心，完了又托人来打探王阳明的口气，这人还又是王阳明一挚友。为表诚意，王云凤还附带送了王阳明一瓶上好的金疮药。王云凤原本想，他们的话，王阳明听不进去，那么挚友的话，他应该听得进去吧？可他哪里想到，他托的这个人，根本就不会替他去劝降。这人乐意接受这个任务，主要是想去探望王阳明。事实上王阳明进了诏狱，又挨了廷杖，诗友们都巴不得有个去探望他的机会呢。既然得了这么一个机会，他便叫上了另外两位挚友，一起探监来了。

别的不说，那瓶金疮药还真管用。若一直用狱里的药，他怕是到出狱那一天都好不了。但这瓶金疮药却让他半个月就逐渐恢复了。

当然，那时候，他也要离开诏狱了。

7

王阳明被贬谪贵州，到龙场驿任驿丞。

虽然官降多级，从个大西瓜变成了颗小芝麻，但他还是忍不住一阵欣喜。不管他是不是已经看破生死，但没被判死刑总是件令人庆幸的事情，更何况才是个贬谪。

终于又见到了妻子诸翠，那里正抱着他痛哭呢，他却一直在由衷地微笑。

诸翠说："你落个如此下场，为何还能笑得起来？"

他说："难道你不觉得，给我这个下场，已经体现出圣上的仁慈了吗？难道你希望他再来四十廷杖，将我送上西天？"

诸翠哭道:"可贵州远在天边,一蛮夷之地,官人去了那里,不照样是死路一条?"

王阳明沉吟,说:"贵州虽是蛮夷之地,但也非荒无人烟。既然那里的人们都能活得好好的,我为什么就不能待下去呢?"

他原本已经打定主意,照旨前往贵州做他的驿丞的,可他刚出京城,便发现情况不对了。

他接了贬谪令,就该回家跟家人告别,总是该让家人知道自己的去处吧?这种情况下,他第一个要见的,就是父亲了。摊上这些事儿,父亲不知道焦虑成什么样呢,这个贬谪令,好歹也是给父亲一个交代吧?他甚至相信,父亲也会为这个结果而庆幸,虽然看上去他王守仁是没有出头之日了,但毕竟没有丢了性命,也没有连累了家人。可就在他前往南京的途中,发现了两名鬼鬼祟祟的跟踪者。一开始,他还以为是自己多虑了。你要走这条路,别人就不能走这条路吗?码头上那么多人,你又怎么能说他们就是可疑之人,别人却不是呢?

可越往前走,越发现这两人十分可疑了。普通路人哪有老跟在别人后头的道理?这是要干什么呢?我王阳明贬已经被贬了,难不成这贬谪令不过是遮人耳目的东西,真正的目的还是要置我于死地?他突然间想起自己挨杖快死时,恍惚中听到的戴铣的话:"你和我们不一样,刘瑾再狠,也不敢杀你于光天化日之下。"就是说,刘瑾这是要暗下杀手了?

这么一想,心里那缕可怜的乐观便全都没了影儿。回头看看诸翠,自己倒不要紧,这要是半路上横遭不测,妻子不也要受连累?

好在运河上船多人多,那两人暂时还不敢靠近,每每只在码头盯梢。很显然,只有王阳明上岸,他们才能找到下手的机会。

王阳明决定不去南京了。

他决定顺着运河直下浙江。船到杭州,他不能不上岸了。首先,他不能把那两个杀手引回到余姚老家,其次,他得让妻子避开这场杀身之祸。

于是,一上码头他便将诸翠送上了去绍兴的船。自己却谎称在杭州有事要办,得逗留一天,便留下了。身边两位家仆,一位叫积善,一位叫广进。

他让积善跟了妻子，让广进跟了自己。

说实话，他虽做着兵部主事，却并没有亲自面对过战场，更何况还是谍战。况且，他才三十六岁，经见的也还不够多。一想到自己将独自面对两名杀手，他那颗心都快跳出他那瘦削的胸膛来了。

送走了妻子，他领着仆人潜进了一家酒楼，要了个二楼的包间。来这里，一是因为这里人多热闹，量那两个杀手不敢在这里下手。二是因为这里能看到钱塘江，江景开阔，有助于他静心思考。三是因为这里安全，他好歹可以在这里等到天黑。至于天黑后他将怎么办，他还得苦苦琢磨。

他们刚进酒楼不久，两个杀手也跟了进来。不过他们没要楼上的包间，而是在楼下大厅最显眼的地方待了下来。他们知道王阳明上了楼，便打定了主意在楼下守株待兔。大厅最显眼的地方，更容易关注王阳明的动向，但也很容易就给王阳明的随身家仆发现了。

说王阳明镇定自若，那是假的。当广进告诉他那两人已经坐在楼下的时候，他差一点就洒了酒。这个动作被广进看在了眼里，王阳明也没做什么掩饰，只是冲他凄然一笑。广进也怕，但广进说："大人别怕，有我在。"他跟王阳明年岁相当，但比王阳明生得壮实，这便是他说这句话的底气。

可王阳明又是凄然一笑，他说："原本是我个人的事情，今天怕是要连累你了。"

广进说："大人这是什么话呢？我跟了您，保护您就是我的本份。"

这话让王阳明听得倒有些欣慰，他说："你能这样说，我就不再跟你客气了。"但他心里却在想：你虽生得壮实，可身上并无半点儿功夫，要是能保护我，倒也奇怪了。他想，别说保护我了，如果有什么办法能让你脱身，不受牵连，已经是烧高香了。

心里这样想着，嘴里便说："早知道，我就应该让你跟夫人一起回去。"

广进一听便瞪起了双眼，这可是瞧不起他了。

王阳明一扬酒碗，邀广进喝酒，他不喝，有话要说，王阳明却用手势止住了他。

第一章　龙场悟道

王阳明问广进："你说他们会怎么样对我呢？是活生生割了我的头去领赏吗？"

广进露出一脸惊骇，要他别去想这件事儿。

他却说："你留下也好，好歹得有个人替我收尸。"

末了又问："他们既要杀我，为什么不像打戴铣他们那样，直接乱杖将我打死了事？为何又要假惺惺来个贬谪，再来路上杀我？"

他显然知道广进是回答不了这个问题的，因此刚问完，他自己就说出了答案："我不过写了一纸不温不火的奏章，罪不至死？"可完了又问自己："那难道戴铣等人，为救国救民有感而发的尖锐谏言，便罪至于死？而且还是那般的惨死？"

与其说他是在跟广进讨论，倒不如说他是在自言自语。"圣上少不更事，那些言官因言获罪，无非是刘瑾惑主乱朝导致的，罪至于死，又是因为那些奏章要求诛杀刘瑾那群阉党，而圣上又护短导致的。如此说来，我的不能公然至死，还是因为我那奏章不温不火，并不至于激怒了圣上，而刘瑾想惑主，也找不到说辞，所以……所以，刘瑾想杀我，就只能暗下杀手了。那么，这两个杀手要么是刘瑾买来的，他们杀了我，凭我的人头去领赏钱；要么根本就是刘瑾的走狗，只管提了我的人头回去交差。"自言自语到这里，他忍不住拿手去摸自己的脖子，想象着自己这颗头将被割掉，让那两杀手用一块破布包了，像个包袱一样拎着，晃来晃去！啊，不敢往下想了。况且这脖子……这脖子上要没了这颗头，老天！快别想了。一口酒猛然灌下，才又找到了活着的感觉。

他从窗户望出去，望向江面，可心思却并不在江面上，他在问自己："难道今晚我就将死于贼人刀下吗？"又像是在问钱塘江："我的活路在哪里？"忽又想到那种死法可怕，即便是死，他也不愿身首分家。想想自己，打小就立志要做圣贤，平生都照着这个方向为人处事，从不曾做过恶事，乱过规矩，可老天却像个睁眼瞎，竟然由着刘瑾那老贼胡作非为，将我王阳明陷入生死绝境。早知如此，还不如死于乱杖之下，倒还可以落个全尸……

正胡思乱想，广进却有了主意。

广进说："既然那两个贼人不过是杀人挣钱,那我们给他们钱,不就可以买回命?"

可王阳明却说:"我光明正大做人,堂堂正正做鬼,为什么要干那样的勾当呢?"

又说:"那样一来,即便我活下来了,也活得没什么颜面啊。"

广进像被他塞了一嘴巴茅草,噎在那儿了。

王阳明却没注意到他的表情,那会儿他魂不守舍,很难集中精力去看一个人的表情。他倒是一直看着江面,但又似乎并没有看着江面。他在想,是逃,还是听天由命。他在想,圣人要是遇上我这种处境,又该如何?

那会儿已近傍晚,斜阳醉洒江面,一些树影、山影投于江面,影影绰绰,斑斑驳驳,王阳明那失神的双眼突然就亮了,他甚至情不自禁地站了起来,他确信自己在江面上看到了一个卦图,而且此卦竟是一个遁卦:小人得志,宜在远遁。这难道是上天的暗示,还是要我逃吗?他回头望望广进,并没能在那张憨厚的脸上看到答案。再回头,江面上的卦图已经没了影儿,就像它从不曾出现过一样。

但是,王阳明却像吃了一颗定心丸一样,坚定了自己逃的想法。不过,怎么逃呢?难道从这窗户往下跳吗?凭他那身子骨,这一跳还不摔断了腿?腿都摔断了,还怎么逃?

他定定地看着江面,看着斜阳渐行渐远,看着江面颜色变得深重起来,他终于有了办法。他对广进说:"天都黑了,我们到江边走走吧?"

广进说:"越是天黑了,我们越不能去江边,那里人少,不是正好给贼人机会吗?"

王阳明说:"就躲在这里也不是个事儿啊,店家终究是要打烊的,到时候已是夜深人静,境况不是一样吗?"

王阳明找店小二要了笔墨纸张,广进撸开桌上的残羹残酒,他便铺开纸,写了起来:

学道无成岁月虚,天乎至此欲何如?
生曾许国惭无补,死不忘亲恨不余。

自信孤忠悬日月，岂论遗骨葬江鱼。
百年臣子悲何极？日夜潮声泣子胥。

敢将世道一身担，显被生刑万死甘。
满腹文章宁有用，百年臣子独无惭。
涓流禅海今真见，片雪填沟旧齿谈。
昔代衣冠谁上品，状元门第好奇男。

广进不识字儿，不知道这是两首绝命诗，只感觉他今日写诗的情绪有点不对，尤其他写完扔笔的那个动作，那种决绝，难道不是慷慨赴死时才有的吗？

广进一双大眼紧盯着王阳明，低了声问："大人这是……"

王阳明将写好的绝命诗收起来交给广进，说："需要的时候，你就把这诗拿出来吧。"

广进问："什么时候……才是需要的时候呢？"

王阳明没有回答他。他已经撩起衣衫迈步下楼了，他的脚步，也像扔笔那般果决。既是这样，广进也不能发愣了，赶紧揣好那诗，跟上去。

一下楼就能看到那两个杀手，他们坐得离楼梯并不远，而且也都一直是紧盯着这边的。因而，双方目光碰上，也就再自然不过了。但那边的目光不过是蜻蜓点水，很快就闪了。做贼心虚，这很正常。

王阳明当然也没多盯着他们看，只有广进一直盯着他们，而且像个傻子一样，都走到门口了还回头看过他们一眼。广进那是给吓的，吓傻了。但正因为有他盯着，那两人才没有立即跟上去。不过，当他们前脚跨出楼门，那两位便旋即起身跟了上去。

王阳明没有跑，街道上人还多，他暂时还是安全的。他径直朝着江边走，尽量让人看着像在散步。他假装东张西望，指指点点和广进说着景观，实则是在用余光注意身后的两条尾巴。旁边有个杂耍摊儿，一小男孩正在舞棒，王阳明拉了广进站进人群，假装看杂耍。人多，他们停下，两条尾巴也只能停下，双方隔着一段安全距离。王阳明仔细看了看周围，发现人群中有一人手上牵着一只猴子，他断定此人应该就是杂耍班的，他的节目应该是耍猴子。他突然心生一计，拉了广进走近那只猴子，从它身后猝不及防地捅了一下它的屁股，那猴子一惊，挣脱绳套跑了。这样一来，猴子主人也受了惊，看杂耍的人群也受了惊，主人开始追猴子，观众开始喊叫。王阳明趁乱转身便隐进了江边的树林，他连广进都没管，径直跑到江边，便一头扎进了钱塘江。

8

那跟在身后的广进听到"扑通"一声，前面的王阳明便没了影儿，便急得"哇哇"大哭大喊起来："来人啦！有人跳江啦！我家大人跳江啦！"他追到水边，只看见王阳明留在岸边的一件外衣和一双鞋。这不就明摆着，人已经跳了江吗？他一边呼着救，一边伸长脖子看着江面，企望能看到他家大人突然冒出水面来。可这样的事情一直没有发生，江面平静如初，就像根本就没人投进去过。可广进明明听见有人投江的声音了，而且这岸上还有王阳明的衣服和鞋子。他急得不行，真想跳进水里去捞，可无奈他是个旱鸭子，一点水性都没有。那就只能求助于人了。不远处隐隐约约有渡船，广进扯着嗓门儿冲着那边呼救，末了又跑回到人多的地方呼救。他的呼救声终于引起了注意，很多人就打着火把来了，江心那艘船上也有了火光。当然，那两个杀手也来了。他们原本是追王阳明来的，完全没想到他会跳江。一开始他们还怀疑，是真跳还是假跳啊？可一看广进慌乱绝望成那个样子，手上又抱着一双湿鞋和一件衣服，而那衣服，不就是王阳明的吗？这一路上他们都跟着他，这衣服还不熟悉？就有些信了。他们也混在来救人的人群里，甚至他们也都在忙着找人。最好是活要见人，死要见尸，不然回去怎么交差？

广进急成那样，怎见得他们的面？刚发现他们的身影，他便呼天抢地地喊了起来："就是他们！那是两个坏人！是他们要暗杀我家大人，才逼得我家大人投的江！"他这一喊，目光就全都朝着他指的地方聚集。也是这时候，广进才突然想起了王阳明交给他的诗，大人说过"需要的时候"，这不就是需要的时候吗？他赶紧拿出来给人看，他相信那诗能证明他家大人是给逼的。正好有人是识字的，就着火把把那诗念了出来。旁边还有懂这诗的，一听就拍手叫了起来："可不是吗？这是绝命诗啊！"

那两个杀手怕事情闹大了不好收拾，他们这次行动本来就是秘密的，是见不得人的。正要隐遁，其中一人又觉得不能就这么走了，于是两步飞身上前夺了那诗，顺带又夺了广进手上的衣服和鞋，迅速消失了。毕竟是有功夫的人，等这些平常人醒过神儿来，他们早已经没了影儿。那广进，还瞪着一双受惊的眼睛，右手上还揪着一片破布。那是情急间从坏人手上夺回的，王阳明的衣服碎片。

直找到第二天早上都没找到人影，王阳明已溺死钱塘江，便成了事实了。而那会儿，王阳明在一艘驶往嘉兴的渡船上。事实上，他在投江前就想过了，这一逃，既不能逃回余姚，也不能去绍兴。因为他太了解刘瑾那样的人了，即便杀手带回他的衣服和绝命诗，只要不是亲眼见过他的尸体，刘瑾是不会相信他死了的。不相信，就会继续打探，那么他的老家、他最爱去的地方，便是刘瑾的探子要去的地方。

事也凑巧，他投江的时候，正遇上一艘前往嘉兴的夜班船，他扒在船侧，跟着船离开了找他的人们的视野，便爬了上去。

总算是暂时逃过一劫。

嘉兴无亲无友，无依无靠，还得前往苏州。苏州有朋友，还是位靠得住的朋友。但他没想到，这个时候，全国上下，到处都贴了"奸臣榜"，而那张"奸臣榜"上有他的名字。原本刘瑾那一党才是奸臣，但这下是刘瑾反过来称谢迁、蒋钦、戴铣等几十位忠臣为奸臣了。这榜原本就是张贴给老百姓看的，老百姓能知道个什么呢？他们怎么知道这是黑白颠倒呢？天高皇帝远，老百姓怎么能知道你朝廷里的尔虞我诈？还不是官方说什么，他们就信什么。老百姓又往往以能知道些朝廷之事而得意，于是，这张榜文便很长时间占领着老百姓茶余饭后的时光，饭桌上、大街上，甚至于茅厕里、大澡堂，只要有三两个人聚一起，就都在谈论这帮"奸臣"。王阳明在苏州朋友家里躲藏了半月，又被一登门访友的县丞碰上了。这县丞偏偏又是个势利人，一进门便把王阳明看成是普通读书人了，非得要王阳明下跪行官礼。朋友见如此，只得如实相告：此人是原兵部主事王守仁王大人。这样一来，倒是救了场，但却也暴露了王阳明。那张"奸臣榜"天下皆知，难道这位县丞还能不知。

因此，苏州是没法藏身了。

正好这期间结识了一位新朋友——朱秀才，而且两人很投缘。此人还是朱文公的后代。朱文公生前也被罢过官，罢官后回到武夷山建了武夷精舍，后半生一直在讲学传道。两天前这位朋友回武夷山，临走前还对王阳明说，希望他能去武夷精舍讲学。这不正好吗，那就去武夷山！

9

对于王阳明来说，武夷山真是个好地方，既有人文，也有山水。这里不光有武夷精舍，还有一座冲佑宫。当年朱文公被贬，就在此任一提举。后来辛弃疾、陆游、岳飞等也都受贬来此做过提举。所谓提举，也就是这个道观的主管。想想这么些大人物，竟沦落为一道观主管，真是令人啼笑皆非。王阳明再想想自己，被贬到贵州那么荒僻的地方做驿丞，倒不如来此做个提举呢。他喜欢这个地方，超级喜欢。要不是在这里遇上了德一道长，他是打算一辈子藏身这里，学朱文公隐身于此、讲学传道了。

我们时常说到缘分这个词，说的就是我们一生中遇到的那些重要的人。王阳明二十多年前在南昌铁柱宫初始了德一道长，不曾想二十年后，又在武夷山中重遇。前一次，他是到南昌迎亲，因为那阵儿他溺于道家学问，新婚当晚竟糊里糊涂去了道观,并在那里跟这位德一道长一起打了一整晚的坐。天亮时想起自己是来迎亲的,忙着要走,那德一道长便微笑着说了一句:"二十年后再见。"

如今想起来,那句话还犹响耳边。

道长说:"这就是缘分。"

能在此地见到道长,王阳明别提有多惊喜。在这地方,朱秀才虽是朋友,可毕竟才刚结识。而德一道长,却是他二十年前的老朋友啊,是故人啊!

行过了大礼,道长便把他领到了自己的静室喝茶。

王阳明说:"我王守仁是不得已流落到此,敢问道长又怎么会在这里?"

德一道长说:"三清之身,哪里不是家?原来的铁柱宫又称'万寿宫',供许真君;这里也叫'万寿宫',供武夷君。许真君也好,武夷君也好,都是三清化身。"

一别二十年,王阳明已经由十六岁的青年变成了三十六岁的中年,而德一道长却依然是鹤发童颜,岁月竟像是在他那里停驻不前了似的。两人面对面喝上茶,王阳明不禁再一次感叹起道家的养生之道来。

德一道长却说:"道家之人,皆在世外。心里清静,这肉身便相对长久一点而已。"

这话听得王阳明鼻子一酸,想想世间的人心险恶,想想自己身降横祸:牢狱之灾、杀身之祸,如今虽然逃过了一劫,却也只能颠沛流离,东躲西藏,何时才是个头呢?

这么想到伤心处,王阳明不禁眼眶潮红,淌起泪来。

那德一道长虽是世外之人,却也并非耳聋眼瞎,尘世间发生的那些大事儿,也是略有耳闻的。见他如此伤感,也就证实了他所听的传言了。道家习惯于把尘世间发生的大事称作劫难,在他们那里,有朱厚照这样的昏君主宰天下,有刘瑾这样的妖孽祸乱朝廷,那便是劫数。所以他宽慰王阳明说:"这是个劫。不是你王阳明一个人的劫,是整个王朝的劫。"

道长既然如此明白,便能为王阳明的处境指明出路。王阳明原本想留在武夷山隐居,尤其当他遇上德一道长后,这种想法更是强烈。但德一道长却认为，既然刘瑾一心要杀他，那他东躲西藏就不是办法。更何况，这之前他已经在苏州暴露了自己。刘瑾是什么人啊？他既要杀你，还找不到你？即便他找不到你，他还不会造谣惑上，跟正德皇帝说你投靠了草原鞑子，做了叛贼？这样一来，不光你更危险，还会危及你的父亲、你的家人。要知道，叛贼之罪，是要株连九族的。

德一道长分析，既然圣旨判的是贬谪，那就说明圣上是不至于要王阳明的命的。想要他命的，是刘瑾。刘瑾要杀他这件事情，原本不是正大光明的，但若王阳明不去贵州赴任，就成了抗旨，刘瑾追杀起来，便反可以正大光明了。要再来一个叛国的诬告，株连了九族，不更是成全了刘瑾的贼心？

既然是劫数，那就还有一句"在劫难逃"。所以，德一道长不主张王阳明四处躲逃。

那么到底该怎么办呢？德一道长要替他问卦来找答案。

铜钱由王阳明自己掷，卦图由德一道长来画。结果是一个明夷卦。

这个卦是异卦（下离上坤）相叠。离为明，坤为顺；离为日；坤为地。卦象与王阳明眼下的处境是一致的。日没入地，光明受损，前途不明，环境困难，宜遵时养晦，坚守正道，外愚内慧，韬光养晦。

所以德一道长认为，王阳明应该到贵州赴任。他听说那个地方叫龙场，又知道王阳明属龙，所以他认为，龙去龙场，也该是一种宿命。

坚守正道，韬光养晦，只待出头之日，便可再放光明。

王阳明一口浊气吐出来，立即就告别了道长。急匆匆赶回家，倒把一家子人吓得不轻。原来家人只以为他真的死了，早都办过了葬礼，那妻子和家中晚辈还认认真真守着孝呢。

一家人抱头痛哭了一番，王阳明又将自己的处境分析解释了一番后，他就得立即奔赴贵州任他的驿丞去了。他能想到，他在武进县暴露后的这些天，刘瑾那里已经知道了他还活着的消息了。那么，他多在家待一刻，家人就会多一刻危险。天伦固然温馨，可他哪能贪图这个呢？可家人哪里就舍得他如此这般离去呢？作为他的家人，他们都知道，他的身体原本就不够健壮，年轻时就得过肺病，再加上这一阵又是牢狱又是廷杖又是逃命，他那身子骨已经给折磨得弱不禁风，哪里还去得了贵州那样的地方？妻子诸翠说，他才从鬼门关逃出来，可这不是又要把自己往鬼门关送吗？

但王阳明却认为，去贵州，才是他的生路，而且是唯一的一条生路。他没有说，这还是为了给家人留条生路。

10

于是，公元1508年正月初六，王阳明告别了家人，踏上了他的赴谪之旅。

或许是德一道长那番话管了用，也或许是有了这番经历后，已经生死无畏，王阳明竟走得无比淡定和从容。

贵州是个什么地方，曾在兵部任过职的王阳明是太清楚不过了，他们从不叫贵州是"贵州"，而是叫"西南夷"，也就是南边的蛮夷之地。刑部但凡要流放罪犯，要么就是去西北的甘肃和陕州，那边叫北狄；要么就是去西南的贵州和云南——西南夷。流放也好，贬谪也罢，都是为了惩罚，为了给你教训，不去这样的地方，还能去哪里呢？当然，如果去的是贵州城，倒还不错，毕竟那是一座城，有衙门，有街市，有热闹。但王阳明要去的是贵州的龙场驿，一个处于荒郊野外的驿站而已。

根据当时的"皇明天下驿路图引"来看，从他的家乡余姚到贵州，得有四千多里的路程。那年代最好的交通工具便是马匹。马当然是家里最好的马。这一趟路途遥远，贵州境内山路崎岖，骑马是最佳的选择。随行的有书童明义、力夫广进、厨子积善。除了广进跟他年岁相当，另外两个都比他年轻，又加上对要去的地方缺乏起码的了解，跟上他时，竟还带着一脸的兴奋，就像他们不是要跟王阳明去一个荒蛮之地，而是要去京城。

王阳明是个心软之人，不想他们到了贵州有挨当头一棒的感觉，所以上路之前就提醒他们："你们知不知道，这一趟跟了我，可是去吃苦头的？"

那三个却都不以为然。无知无畏吧，他们从来都没见过荒蛮之地的真面目，纸上的老虎有什么可怕的？

明义还小得很，才十七岁，读了点儿书，人又生得清秀斯文，听他这么说，便说："我知道大人这是受了贬，也知道大人要去的地方很远，但爹娘说了，大人不是一般人，不会永远待在那样的地方。我跟了大人，虽然眼前可能吃点儿苦，但跟着大人可以识文断字，增长知识，有一天出息了，还可以跟着大人做个师爷，要是运气好一点，还有当个官的盼头。"

王阳明听得忍不住哈哈大笑，说："你爹娘倒还蛮看得起我的，只是你这志向也太狭窄了点，怕就怕它根基太软，撑不住后面的苦头。"

那广进更是说："还有什么比跟着大人在大运河上担惊受怕更苦呢？"是呀，广进虽然生得粗犷，但胆子却小。被迫留在钱塘江陪着王阳明对付杀手的那些天，只有他自己知道自己有多害怕。当以为王阳明投江自杀后，他是一路哭着回余姚的。

王阳明说："你既已经尝过那种担惊受怕的苦，这次就不应该跟我去。谁知道这一路上，还会不会遇上杀手呢？更何况，这一路上不仅有可能遇上刘瑾派来的杀手，进了贵州，还会遇上野兽、瘴气。"

广进说："大人都不怕，我还怕？"

说归说，他们执意要去，他就还是带上了他们。

这一去，肯定是得带上几个随从的，他毕竟是去赴任，而不是去旅行。不带他们，也还得带别人。他们都是自己的家仆，跟他亲近，也愿意跟他，所以带他们应该是最好的选择了。

明义负责背他的书箱，广进负责挑铺盖和一切杂物，积善则负责挑粮食炊具。一行四人经钱塘江向南转富春江，又从浙江江山进入江西，过袁州、萍乡，到达了湖南醴陵。

一路上，广进都提防着杀手，总是一副很警惕的样子。到袁州的时候，他还误会了两个路人，两个路人原本是被王阳明那身书卷气吸引了目光，多看了他两眼而已。广进见了竟然脸都白了，抖抖地拉着王阳明的衣服悄声报警："完了，杀手在岸上，我们这一站不能下船。"

王阳明把目光投向码头，问："杀手在哪里呢？"

广进却不敢看码头，他怕跟那两人对上眼睛。他告诉王阳明方位，以及那两个人的着装，大概年龄，王阳明便看到他说的"杀手"了。那其实是一老一少，老的看上去应该是个老仆人，少的看上去应该是个秀才。王阳明当即就没忍住笑，哈哈乐起来。广进这真是一朝遭蛇咬，十年怕井绳了。

不过，至此他们这一旅程的好路算是结束了。

到了湘江，他们遭遇了一场大雨。透过船窗，看着大雨滂沱的江面，王阳明触景伤怀，不禁想到了屈原。长沙，正是屈原做了九年谪官的地方，九年啊！可屈原咬牙撑过了那艰难的九年，最终还是绝望地投了汨罗江。为什么到处"四书""五经"，天下却有学无道？今天，我王阳明也遭了贬。我不光遭贬，还遭到追杀，当年屈原可有过逃命的经历？还有李白，当年李白被贬到夜郎，才走进武陵，便收到了赦免召回的圣旨，可看上去我可没那么好的运气。怕只怕，我也要像屈原那样，忍辱偷生十年八年了，最后还是以绝望告终。为什么朝廷要抛弃我们这样的人呢？是啊，屈子、李白、我王阳明，不都是朝廷的弃儿吗？

就在那天傍晚，在被大雨淋湿的江面上，王阳明写下了著名的《去妇叹五首》：

"楚人有间于新娶而去其妇者。其妇无所归，去之山间独居，怀缱不忘，终无他适。予闻其事而悲之，为作《去妇叹》。

委身奉箕帚，中道成弃捐。苍蝇间白璧，君心亦何愆！独嗟贫家女，素质难为妍。命薄良自喟，敢忘君子贤？春华不再艳，颓魄无重圆。新欢莫终恃，令仪慎周还。

依违出门去，欲行复迟迟。邻姬尽出别，强语含辛悲。陋质容有缪，放逐理则宜；姑老藉相慰，缺乏多所资。妾行长已矣，会面当无时！

妾命如草芥，君身比琅玕。奈何以妾故，废食怀愤冤？无为伤姑意，燕尔且为欢；中厨存宿旨，为姑备朝餐。畜育意千绪，仓卒徒悲酸。伊迩望门屏，盍从新人言。夫意已如此，妾还当谁颜！

去矣勿复道,已去还踌躇。鸡鸣尚闻响,犬恋犹相随。感此摧肝肺,泪下不可挥。冈回行渐远,日落群鸟飞。群鸟各有托,孤妾去何之?

空谷多凄风,树木何潇森!浣衣涧冰合,采苓山雪深。离居寄岩穴,忧思托鸣琴。朝弹别鹤操,暮弹孤鸿吟。弹苦思弥切,巑岏隔云岑。君聪甚明哲,何因闻此音?"

他把自己比喻成一位弃妇,用诗赋抒发了一番胸中的苦闷和委屈,心里总算是好受多了。当他们踏进贵州,面对着从未见过的险山恶水的时候,他已经恢复成一个理智、镇定的人了。

前面再没了水道可以乘船,有的只是羊肠小道,就这样的小道,还都隐藏在重山之间。王阳明自认为是见过许多山的,可他见过的山都不算高,更无险可言。他生在鱼米之乡,鱼肥水美,那些山也只为锦上添花而已。可贵州这特殊的喀斯特地貌却非同一般,山连着山,山外有山,山顶还有山。又加上人烟稀少,森林覆盖率超高,这些山便成了野兽的王国,行走在山间,时时都能听到它们的吼声。有时候,前面会突然蹿出一只山猫,有时候又是几只豺狗。当然它们通通都是怕人的,毕竟它们消息还没有灵通到知道这一阵将要路过的不过是遭贬的一位文官,而且还是一位立志要做圣贤的文官。野兽们见了他们,也都是看过一眼,便又慌慌张张隐进森林去了。可它们还是吓着了这几位外乡人,因为人的想象力似乎远比它们强,他们会因为山猫而想到老虎,会因为豺狗而想到野狼。而且他们深知,后者见了他们,可不一定像前者那般害羞。

才走了半日,那三个随从已经叫起了苦。都说:"这路咋走啊,这尽头在哪里啊,这要走到什么时候啊!"

可王阳明知道,他们想说的其实不是路,而是这路上的凶险。他找了个宽点的地方,让大家伙歇了下来。他说:"看来你们是累了,我们歇会儿再走。"

为了轻松气氛,他还主张积善就地来一次野炊。可积善明显没那雅兴,他说:"大人,这一路上野兽这么多,你就不怕吗?"

他笑笑说:"我这阵子来,挨过'贴加官',升官都升到二品了。又挨过四十廷杖,去见过阎王。还到过水底,见过了龙王。还有什么好怕的?"

积善说:"可如果不小心的话,就……"

下面的话他没敢说出来,王阳明替他接上了:"就还是有可能要去见阎王的对吧?"

积善没吭声,怯怯地看着那两位。那两位也都面有惧色,怕积善这话冒犯了他们的大人。

但王阳明也再没吭声。

老实说,面对这无边的丛林叠嶂,和这看上去没有尽头的赴谪之路,说他心里没有畏惧是假的。可他总觉得,野兽应该没有杀手可怕。野兽毕竟是怕人的,杀手可不是。他甚至暗自庆幸来到了贵州,因为贵州这样的地方,再厉害的杀手也是害怕的。从这种意义上说,这里无可预测的凶险,反而保护着他们。

所以他对三位随从说:"这种地方,杀手是不敢来了。我们这一路上,就不用担心杀手了。"

可广进说:"那么野兽呢?"

王阳明笑着开起了玩笑:"比较起来,我倒是更愿意被野兽吃了。"

那三个一齐张大嘴,却又全都哑然。

王阳明说:"被野兽吃掉,好歹还能喂饱它们,可是,给刘瑾的杀手提了头,那叫什么呢?"

可那三个不理会他的玩笑,他们都很认真。

积善说:"这种情况,大人怎么还开得起玩笑?"

王阳明说:"什么情况?对于我来说,这种情况已经是最好的了。"

这一回,王阳明说得也很认真。

大家埋头想想,觉得他说得在理,便都不作声。

王阳明说:"当然,对于你们来说,情况的确很糟糕。"

又说:"如果想回去就趁早,掉过头再走半日,就能出贵州地界。"

那三个一起喊起来:"谁说我们要回去了?"

王阳明笑了。那是充满感激的笑。

积善说:"可这路,到底还有多远啊?"

王阳明说:"生了脚还怕路远吗?脚生来就是走路的。"

他们歇脚的地方正好有一条小溪沟,说完这话,王阳明捧起溪水洗了把脸,又解了个渴,又说:"你们看这水,它怎么知道它的路还有多远,又怎么知道路的尽头在哪里,可它从来都不抱怨,不畏惧,不退缩。你们见过溪水遇上深谷的时候因为害怕而停止不前吗?从来没有吧?因为它们心里知道,只要朝着自己选定的目标向前,一直向前,就能实现自己的目标。它们的目标就是大江大河,就是大海。"

明义心里不服,弱弱地顶起了嘴:"可是大人要去的地方,难道是您自己选定的目标吗?大人要去的地方,难道是什么'大江''大河'吗?"

王阳明再一次笑起来,因为这的确很讽刺。于是,他干脆自嘲了一把:"是啊,在我前面等着的,可不是一个什么光辉的目标。"

又说:"不过,遭贬之路难道不应该是这样吗?有史以来,你们哪里见过有皇帝把人贬去享清福的?你们几个来之前可是很清楚的,我是来做谪官,不是来享荣华富贵。开始我就给你们讲过了,跟了我来,是要吃苦的,得有心理准备。你们当时个个信誓旦旦,这下又吃不消了,真令我失望。"说着"失望",王阳明却是一脸的玩笑神情。这样一来,那三个也都破涕为笑了。

等他们笑完了,王阳明又才说道:"做这个谪官虽不是我自己的理想……"话到这儿,他自己又忍不住哑然失笑了,说:"谁会树这样的理想呢?"

定了定神,他说:"但这是个劫。"说这话的时候,他的目光随着溪流投向了溪水消失的那片丛林,他当然不是在看那片丛林,他想起了德一道长,想起了他们占的那个明夷卦。

"这是个劫数。不是你王阳明一个人的劫,是整个王朝的劫。"德一道长的话犹在耳边。

"日没入地,光明受损,前途不明,环境困难,宜遵时养晦,坚守正道,外愚内慧，韬光养晦。"这是那个卦的卦象。

"坚守正道，韬光养晦，只待出头之日，便可再放光明。"

一股清冽的空气直入肺腑，他顿觉精神振奋了。他回过头对三人说："我可告诉你们，王阳明的志向可不是做什么官，更不是做一个谪官。我的志向远大着呢，我是要做圣贤，是要传道授学，照亮天下人心的。但凡人的志向越远大，路途就越艰辛，这是自然规律对吧？你们想想，我要是只想做个官，那我只需多磕头、多拍马屁，睁一只眼闭一只眼，稀里糊涂，昏昏庸庸，便可保住官位，而且还能越做越大，哪还会被贬到这样的地方，来受这样的苦呢？"

明义说："既然是这样，那大人为什么还要来做这个谪官呢？"

王阳明苦笑，说："这也是我求圣之路上的一个坎儿，必须要经过的。"

完了看着密林深处叹口气，自语一般说："这还是我知道的。这一路前去，还有我不知道的，不知多少个坎儿在等着我呢。"

末了又对三人说："可我能退缩吗？当然不能。我十二岁就立下了圣贤之志，我为寻找通往圣贤的道路，苦苦寻找了半生，现在却要半途而废吗？"

他说："说不定，我苦寻了半生的圣贤之道，就在前面，就在那个荒无人烟、充满了瘴气、生活着野兽的龙场呢？"

这在那三个听上去，当然是玩笑话。但他们齐齐地，都认为他们的大人这是在故作乐观。

广进咕哝道："我们咋倒没什么，毕竟我们身体比你强，就怕的是大人您自己吃不消。"

王阳明却摇摇头说："未必。"

他说："要战胜困难，身体强壮固然重要，但难道更多的不是因为心的强大？"这无意间的一句话，竟令他自己心头一个激灵：是啊，内心的强大才是战无不胜的啊！这内心，才是一个人的内核呀。一件事情，对于一个人是苦，对于另一个人又是乐，这不就因为存于内心的理不一样吗？内心有理吗？理不都在圣贤经典里？

恍惚间，他感觉眼前明明灭灭，似有星光闪烁。他定在原地，呆头呆脑寻思了良久，似乎突然明白了什么，却又似乎增加了更多的迷茫。要不是广进唤他，他怕一时半会醒不过神来。

广进见时间不早了，路又是不得不赶的，便容不得他的大人这般海思神游。所以他一直在轻唤"大人"："大人，大人，大人？"

王阳明终于醒过神来。

广进说："我们该赶路了。"

王阳明看太阳已经偏西，的确该赶路了。他让随从把书箱和担子收拾一下，重的东西都让马驮，他和他们一起步行。

那三人虽然觉得这主意不错，但一时心里头还是难以接受，毕竟那时，他们所处的还是一个等级森严的社会，王阳明既是他们的官爷，也是他们的东家，马就跟他们一样，是王阳明的脚夫，让马驮东西没错，可王阳明让马分担他们的重负，却是要以自己和他们一起步行为代价，那就不对了。明知道不对，还要照着他说的做，那就是错上加错。所以他们都没动，只埋头耷耳杵着，等着王阳明改变主意，乖乖上马。

王阳明知道他们想些什么，他揶揄道："这往后，我反正是不敢骑马了。你们想想啊，这种崎岖山路，我骑着马，要是丛林里突然冲出一只野兽惊着了马，我有多危险？"

又说："你们再想想，你们身上重了，要是遇上追兵，如何跑得快？我脚踏实地，也是为了遇上野兽的时候逃起来方便呀。"

他既这么说，那三个便恭敬不如从命了。

11

在陆路上行走了三天后，他们到达了兴隆卫。贵州按察副史朱文端在这里重修了一座寺庙，所以王阳明决定在此歇下来。三天的艰辛徒步，他们已经人困马乏，也必须歇一脚才行了。再说，王阳明的布鞋已经走烂了，左边鞋底穿了个洞，右鞋帮也裂了口，得歇下来，让积善给补一补。积善不光是厨子，还是裁缝师傅，这一路跟来，王阳明的衣和食都是他负责的。

但王阳明建议广进为他打一双草鞋。广进是力夫，这一行四人，就他内行，一进山路他便换上了一双草鞋。一开始，大家都很不屑于那双草鞋，但后来才发现，行山路，草鞋是再好不过了——四面透气，走起路来脚不起汗；草鞋底儿粗，走路不滑；草鞋成本低，烂了就扔，扔起来一点不心痛不可惜；草鞋好做，前头的烂了，歇气时扯把草来现打一双又有鞋穿了……在这条山路上，草鞋的好处多得数都数不完，王阳明算是看上它了。

可广进听了这话，却差点儿惊掉了下巴。有一会儿他甚至认为这是王大人在戏耍他，拿他开心，毕竟这一路上，大人没少开玩笑。他虽是个粗人，但心里不粗，这一路上他虽然一直穿着草鞋，却并不代表他引以为豪。看着大人那一脚的清秀斯文，再看看自己双脚的粗陋，他那脸盆似的脸和圆木一样的脖子红得像皮肤下着了火似的。

王阳明见了，就真开起了玩笑："怎么了，跟你要双草鞋，你还舍不得？没想到你生了一副熊的身板，却只装了颗鸡的心眼儿，这么小气？"

广进急得额头直泛汗光，支吾着说："不是我小气……怕的是大人的脚吃不消。"

积善听了也跟着急，说："大人还是让我替你补鞋吧，草鞋是磨脚的，脚底要没老茧子，是穿不了草鞋的。路还远，要是把脚磨破了，反倒碍事了。"

王阳明问积善："你穿过草鞋？"

积善怯怯地点了点头。

王阳明说："这就对了，吃苦未必就只是灾难，从积极意义上来说，它是阅历，是经验，是财富啊。要不然，我今天穿上草鞋，明天磨破了脚，走不了路，岂不耽误行程？"

又对广进说："那么，说明你的脚是阅历丰富了？"

广进咧开大嘴，脸上笑开了花，说："我这脚底的茧子，早像鞋底一样厚了。"

积善也开玩笑说:"他那脚,早就跟草鞋亲如兄弟了。"

开玩笑能解乏,笑完了,身上就轻松了许多,王阳明要去看看新修的寺庙。新修的寺庙不大,除了一位叫"正观"的住持,暂时还没有别的和尚。

这里前不着村,后不着店,能有一座寺庙在此,倒是非常好。行人走到这里,突然能看见一座寺庙,一路上的荒凉就减去了一大半。朱文端,正是考虑到这个,便在寺庙后面加建了一个公馆,专门供路人投宿。

奉命在现场的主持修建的正观正想找个有学问的人作个记,这时候王阳明就来了,他来得可正是时候。正观都不用打听,一看他那面相,那穿着,就知道来的正是一位读书人。佛家喜欢讲缘分,这就是最大的缘分了。再加上,王阳明又是一个热心人,正观和尚要跟他求一篇记,他自然是想都不想就答应了。

这座寺庙除了大雄宝殿供着释迦牟尼外,后面一间大殿里还供着药王菩萨。王阳明也算是走过很多名山大川,大大小小的寺庙古刹也见过不少,却没见过这么正经地供奉药王菩萨的。

跟正观一打听,得知是因为当地流传着药王菩萨在此救苦救难的传说,所以当地百姓信药王菩萨。宗教既可以高高在上,也可以和老百姓打成一片。像这样的寺庙,既是为供佛,又为路人提供歇脚的地方,既供佛祖,也供老百姓心中喜爱的菩萨,如此这般,在王阳明看来,倒是十分可爱。

正观和尚摆了桌子,准备了纸笔,王阳明便写下了《重修月潭寺建公馆记》:

"兴隆之南有岩曰月潭,壁立千仞,檐垂数百尺。其上颎洞玲珑,浮者若云霞,亘者若虹霓;豁若楼殿门阙,悬若鼓钟编磬……天下之山,萃于云贵;连亘万里,际天无极。行旅之往来,日攀缘下上于穷崖绝壑之间。虽雅有泉石之癖者,一入云、贵之途,莫不困踣烦厌,非复夙好。而惟至于兹岩之下,则又皆洒然开豁,心洗目醒;虽庸侪俗侣,素不知有山水之游者,亦皆徘徊顾盼,相与延恋而不忍去。则兹岩之胜,盖不言可知矣……"

读书人最大的好处，就是能随时随地借景抒怀，这抒怀的过程，便是释放内心的过程。即便是这样一篇序文，还是应邀之作，王阳明也没光应景，而是真诚地书写，真挚地抒发。这一路而来的颓废、沮丧，一经抒发，心里又能豁朗一阵子了。因此写完这篇文章，他就像跟知己畅诉了一番那般，眼前又豁然开朗了。

不过，明义却有意见："这一路上，遇上同学，兴致来了，一起吟诗作赋开心一下是可以理解的，这一个陌生人请你写，大人怎么也不推一下？"

王阳明不解地反问："为什么要推？"

明义说："大人好歹……"

王阳明笑着打断他道："好歹是从京城而来，好歹是个驿丞是吧？所以就要端端架子，故作矜持是吗？"说到这里，他自己先哈哈大笑起来，说："亏你还叫'明义'，我看你一点都不'明义'，这人是不是得有'架子'，当然得有，但什么时候该端，什么时候不该端，却是有讲究的。'架子'是什么？于人来说，可以是'骨气'，于树来说，可以是'树干'，再如房屋，架子是不是很重要？但我们说树，是不是要让人看到它的枝繁叶茂才能让人赏心悦目？又说这房屋，是不是要能让人遮风挡雨，才能有意义？那么人呢，是不是要与人为善才能被人喜欢？"

他说："房屋该在什么时候端架子？经历风雨的时候。树该在什么时候端架子？经历风霜雨雪的时候。人呢？是在尊严遭到侵犯的时候。而尊严这个东西，不只是官爷才有，也不是有钱人才有，而是人人都有的。比如说，我于你们，是个东家，还是个官爷对吗？但如果我现在要你脱光衣服，赤裸裸地站我面前等我嘲笑，你该怎么办？"

他看着明义，期待他能回答这个问题。但明义蠕动了两下嘴，却并没有回答上来。事实上，他更多的是慌乱，怕大人真会那样做。

王阳明说："这个时候，你就不能因为你是个仆人、是个随从而照着我说的去做，你就该端起架子，保护你的尊严。"

他说："反过来，不管你有多大的官位，也不管你是不是才高八斗，但当你面对的是一个善良的人，一个善意的要求的时候，你就应该让人看到你谦逊亲和的一面，因为只有这一面，才是人人都愿意接受，并且最乐意回报的一面。与人为善，便是与己为善，人类社会的和平安详，就是建立在这个基础之上的。像今天这样的，不过是接受一个慈善之人的邀请，写一篇小文章而已，这对于我来说，就是举手之劳，况且这篇文章也就是实实在在记录下一桩善举，是件好事，我又有什么必要，要端起架子？说实在的，你不提醒我，我根本就没想到'架子'这个东西，我想得更多的，倒是'人家看得起我'，所以我是十分乐意地去做了这件事情，而不认为自己是受人奴用了。"

话到这里，他的神色又变得恍惚起来，思绪在他的头脑里再一次明明灭灭，像极远处似有似无的闪电。事实上，每一次好为人师的说教，都是他自己跟自己的一次讨论，这个过程中他的认知也在长进。一直以来，他都在苦苦追寻一条圣人之道，他读的书汗牛充栋，可他发现自己在书堆中找了半辈子，眼前还是迷雾一片。刚才自己的那些话，倒好像几个火星闪烁了几下——是啊，做每一件事情，"理"都会因人而异，书怎么能把所有的理都说尽呢？这无穷无尽的"理"，似乎又都并没藏在书里，倒好像……是藏在各人心里啊！

他突然想到了《孟子·尽心下》的"尽信书不如无书"，还有孔夫子在《易经·系辞上》说的"书不尽言，言不尽意"……头脑里又起了雷鸣电闪之兆，似乎又将卷起一场风暴，可这当口明义却打断了他的思绪。那小子一直诚惶诚恐地等着他继续往下开导呢，等了半天，见他早把自己忘了，便忍不住轻轻唤醒他，问道："大人，我还要脱衣服吗？"

王阳明从迷糊中醒过神来，却已经把脱衣服的比方忘到脑后了，听明义这么一问，随口就说："当然要脱。"

明义尴尬地"啊"了一声，另外两个早已经摆出了一副要看笑话的神情。

可王阳明却说："难道你今晚打算穿着衣服睡觉？"

一听这话，明义才长长地松了口气，而那两个，也只好因为没能看到他的笑话而遗憾了。

这三人之间的那些神情变化，王阳明一点也没发觉，他虽被明义唤醒，思维却依然在脑子里袅袅绕绕，他们那点儿小动静，惊动不了他。说完那些话，那三人已经上了自己的铺准备睡觉了，王阳明也开始站桩了。

此次赴谪路途遥远，而且路况艰难，由不得王阳明带上很多书。因而他每每渴望读书，站桩默记那些曾读过的书，便是最惬意的事情了。

12

第二天下午，他们到了贵州镇远。按照图引，他们只要翻过脚下这座山冈，就是镇远卫。这一路上，几乎所有的穿林之路，走得都是步步惊心，所以他们都不愿在丛林间逗留歇脚。每一次，都是广进在前，积善牵着马断后，明义和王阳明走在中间。这种队形的设计，目的很明显：广进膀大腰圆，希望能震住野兽；积善不如广进，但比明义强点儿，所以好歹能走在他们身后，替他们壮胆。王阳明是这群人的重心，理应受到最好的保护。为了体现一点自己的作用，王阳明负责为他们支着出点子。比如，他让广进随时举着个浸过油的松皮把子，那东西不点火时可充棒子吓走小兽，遇上大兽，点上火，大兽就不敢上前来了，你要是再冲它挥几下火把，多半都能把它吓跑。再比如，他还教积善做弓箭，从丛林里找来麻藤，黄筋条子，就可做一张弓，将棍削尖就成了箭。积善断后，随时举着弓箭晃晃，也能虚张声势，吓住那些可能从后面进攻的野兽。这一点不是没受到过怀疑，因为积善根本不会射箭，即便王阳明临时教过他几招，也并不代表他就已经掌握了射技。但王阳明说，要战胜野兽，关键的其实不是弓箭，而是心。

他说："当人和野兽四目相对，较量的就是心，而不是人手上的箭和兽爪。野兽看到的如果是一个镇定自若的人，它是不会轻易出击的。"

他说："我们看上去，人是那么害怕野兽，其实野兽更害怕人。野兽攻击人，一般只有几种情况，一是饿极了，正好遇上了人，饥不择食；二是吃饱了，闲得无聊，又正好遇上了一个胆小的人，想找点乐子；三是和一个恶人狭路相逢，不是你死就是我活的时候，它必须要自卫。这荒山野岭，生态极好，野兽们不会挨饿，第一种情况几乎没有。遇上第二种情况，它只是想逗逗乐子，我们吓吓它，表示自己没心情跟它玩，它无非就是失望一点而已。至于第三种情况，我们四个都不是恶人，只要跟它对视时不显出恶意，它不会从你这里感觉到危险，又看你足够冷静，也就不用那么紧张了。"

事实上，路上他们还真遇上过尾巴。那是两只大号豺狗，细细的腰，尖尖的脸，眼睛大白天也泛着绿光。两只豺狗跟着他们走了很久。有了王阳明那番说教，积善虽两腿筛糠，却一直强作镇定，冲它们举着弓箭却并不射。因为他知道，他那箭术，一射就露马脚了。这样也好，不出击，就表明他们是没有恶意的，不出击又举着弓，又表明他们是不好惹的。那两只豺狗大概也是能明白这一点的，跟了一段路，停下来了。一左一右坐了，目送着他们。那时候的目光，非但没了敌意，倒好像老朋友送别一般温情了。

但是，这天他们遇上了当地部落的人。王阳明将遇上野兽和遇上杀手等各种可能性都讲到了，就没讲过遇上当地部落的人该怎么办。这贵州的可怕，不仅是偏僻荒芜和野兽出没，还有一个就是当地部落的人。当地部落的人到底也是人，为什么可怕呢？因为他们跟你语言不通，因为他们没有接受过教化，身上充满了原始野性，因为这里是他们的地盘，外来人对他们来说都是入侵者。

那天的遭遇很具戏剧性，他们遇上了两个部落的人，准确地说，是一场部落间的仇杀火拼事件。

早知道这趟路的艰险，王阳明把能想到的险境都想到了，却没想到这上头去。一开始他们听到前面那非同寻常的异响，还以为是遇上的兽群，待停下来想看个明白，突然"嗖"的一声，面前的树杆上就插上了一支箭。第一时间，积善还以为是自己走了火，但看那箭铁头雪亮，远比自己的专业，才相信自己是遇上了真正的弓箭手了。而当他们终于意识到自己遇上了什么的时候，已经不只是一支箭的动静，而是"嗖嗖嗖"的乱箭横飞的景观了。只眨眼工夫，林子里便到处蹿动着人影，有像木头一样栽倒的，有像影子一样飞过的,一个人突然朝着他们这边冲来,但只冲到一半就倒下了。

那人后颈中了箭。

王阳明十四岁开始学习弓马之术,十五岁就单枪匹马巡游居庸关、紫荆关和倒马关,但这场面还是令他有些受惊。至于另外三个随从,更是吓得脸白嘴紫,都快闭过气去了。

就他们而言,满脑子想的都是:"完了,这回怎么办?"

可王阳明却想的是赶快救下那人。

回头看一眼那三张惨白的脸,他知道靠不了他们了,便一个箭步蹿上前,将倒下那人扶了起来。他想看看他还有没有救。可没想到那人只看了他一眼,便咽气了。根据他的脸色,王阳明判断箭上有毒。他正抱着那个已死之人不知如何是好,突然"嗖嗖"一阵乱箭,他给封在了原地。什么都还来不及想,他便被两大汉架上了。那三个原本已经给吓得半死,这下算是吓得全死了。

丛林的另一边蹿出三四个人来,一点儿神都没费便把他们三个也一起捆了。

带走他们时,他们被蒙了头脸,所以明义一直在哭喊。尽管因为哭喊挨了打,鼻子嘴巴流着血,他也一直不停地哭喊。后来他们四个被一起关进了一间屋子,有人替他们拿掉了黑布,他才止了哭。

看他一脸的鼻涕眼泪血水,王阳明既心痛又好笑。他说:"你过来。"明义爬起来蹭到他身边,他用肩膀蹭掉了明义那一脸的湿。

王阳明笑他:"你哭个什么呢?"

明义却又要哭,说:"我们这是要死在这里了吗?"

王阳明笑道:"谁说的?"

一边的广进说:"大人,他们可不是野兽,你那一套心理战术不管用的。"他的意思明摆在那儿,叫王阳明别再假装镇定。

可王阳明却说:"你说对了,他们不是野兽,既然不是野兽,我们还怕什么呢?"

广进却说:"可我们在大运河上遇上的两个杀手也不是野兽。"

王阳明说:"不错,那两杀手比野兽凶残多了。"

广进说:"所以您怎么知道这些人跟那两个杀手不一样?"

王阳明说:"杀手之所以叫杀手,是因为他们以杀人为职业。这些人呢,不过是猎人而已,我们又不是野兽,为什么要怕猎人?"

那三个不吭声了,但那种沉默并不代表他们已经信服,而是意味着"看你的了"。你既然说得这么轻松,那就看你的了。就是这个意思。

王阳明也沉默了一会儿。他在想该怎么办。事实上广进说对了,他的确是在强装镇定。他读了那么多书,经见了那么多世面,还不知道人性里的"恶"其实远胜于兽的本能里表现出来的"恶"吗?但他同时还知道,人和兽的最大区别还在于人有良心而兽却没有。那么,只要这群人的良心还没给狗吃掉,他们就还有活下去的希望。因为他们不过是几个路人,对山寨没有威胁,也不曾损害过他们的什么,那么这些人为什么要杀了他们几个呢?如果他们很饿,饿得良心都死去了,杀了他们充饥倒算得上一个理由,可这丛林里野兽那么多,他们箭术又高,哪能饿着了他们呢?朝着这个方向往下想,眼前就越来越亮堂了。王阳明甚至起了开玩笑的兴致,对明义和积善说:"我们不用慌,他们要杀也会先杀广进,我们太瘦了,没肉。"

可广进却没法把这话当玩笑听,他虽比那两个稍年长那么些岁数,可见识上也比他们多不到哪里去。一开始他看上去还比他们镇定,或者说麻木更确切,但听王阳明这么一说,他又要哭了。那张圆滚滚肉嘟嘟的脸扭来扭去,就像有双无形的手,要将它重新塑形一样。眼看着眼泪就要下来了,门被踢开了。来人什么也没说,提了王阳明就走。

王阳明被带到了寨老的正堂。寨老端坐在铺了兽皮的宝座上,那两人像扔个麻袋一样把王阳明扔在堂屋中央,他的面前是一地的书,还有他的砚台、笔,明义一直背在身上的那只书箱歪在一边,当然,还有明义用来吓野兽的那张可笑的弓,和那些玩具一样的箭。很显然,这些人翻了他们的行李,现在正准备从这些东西入手来了解他们。

事实上,语言不通的事实很恼人地阻碍着他们的互相了解,寨老叽里呱啦说了半天，王阳明都没法明白他在说什么，王阳明试着告诉他自己是谁，路过此地是要去哪里，去干什么，寨老一样是一句都听不懂。双方都努力了半天，汗都下来了，还是没法明白对方在说些什么。没办法，王阳明便被拖到了一具尸体前。尸体已经给洗净收拾整齐了，平放在一张门板上。有人拿掉脸上的纸，王阳明便认出那正是他想救的那个人。这下他算是有些明白了：他被误会了。这些人以为这个人的死跟他有关，即便他们清楚那人是被毒箭刺死的，但他是死在王阳明怀里的。这下，可是有口难辩了，更何况语言不通还根本没法辩。

情急之间，王阳明想到了笔。他示意他们替他松绑，让他研墨用笔。下边的人跟寨老对了一眼，寨老点了点头。

王阳明得松了绑，赶紧吐了口唾沫研上了墨。寨老身边站着一个十一二岁的孩子，生得清清秀秀，天资不俗。见王阳明吐唾沫研墨，皱眉做了个恶心的表情，无意间被王阳明看到了。他冲那孩子挤挤眼，笑了笑，墨已经研好了。从一边捡了纸，铺在地上，他开始画。他在左边画了中箭倒地的那个人，右边画了自己。中箭的人满眼是垂死时的绝望，手伸向他，表达着求救的意识，他，则满脸惊吓和同情，也朝着那人倾着身体伸出手臂，表现出施救的愿望。他示意身边的人把这幅画给那孩子，人家看不过是一幅画，照办了。

孩子只看了一眼那画，便微笑着向寨老做了一番解释。孩子的话王阳明依然听不懂，但他能从寨老放松下来的表情推断，孩子把他的画理解得很准确。于是，他赶紧几笔又勾出了他抱着那人呼喊的情景，那孩子又准确地解读了这幅画。

当然，我们还是宁可相信，是王阳明那传神的画，和他那副文弱的样子消除了寨老的敌意。书画于这种偏僻的山寨，就像野兽于都城一样罕见。但这并不代表他们对此一无所知，也并不代表他们没听说过"文明"。正如都城人虽不曾见过野兽，也曾听说过野兽一样。也正如都城人会把野兽拿来观赏一样，王阳明那两页水墨也具备了很强的观赏价值。无独有偶，这当口，被派去打探情况的探子也带回了消息，说从京城来了一位驿丞，这两天的确要从山下路过，说这位官爷不过一文人，就前两天还在月潭寺帮主持写了功德记什么什么的。因此，探子同时还进言说，朝廷本身就视我们为草莽，平时还恨不能剿灭了我们，我们要是为难了朝廷的人，岂不是自找麻烦？

王阳明听不懂当地土话，但他从那人对着寨老说话时看看自己的神情推断，探子那一席话一定于自己有利。

事实很快就证明了他的正确，待听完探子的汇报和进言，寨老的表情已经完全放松下来，只是他作为一寨老，也不能仅仅因为亲信的一面之词就随便下什么结论。这里虽然荒野，但山野之人也有自己的规矩。他们信卦，认为通过打卦，便什么事情都能得到神明指引。于是，巫师当即过来打了一卦。王阳明这段时间也正研究《易经》，对打卦也很感兴趣，不过他们没让他看卦，而是神秘兮兮地翻了几个白眼，无话可说的意思吧。末了，寨老即便是不能完全信探子的话，也得信卦了。

他起身慢吞吞走到王阳明身边，弓身把王阳明扶了起来。至此，王阳明知道险情已经过去，于是拍拍屁股上的尘土，很真诚地回了一揖。

尽管语言不通，但寨老还是留下他们，款待了晚饭，留宿了一晚，第二天清早还要亲自送他们下山。考虑到王阳明为了减轻随从的重负不得不辛苦走路，寨老还送了他一匹马。可因为山寨里自有接送外人的规矩，他们下山依然得被蒙了头脸、反绑了手。就在那块黑布即将套下的关键时刻，王阳明看见了对面的孩子，就是那个解读他的画、救了他的命的孩子。昨晚他已经知道，那是寨老的幺儿，寨老的心尖肉。那的确是个人见人爱的孩子，只那一眼，王阳明就用手挡住了黑布。他感觉自己内心瞬间充满了不舍，他必须跟这个孩子来一次不一样的告别。他从一边的书箱里拿出了一本《三字经》、一支笔、一块墨、一方砚。他把它们当作礼物送给了孩子，他从内心里希望他今后能成为一个和他父亲完全不一样的人。

他没想到这一套小小的礼物，竟像是他们之间的信物一般，从此便注定了他们今生的师生缘分。当然，这是后话了。

有了寨老送的那匹马，后面的行程便快了很多。五天后，他们便完成了这一趟艰辛之旅，到达了龙场。

13

尽管来路上已经领教过黔地的凄荒，可龙场驿的情景还是让他们目瞪口呆。这里只有一间草棚，因为正值春季，许多野草正在房顶上生长，茅草腐烂后是很好的肥料，所以它们比地上的草们更显得生机勃勃。然而草棚的样子却非常简陋，极像庄稼人搭建在山上看野兽的窝棚。而此处除去这个窝棚之外，便是连绵无边的丛林和齐人高的野草了。

正发呆，窝棚里走出一老人来。此人虽戴着官帽，但分明已经破得没了型，雪白的头发从破洞里探出来，在风中瑟缩。

王阳明上前一揖，问道："请问老人家，龙场驿在哪里？"

老人笑着说："此处就是。"

王阳明既不敢相信自己的眼睛，也不敢相信自己的耳朵，毕竟这一路过来，经过的驿站都还是驿站的样子，而这里……

老人说："王大人别不信，这里千真万确就是龙场驿。"说着话，他便把王阳明带到了一丛马脚杆草前，撩开草丛，把那块"皇明龙场驿"石碑指给他看。

这肯定错不了了。

老人说："别处的驿站像个驿站，那是因为它们还受着重视。这里的驿站是谁建的，大人知道吗？"

王阳明说："龙场九驿，皆由奢香夫人所建。"

老人说："这就对了，这些驿站既然是安家所修，那么现在安家对朝廷有意见了，他们就可以让它们荒废在此。这里天高皇帝远的，朝廷也顾不上。"

王阳明问:"老人家是?"

　　老人说:"不瞒您说,我就是老驿丞。"说着,老驿丞摆了个欢迎打量的开放姿势,让他们打量他那一身行头,接着又自嘲道:"这就是为什么,我这位九品官爷混成了个叫花子了。"

　　王阳明想说什么,张了张嘴,又没说得出来。

　　这当口老驿丞说:"我早就盼着回家养老了,这驿丞做得实在没什么意思。听说您要来,我可是把眼睛都盼穿了。既然王大人到了,我也该走了。"

　　拍了拍屁股,就是要走的意思了,完了又开了句玩笑,说:"按理我该留下给您接个风什么的,但您也看见这情况了,这窝棚原住我一个人倒还够,你们来了四个,就挤了。所以我想接风的事就免了吧,哈哈哈。"

　　王阳明左右看看,问:"请问老驿丞,驿卒们在哪呢?"

　　老驿丞指着自己说:"在此。"

　　王阳明又问:"驿马呢?"

　　老驿丞指指王阳明那两匹马:"那不是?"

　　又笑道:"你不用急,其实这个驿站吧,有一个人也够,更何况你们还是四个。"

　　王阳明问:"什么意思?"

　　老驿丞说:"这么偏僻的地方,谁跑这里来?所以你们在这里没有公务可干,能做的就是在这里活着罢了。"

　　说完笑笑,又说:"不过,有时候会有一些个流窜犯路过,这时候您才有点儿事干,不过遇上这样的人,您最重要的是小心保命。"

　　王阳明说:"这一带不还住着百姓吗?"他的意思是,这驿站还是有用处的。

　　老驿丞说:"这一带住的都是当地的部落乡民,他们都不会说汉话,来你这里干啥?"

　　王阳明无语了。

　　老驿丞说:"那……我走了?"

　　王阳明没说什么,他正沮丧得不行呢。老驿丞笑笑,哼着小调走了。

走了几步,王阳明才突然想起叫他,他说老人家您等等。老驿丞就站下来等他说话。

他说:"给您一匹马吧。"

老驿丞说:"不用,还是您留着当驿站的装备吧,我现在是无官一身轻,走路就当是游山玩水哩。"说着,他竟小跑起来,看上去他的确迫切地要离开这个地方。

老驿丞很快就消失在丛林中了,只有他的小调还隐隐约约地穿过丛林,进到这几个人的耳朵里来。

气不打一处来的明义,一屁股坐石头上,气鼓鼓地问:"他到底哼的是什么啊?"这种时候,听着别人的小调,那还不等于火上浇油吗?

王阳明却正经八百地说:"听上去应该是山歌。当地人热爱山歌,老人家在这里待久了,自然要学会一些。"

明义没吭声,他其实根本不是想知道人家唱的是什么,他只是听着心烦,才这么问了一句而已。

王阳明也不是不明白这一点,但这种时候,你让他说什么好呢?四个人站那里发了半会儿呆,王阳明终于叹了口气,说:"既来之则安之吧,好歹还有个窝棚。"

明义说:"这里荒无人烟,怎么'安'啊?"

王阳明说:"谁说没有人烟,我们不是吗?"

积善说:"这里可什么也没有。"

王阳明说:"怎么什么也没有,不是有草吗?有了这漫山遍野的草,马料不就解决了?至于我们,今晚先在这窝棚里将就一晚,明天一早,明义和积善进城买些吃的用的,我和广进再加建一间草棚,就宽绰些了。"

明义问:"难道我们今后就住在草棚里?"

王阳明说:"先住着吧,说不定过一阵儿我们就能建座不错的房子呢?"

积善凑合着做了顿晚饭,大家闷闷地将就了一顿。吃完饭,天又下起了毛毛雨,他们便不得不早早地就挤在窝棚里,像母鸡孵小鸡一般拥着铺盖,默默地呆坐。四个大男人挤成一堆,不找点话说,那实在是难堪。于是,王阳明开始询问起他们三人跟他来的目的。

他说："明义的目的是想跟我学学问，学问在我肚子里，所以这里有没有衙门都无关紧要。那么广进呢，你跟我是为了什么？"

广进凄然地咧了咧嘴，不作声。他能有什么目的呢？原本想，跟官吃官，这辈子算是能吃上香的喝上辣的了吧？可这里的光景如此惨淡，别说香的辣的，看样子能填饱肚子就不错了。

哪知道王阳明像会读心术似的，笑着说："原本是想跟着官爷衣食无忧的，可现在看来希望全落了空是吧？"

广进的脸红得像块红烧肉似的。

王阳明说："这也没什么好难堪的，谁不想过好日子啊？说实话，我原先也没想到这里会这么惨，要早知道，我就不让你来了。但现在后悔还来得及，你如果想回去，我给你盘缠，还可以牵走一匹马。"

看看另外两位，又说："如果你们也想回，那就两匹马都给你们，你们三人正好路上有伴。"

那三个问："那大人您呢？"

王阳明说："我？我得在这里做驿丞啊。我是被贬来这里的，是不得已。你们是自由的，可以选择回去呀。"

那三个齐刷刷摇头。

明义说："那我就真不能叫'明义'了。"

积善也说："没有这样做人的。"

广进则说："大人这话，还不如打我一顿呢。"

三人朴实得不能再朴实的表白，让王阳明顿时两眼发酸，一个哽咽卡在喉咙，泪水差一点就冲出了眼眶。为了抑制这份感情，他望着窝棚的草顶沉默了一会儿。眼里的酸劲儿过去了，他才说："看起来，眼下我是给不了你们锦衣玉食了。好在大人我肚子里还有些墨水，恰好我又是个好为人师的人，这往后，我就多教教你们，说不定，你们将来还能考上个进士什么的，也不枉跟我一场。"

这话听起来太像玩笑，但明义却很认真，他问王阳明："大人，真有书童能考进士的？"

王阳明说："怎么没有？我在北京时就认识一位江西的进士，他曾经就是一位书吏。"

明义一听，眼睛直发光。积善不以为然地笑笑，说："大人一句玩笑话，你也当真。"

王阳明说："我可没开玩笑，我说的都是实话。"

但积善还是不信，他说："我不求别的，只求能一辈子跟着大人，给大人做厨子。您若真教会我识字，我只要能写菜谱就够了。"

广进也不信，他说："我也没听说还有力夫能考进士的。"

王阳明说："力夫怎么了？还有石匠考上了进士呢！不管是什么人，只要能立志，就没有不可成就之事。"

因为这话重要，王阳明是转过身正对着他们，用十分严肃认真的口吻说的。那三个听了，也就安静了。同样因为这话重要，他们都得小心翼翼地把它收藏进心里，就像收藏一件宝贝一样，要将它放在一个非常隐秘的地方，时不时地，自己会拿出来看看。

那一晚，王阳明竟一夜无梦。

14

第二天，按照王阳明的安排，明义和积善进城采购，广进和他搭建新草棚。广进是把好手，伐木、割草，干起来两臂生风，等那两个采买回来，他们已经多了一个新草棚了，而且这个比原来那个还更高大些。

他们将原来那个用来做厨房，新修的做卧室。

住进新草棚，王阳明写下了《初至龙场无所止结草庵居之》：

　　草庵不及肩，旅倦体方适。

　　开棘自成篱，土阶漫无级。

> 迎风亦萧疏，漏雨易补缉。
> 灵濑响朝湍，深林凝暮色。
> 群獠环聚讯，语庞意颇质。
> 鹿豕且同游，兹类犹人属。
> 污樽映瓦豆，尽醉不知夕。
> 缅怀黄唐化，略称茅茨迹。

他们来到这里的时候，已是农历三月，贵州已经开始了它的雨季。雨细如牛毛，你觉得它有，它又近乎没有，你觉得它没有，它却又确实存在。天空总是湿漉漉的，看上去厚重而混沌，雨雾笼罩着整个世界，能见度极低，看什么都总觉得眼睛起了一层雾。这样的天气，再加上如此这般的境遇，龙场驿这几个人的心情也全都是阴雨绵绵了。

王阳明还勉强可以用读书来消解这种郁闷，那三个却心思全无，只顾蒙头睡觉。可觉也总是有限的，哪能老睡？那三个便有一句没一句的，总要找王阳明聊上一两句。

明义问："大人有没有觉得，现在这个官做得极没意思呢？"

王阳明问："那什么样的官才有意思呢？"

明义说："什么样的官都比您现在这个官有意思。"

王阳明"嗯"了一声，放下书，认真地说："其实什么官都没意思。"

这话不光让明义意外，连那两个闭着眼的，也突然来了好奇心。王阳明站起身看看室外那片阴霾，回转身看着他们说："功名利禄、荣华富贵都是身外之物，人活得有没有意思，身外之物都不重要，重要的是心。"

那里三人眨巴了两下眼睛，也没懂。

积善问："既然那些都不重要，那为什么人人又都想做官？"

王阳明说："因为人人都不知道这一点，人人都把身外之物看得很重要，却忽略了自己的心。"

积善顿了一下，又怯怯地问："那大人既明白，为什么又要做官呢？"

王阳明说："我也是现在才明白。"

明义"呼啦"一下就坐了起来:"那我们可以回去了。"

王阳明却摇摇头说:"不能回。要是能回,我当初就不会来了。难道你们还不明白吗?我来这里,是不得不来,我做这个驿丞,是不得不做啊。"

广进说:"大人您以为来这里就安全了吗?那可不一定。"

王阳明说:"你说得对,那是当然。"

明义问:"那大人为什么还要来此?"

王阳明说:"因为我应该来此,应该来做这个驿丞。我只做我应该做的事,至于别人是不是还要追到这里来杀我,那是别人的事情。"

那三个无语了。

那天傍晚,驿站来了一只狗,土黄色,四条腿长得像踩了高跷。当时王阳明在站桩,这是他每天早晚的功课,雷打不动。那狗从来没见过人站桩,心里害怕,曾坐在一两丈远的地方观察了足足一炷香的时间。期间王阳明一动不动杵着,它大概便以为那不过是一根木桩罢了,便斗着胆子摸了过来。广进睡在外边,他那强壮的身体散发着浓烈的人体气息,但气息实在是太陌生,它得上前好好察看一番。广进睡觉不老实,脚露在被子外面,所以它上前的第一时间,便是去闻那只脚。凡了解狗的人都知道,狗鼻子一年四季都冰凉冰凉,这下那鼻子一凑上去,便把广进惊醒了。那可不是一般的惊吓,看上去应该那会儿他正做着一个噩梦,而且正好梦见了一只狼,因为狗鼻子刚凑上去他便大喊了一声"狼啊",便诈尸一般坐起来了。狗早给他吓得弹到了三丈远,一时间正不知如何是好,但见另外的人全都醒来了,它才意识到自己应该赶紧逃命。

"狼都咬我的脚了!"这是广进坚信不疑的说法。因为这里荒无人烟,另外两个也宁可相信这种说法。但王阳明却说:"那应该是只家犬。"广进被狗吓醒的时候,他也被广进吓得睁开了眼睛,他清楚地看到了那条狗的样子。

他还说:"如果是狼的话,就不会被广进吓跑,而是会在他坐起来的时候就一口咬住他的脖子。"

还说:"我就站在外面,如果是狼,它会第一个攻击我。"

但这种时候谁会相信他这种推断呢,更何况当他们问他是不是敢肯定的时候,他并没敢说自己绝对肯定。再何况,他们在这里两天时间,除了见过老驿丞以外,再没见过别的人影。那么,又是从哪里冒出的家犬呢?

不管如何,广进当晚就发起了高烧。半夜里,他噩梦连连,大呼小叫,把其余三人都惊醒了,却唯独他自个儿醒不过来。他们撑起油灯,就看到了他满脸的汗珠和那张红得像块火炭样的脸。王阳明上前一摸,天!竟烫得像块刚从火堆里刨出的山芋。

明义和积善七手八脚,赶紧拿汗巾浸水替他降温。王阳明在一边看着广进那煎熬的样子,心里别提有多沉重。广进是他们四人当中最强壮的一个,却第一个先倒下了。那么谁敢说身强体壮就是强大呢?身体再强壮,但如果内心很脆弱,那又有什么用?你能说,广进是因为这天气潮湿、瘴气弥漫而生了病吗?可他的身体分明是这里最有抵抗力的。那么是什么呢?意志?对了,更多的应该是意志。广进是因为意志倒塌了,所以身体再壮也顶不住了。

胡乱想着这些,就听明义在叫"大人"。广进那里有明义照看着,而且因为有冷水降温,他已经安稳些了。明义说:"广进由我和积善轮班照看,大人您大可以放心休息。"又说:"我们病了没关系,要是大人病了可了不得。"

有些时候,你真是怀疑头顶上有个老天爷,随时都拿双眼睛盯着你,随时都在寻找机会跟你恶作剧。明义这话说完,天亮的时候他也发起了烧,而就在积善发现他在发烧的时候,才发现自己也很不对劲,脑袋瓜沉重得像块石头,却又是块空心儿的,还装了半罐子汤,一摇就痛得要裂开似的。刚敞开被子,喉咙一痒,便先咳嗽起来。王阳明上前摸了摸明义,再摸摸积善,明义的是烫的,积善的是冰的,还有一层细汗。

但他们遇上的是同一件事情——生病。

这下好了,三个随从都病倒了。这是怎么的?要说他们四人中,就属他王阳明身子最弱了。可结果是最年轻最强壮的都倒下了,他反倒没事儿。这不是老天爷在开玩笑还是什么?

好在他这个驿丞根本没有什么公务可干,倒还有时间照顾病人。那年代读书,不像现在这样分专业,所以,凡书上有的,读书人就都能了解一点。比如普通的病例,和它们的用药知识,王阳明也多少能知道一些。他替他们把了脉,大概估算了体温,便从附近的丛林里采了些草药,熬了药汤一个个喂。这当然只是为了稳一稳病情,自己毕竟不是郎中,他不能拿三个同伴的生命开玩笑。完了,他骑马跑了一趟贵州城,到药铺里将三个人的症状讲给郎中,抓回三大包中药,替他们熬上。王阳明从来没做过饭,但这下他得自学做饭了。

喝了药汤,病人们的情况也有了些好转,不明白的地方,他便请教积善。那积善满嘴燎泡,一起身便两眼发黑,但还是十分乐意教他。粥要熬到什么程度才是最好,多少米放多少水又才能熬到那种程度。王阳明便一日三顿熬粥,病人喝粥好,易消化,他自己呢,本来也喜欢喝粥。

看他整日整日为他们辛苦,那三个病稍好转,就都不同程度地表现出不安来。不管怎样,这毕竟主仆颠倒了,要在别的地方,这是行不通的。

可王阳明说:"那些不过是一般情况下的游戏规则,现在是特殊情况,你们倒下了,我还站着,那么规则自然就应该变为我来照顾你们了。"

他说:"再说了,你们跟我来到这荒山野岭,我们就是一家人,既然是家人,哪还分主仆呢?"

这话让那三人听得心惊,在那个等级森严的社会,这种思想可谓是惊天地泣鬼神的了。可王阳明却像说一句十分平常的话一样,就像说"粥不烫了,坐起来喝粥吧"一样。

这当口,那只狗又来了。尽管那天受了惊,但它还是忍不住好奇。它坐在一两丈远的地方,静静地观望着这里。王阳明见了,赶紧叫三个病人住声,他也大气不出地静坐着,生怕弄出点儿动静,又把它吓跑了。

那三人因为躺在地上,不知道窝棚外发生了什么情况,也不敢随便乱动。

人犬对视了好一会儿,狗眨了一下眼睛,于是人也暗暗吐了一口长气,眨了一回眼。狗动了一下屁股，似要站起来，但最后又坐下了。王阳明冲它微微一笑，它又动了一下屁股，这回看似向前挪了一点地方。

王阳明试着唤它，它摇了两下尾巴，扫得地上的树叶"哗啦啦"响。

地上的三个试着打听："狗？"

王阳明没说是不是狗，他说："老朋友了，三天前来过的。"

广进一下子想起了它，但他脑子里依然顽固地把它看作狼，尽管受惊吓已经是三天前的事了，但这时候听到它来了，他依然还很害怕。他腾地坐起来，惊恐地说："大人您可要认清楚了，狼和狗可很像。"

王阳明说："我说过了，它是只家犬。"说着话，他已经起身盛粥去了。他小心翼翼地将粥碗放到院坝中央，又退回到原地。狗一开始并不敢上前，只是把鼻子长长地伸出来，嗅着空气。当它判断那碗里除了粥并无危险，便试着一步一步蹭到了粥碗前。待最后确定了四周安全，碗里也安全之后，它开始吃起来。

听着它舔食米粥发出的声响，那三个终于放松了警惕，看它的眼神也柔软起来。但狗却依然心存戒备，一边吃着粥，一边拿眼警惕着这边。待吃完粥，也没见发生什么惊险事故，它才完全放下心来。这时候，它离他们只有不到一丈远。它看着他们，他们看着它。渐渐地，互相都从对方的眼睛里看到了友好，距离才开始缩短。王阳明进前一步，停下，狗又进前一步，停下。王阳明再进前一步，蹲下来，冲它伸出手，狗再进前一步，坐下来，伸长了脖子，鼻子不停地翕动……

窝棚里那三个早屏住了呼吸：那要是只伪装成狗的狼，该如何是好啊？

王阳明没有再前进，而是伸着手耐心地等待。狗一点一点蹲过来，直到它的鼻子尖和王阳明的手指尖碰到一起。就像插头碰上电源，人和狗的情绪瞬间就通了，人心和兽心也都温软了，放松了。狗开始热烈地摇尾巴，人也开始了热情地抚摸。狗原本就是喜欢蹭鼻子上脸的家伙，王阳明如此这般的亲善，它便得寸进尺地干脆凑近他的怀，舔起了他的脸来。那舌头湿乎乎的，王阳明又痒又嫌弃，不禁一边推它一边开怀大笑起来。这一笑，那狗就更得意，竟像块糍粑一样推都推不开了，那舌头也变得更加疯狂，

"吧唧吧唧"狂舔着他的脸,就像那不是王阳明的脸,而是一块香喷喷的肉。王阳明差点儿笑背了气,窝棚里那三个也都忍不住笑起来了。

至此,这荒山野岭的,他们便算是多了一位朋友。王阳明推断,之前这狗肯定跟这里的老驿丞熟,应该是常来他这里。此外,他还推断出离这里不远,就有人家。他们一来到这里,天就没晴朗过,三丈之外全是看不透的雨雾,自然是发现不了远处的人家的。这一点,或多或少地给了他们一些安慰,好歹这里并不像他们想象的那样荒凉和危险。

王阳明安慰三个年轻人说:"既然别人能在这个地方生存,我们也没有问题。"

他相信他们是因为这里的气候和水土得的病,但他不得不承认,更多的还是因为心理因素。

病稍好转,明义便第一个提出了疑问:"大人,要论身子骨,我们三个都比你强,为什么你没病,我们却病倒了呢?"

王阳明笑笑说:"这人的强弱,不光要看外形,还要看内气。我的身体是比你们单薄,但我的气比你们足。这病气也是欺软怕硬的东西,你弱了,它就侵占了你的身体;你强了,它便只好望而止步。"

明义问:"气是什么?我想肯定不是指我们呼出来的这个气。"

王阳明又一笑,说:"你很聪明,此气的确非彼气。我说的这气,你可以理解为心气,心气这东西,你剖开身体也找不见、摸不着,但它却是支撑人的最强大的东西。"

明义问:"我可以理解为'意志'吗?"

王阳明赞许地点头,说:"当然可以。"

明义说:"但'意志'通常是用来战胜敌对情绪的,没听说过还可以战胜病气。"

王阳明说:"当一个人被负面情绪所控制的时候,负面情绪就是敌对情绪,而如果我们不能战胜负面情绪,病气就会乘虚而入。这些天,你们正是这种情况,是失望、恐惧、消沉情绪让你们生了病。"

积善突然插嘴问:"那么大人,你怎么就不失望,不消沉呢?"

王阳明说:"我当然也失望,当然也消沉,但我不能让它们把我打倒,我得克制住它们。"

积善问:"如何才能克制住他们呢?"

王阳明说:"用信念。"

积善问:"信念是什么东西?大人的信念是什么?"

王阳明说:"信念是你一生抱定的志向。我一直想做个圣人,既然还没做成圣人,怎么能因为这些现实中的困难而意志消沉呢?"

那三个你看看我,我看看你,似乎听明白了,又似乎完全不明白。

看他们心理上有了松动,王阳明再接再厉,继续说:"几天前,你们还想跟我学学问,考进士呢,可要是这一病丢了小命,那希望不就破灭了?"

他说:"等你们好起来了,我每天为你们上一堂课,教你们学问。想考进士,也不是光有志向就行的,还得勤奋学习才行。"

那三个又互相看看,有喜形于色的,有害羞的。比如明义,就开心得很,比如广进,却因为自己根本就没有识文断字的根基,又羞涩得很。他甚至咕哝道:"既然大人说升官发财都是身外之物,都不重要,为什么还要我们考进士?"

"哈哈哈。"王阳明大笑起来,说:"你不去升官发财,怎么知道升官发财不重要?就凭我一句话?豆腐好不好吃,得亲自尝了才知道。我那么说,是因为我已经做过了官,豆腐我已经尝过了。"

广进羞得脸红脖子粗,想找地缝钻,说:"啊呀,大人就不要拿我们下人开玩笑了,我还是做我的力夫吧。"

读书人把个大道理这样搅来搅去,广进这样的粗人哪里受得了,这也是为什么病好后,他立刻提醒大人:他们的供养已经开始出现危机了。

管后勤的是积善,积善最先发现他们的银两已经只够他们四人勉强支撑半月了,但积善却因为大人将要为他们上的第一堂课而兴奋得忘记了这件事情的严重性。而广进,却因为害怕上课,把本该积善提出来的问题提了出来,不为别的,就想打断一下,推迟一下上学的时间。

这的确是个很严峻的问题。王阳明现在是谪官,没有俸禄,从家里带来的银两，已经在路上花得差不多了。那年代，家里要想给你接济，得请专人千里迢迢送来。就王阳明而言，怎么好意思做那样的事情呢？第一堂课就真的推迟了，王阳明得想一想，下一步该怎么办。怎么办呢？看着一世界的迷蒙雨雾，他首先想到的是衙门那属于他的两石粮。他的俸禄每月是有两石粮的。可眼下还不到领粮的时间。再说了，这一家子既然可能要长期生活在这里，只眼巴巴盼那两石粮，可不现实。

这时候，那只家犬又出现了。因为熟了，它走路已经不再磨蹭，是从雾障里跑着出来的。就像它原本一直待在一块幕布后面，这会儿轮到它上场了，便掀开幕布碎步小跑出来。它好像是专门为了给王阳明带来灵感的，它一出现，王阳明立刻就想到了当地的庄稼人，当地的庄稼人靠什么生活？不就靠种地吗？这漫山遍野，哪一块地不出庄稼呢？

王阳明说："得了，我们也种地吧。没有俸禄，我们自给自足可以吧？"

第一时间积极响应的自然是广进了，他一身好力气，天生就跟力气活亲。比起念书来，他可更喜欢开荒、翻地、点种。明义和积善小心地花掉一些银子，买回些种子。眼下正是春耕时令，正适合种植。等广进开出了两块地，王阳明就对自己那身官衣看不惯了。这么个地方，穿这身官服给谁看呢？他脱下它，撸起袖子跟广进一起翻地、点种。几天后，他们便有了几块地，有了庄稼的盼头。看着种子拱出泥土，冒出嫩芽，又看着它们一点儿一点儿地长高，变绿，别提有多安慰了。

可你以为，王阳明的内心真就像你看到的那般平静吗？你以为他真的就能那么随遇而安吗？事实上，每当夜深人静，三个年轻人进入梦乡的时候，他的内心却总是狂风暴雨。他出生于官宦世家，原本有着光明的大好前途，可现在却沦落到如此地步。他要是想得通就怪了。你是怎么了？难道你矢志不渝、仗义执言错了吗？你没错，那为什么又甘愿受贬，甘愿来这里受罪？好吧，就算是为了不连累家人吧。可你当时要是不逃命，让人杀了，一死了之，不也一样连累不了家人吗？你怕死对吧？哈哈，你不过也是胆小鬼一个是吧？你不说你经历过"贴加官"，经历过四十廷杖，都到过两次鬼门关了，早就看破生死了，可为什么要逃杀？你还想做圣人，圣人怕死吗？不知道。因为你现在还不是圣人。圣人是不是应该笑对生死呢？也不知道。可你白天还假装像个圣人一样开导几个年轻人，这夜深人静的时候，听着远处野兽的叫声，面对这无边无际的黑夜，你怎么没法开导自己了？哈哈，你不是一直向往隐居吗？年轻时还跑道观、住山洞，想做得道高人的呀。现在这里荒山野岭，十里八里见不着一个人影，一年半载没一个人来打扰，不正是最好的隐居吗？可你怎么就觉得是在受罪，怎么就那么痛苦呢？你平日里不是时常都萌生那种归农之心，向往田园生活的清静自然吗？可是……可是……

15

事实上，任何一种生活方式，都只有在它还是一个梦想，或者不过是一种闲情逸致的时候，才会显得十分美好。从来没听说过农民向往田园生活，因为当你的生活方式实际上就是你的生存方式的时候，它就变得现实，甚至讨厌起来。王阳明曾经向往田园，那是因为他不用将它们跟自己的生计捆在一起，他不需要耕种就能衣食无忧；他向往自然、向往隐居，那也是因为他有舒适的书斋，有热火朝天的生活。现在，舒适的书斋没有了，热火朝天、衣食无忧的生活也成了过去，他不得不住在自己亲手搭建的简陋窝棚里，不得不自己开荒耕种来果腹的时候，这一切就不见得是那么美好了。虽然，你从他脸上看到的，似乎是一脸的超然，可他的内心，却悄悄在追问自己：难道我真的从此就要这般偷生于世了？

那一阵儿，他几乎把刘瑾追杀他的事儿忘记在脑后了。事实上，他自上了来龙场的路，就再没见过杀手的影儿，时间稍微长了一点儿，自然就放松那份警惕了。有时候突然会想起来，但想想这里的恶劣和不易，便宁可相信杀手也是不会来这里的了。事实上，唯有这一点，才使龙场驿这个地方显出几分美好来。就像一个被追赶进陷阱里的人，庆幸身后的野兽也是害怕陷阱的。但他没想到，如果野兽不死心，它就会想别的办法。

这天，王阳明收到了一封快马送来的家书。这本是他来到龙场后收到的第一封家书，拿到它的时候，他感动得都想哭了。可当他哆哆嗦嗦打开书信，里头却是父亲被刘瑾借故罢官的消息。这个消息意味着什么？意味着刘瑾并没有放过自己，意味着他们一家人的性命依然被刘瑾玩弄于股掌之中。刘瑾想告诉他的，也正是这一点。家里人告诉他这一点，是要他千万小心。小心什么呢？小心自己的性命吗？可家父呢？家人呢？自己的性命算什么？更何况，自己陷于这般境地，生与死又有何区别？是的，野兽是进不了陷阱，但它在上面威胁你的家人，此时此刻，陷阱是保护着你，但也困住了你，你虽延迟了你的死亡，却痛苦于无力保护你的家人，天下还有比这更绝望的绝望吗？

王阳明不禁悲问苍天：圣人处此，更有何道？！

他吃不好睡不好了。他没法强装超然了。他站桩，平日里是睡前站，现在睡前站，睡不着又起来站，甚至白天也站。站桩是他从德一道人那里学来的静心方法，心里如此翻江倒海不能平静，他必须用这种强制性的办法找到一份平静。天地不过一气，人身也不过一气。一气顺了，心就顺了。顺则生，一气生阴阳，阴阳生万物，万物最后也归为一气，则平静、清静、安宁了……可眼前忽又跳动着两个光点，像黑夜里的两只萤火虫，那是什么？圣人可有过我这般的遭遇？"孔子穷乎陈、蔡之间，藜羹不斟，七日不尝粒"算吗？显然不算，他还有颜回去为他找吃的，家人也没受到威胁。舜呢？其父不待见，其弟象，处处陷他于死地，跟我很像了。那么舜是怎么做的？忍气吞声、躲逃，最后还施仁于弟，仁至义尽。这是一种什么人生态度呢？听天由命？舜并没有坐那里任由象拿走自己的性命，他也躲，也逃，但完了又并不计较，并不仇恨。这叫忍辱偷生，还是韬光养晦？如果两者都不是，那又是什么？

不管如何，心又不静了，便把这些念头按下去。眼前的两个光点，终于安伏下来。可过了一会儿，它们又突然成了两个光圈。一大一小，互相扣着，横置于他的眼前。如果是白天站桩，或站桩前曾点着灯，那闭眼后有这两个光圈就很平常，但他清楚地记得，这一次，自己是从被窝里爬出来的。因为怕影响到那三位家仆睡觉，他起床时根本没有点灯。

那么这两个光圈意味着什么呢？

他用心看着它们，因为专注，他开始变得平静，呼吸似有似无，意识漂浮于云端，心念归一：《孟子》说"静心"，说"知性"，那是种什么情况？就是现在这种情况吗？看似无心无思，无意无念，却又似漫无边际？

陆九渊说"我心即宇宙"，就是这种情况吗？那么"尽心"呢？佛家叫"不思议"，道家叫"虚静"，儒家叫"诚"，叫"贞"，俗人则叫"开心"，而《易经》中则称"易"，二程夫子则叫"理"……

"尽心"来自何处？来自于"定"，"定"从哪里得来？从"主一"得来。"主一"可不是简单的专心、专注的意思，而是拂去杂念、拨开乌云找到那个"一"，那个"主一"，那个"本"。找到那个"本一"，就能"定"，定了，就是"尽心"了。"尽心"就是"理"，那么，是不是"心即理"？！

读了那么多书，现在终于有了切身的体证。难道老天要你受这些苦，就是为了让你获得这种体证？又来了，又在说苦，乌云又起，谈何"尽心"，赶紧驱赶它们。可这到底勉强，凡事只要勉强，就不自然，不自然，还谈什么"安"？"安"便是知而不守，任其自然而然，来了就来了，去了就去吧。

想起那个和尚来了？你见他时，他愁眉苦脸，虽定坐却并不放松，一眼就能明白，他虽身处于清静寺庙，却并没能放下红尘。你问他这是为何，他不答，你问他老家是否还有父母，他点头。点头，就表明是有的，现实中有，他心上也还有。你觉得这很自然，儿子想念父母怎么不自然呢？既然自然为什么又不遵从自然呢？你说既然思念，那就回一趟家不就行了。于是那和尚起身便飞奔起来。他的"安"在哪里？肯定不在愁眉苦脸打坐的时候，只能是在飞奔去见父母的路上，在见到了父母的那一刻……

那么，你为何要强迫自己不去思念父亲，不去牵挂父亲及家人的安危？

站不下去了！索性点上灯，两眼喷火地盯着三位熟睡的家仆，那一刻，他真想立即叫醒他们，连夜赶路回家。可当面前的三双眼睛先后睁开，满脸迷茫地看向他的时候，他又恨不能打自己一个嘴巴。我何以竟产生了这样的念头？如果现在能回去，当初还用来吗？

他冲着那三双疑虑重重的眼睛点点头，说："没事，你们睡吧，我起来看看书。"

是啊，他这半生都在追寻圣人之道，都把希望寄托于圣贤经典，此刻这般逆境，还不求助于书？

16

相对来说，白天要好过些，因为白天是光明的，即便这大山里四处都雨雾蒙蒙，但毕竟有光。当你内心无光的时候，天光对你就非常重要。几乎像药对病人一般重要。更何况这个季节，树木、野草正是生机盎然，看着它们，心里也能油然生出一些积极因素。

那只家犬天天都要来拜访他们一回，或清早，或傍晚。明义提出把它留下，但积善说他们已经余不出吃的来喂养它了。明义一听因为这个而留不下狗，眉间又充满了丧气。

王阳明只好宽慰他："等我们情况好起来，去附近的农家要一只狗崽就是了。"

他说："这只狗虽然每天往这里跑，但它是有主人的，你把它留下，它就得天天想念它的主人，它的主人也会到处找它。所以，你要是把它留下，就是做了一件很自私的事情了。"

好像是为了应他的话似的，这天，家犬还真带来了它的主人。那是一个十二三岁左右的男孩，一身黑衣，皮肤也黑，但眼神无邪，气质清新。就像这山野的一棵灌木，清纯而自然。

王阳明从他的装束上明白，他就是这当地土生土长的孩子。互相有过一会儿眼神交流之后，王阳明小心地问："孩子，你懂汉语吗？"

那孩子说："大人。"

王阳明会心一笑，心想这孩子肯定跟这只家犬一样，跟这里的老驿丞是朋友。这可太好了。

王阳明问："你叫什么名字？"

那孩子有过一秒钟的迟疑，这句话并不难懂，但因为说话的人陌生，就显得有些生疏。不过，又因为这位陌生人如此这般的平和，他还是很快就适应了。

他说："布。"

王阳明又问："有十二岁了？"

布说："十三。"

王阳明问："会识字吗？"

布摇头。

王阳明说："'人之初、性本善'知道吗？"

布接着往下背："性相近，习相远。苟不教，性乃迁。教之道，贵以专……"

没想到连汉语都说得结结巴巴的一个孩子，竟能一口气背完《三字经》，这可太让王阳明惊喜了。他问谁教他的，布说是原来的大人，也就是老驿丞了。虽然他并没有教这孩子识字，但却教他背书了。王阳明像是大雾天突然看到了太阳一样，内心突然一亮：谁说我王阳明只能无所事事地偷生于此？我可以教当地人识汉字、说汉语，把中原文化传布于此啊！倘若我必须葬身于此，生前能做几件有益于此地的事，不也能成全一点我那颗圣贤之心？

于是，他当即就向布发出真诚邀请："你每天来我这里上一堂课吧，我教你识字。不光你，你还可以邀上你的兄弟、你的伙伴，多少人都行。"

布听了这话高兴得不行，眼睛亮得跟灯似的。

明义也特高兴，跟着王阳明，他渐渐开始好为人师，他当场就拿了《三字经》教布认字。布虽会背，见了那些字，却完全认不得。明义说："你不是会背吗，它们都认得你呢，这个认'人'，'人之初'就是它们了……"

王阳明打断明义，对布说："你看看，我们这里可都是识字的人。他叫明义，你们来了，他就可以做你们的师爷。"

明义一听这话，开始还有点儿发愣，但又听王阳明说："你不是想做师爷吗？"便又会心地笑开了。

那之后，布便真的成了明义的学生，而且还真不光他来，他带来了好几个邻居的孩子。明义也十分喜欢这份工作，每天开开心心地为他们上课。

可积善却越来越愁苦，他一厨子，是该在饮食上大显身手的，可他们眼看就没几颗米了，庄稼苗才长到一寸高，衙门领粮的日子也还没到，马上就要面临青黄不接了。那广进呢，因为有几块地盼着，每天只管去看那些庄稼苗，好像他的双眼能催庄稼苗生长，让它们一夜之间就变成粮食似的。

王阳明呢？则夜以继日没白没黑地埋头于他带来的那几本书，书都给他翻烂了，却不见他舒展过一次眉头。他虽然自以为已经超然于功名利禄之外，甚至还曾自以为看破了生死，但如今，他却被困顿于生死二字，挣扎不已。

祸不单行，说的大概是命运的任性？当你身处逆境，苦苦挣扎的时候，命运往往会再来一次落井下石，不为别的，只为取个乐？

贵州这样的地方，暴雨一般都发生在夏秋，但或许因为今年来了个王阳明，又或许他正处于一种内外交困的境地？反正暮春便来了一场暴雨，而且还不是一般的暴雨。

那时正是深夜，三位家仆已经熟睡，王阳明读过了书也站过了桩，刚刚入睡。雷声是从远处开始的，一开始有点像天庭在搬桌子椅子，又像是有人在滚铁球，轰隆轰隆的。王阳明睡得浅，雷声一开始他就醒来了。睁开眼，他还看见了闪电。可那会儿不还远吗？而且雷声听上去闷闷的，闪电也在遥远的天边，并不可怕。更何况，当一个人心里装着生死之忧的时候，几声闷雷又算得了什么呢？

可似乎正是王阳明的无视激怒了这场暴雨，他刚准备闭上眼睛养那来之不易的瞌睡，就听头顶突然一声霹雳，草棚里的四人都给惊得诈尸一般坐起。跟着又是第二个炸雷响彻头顶，那三人竟吓得咋呼呼抱住了脑袋。王阳明嘴上说着"别怕"，心里却并不比那三个镇定。炸雷伴着闪电，那电光就在眼前，像突然从地上冒出来的魔法植物，枝枝杈杈伸向天空，将黑夜照成白昼，跟着又一个响雷，"哗"的一声，天空决堤了。雷鸣电闪，倾盆大雨，他们的草棚吱吱嘎嘎，摇摇欲坠。那三个赶紧用被子捂了头，蜷缩成一团。很显然，他们对自己完全不抱希望，如果天塌下来了，他们就指望那些比自己更高的人顶着了。

可这里比他们更高的人是谁呢？王阳明吗？可当他借着闪电亲眼看见第四个炸雷劈断了离他几丈远的那棵大松树的时候，他能做的，也只能是像他们那样了。

他们的棚顶就是在那个时候被揭掉的，在王阳明用被子捂头的那一刻。你们不会以为用被子捂着头就安全了吧？那就揭掉你们的屋顶！暴风雨就是这么想的。

因为全都捂着头，谁也不知道他们的屋顶已经没了，只感觉如注的雨水直接冲刷着被子，掀开来，才给劈头的雨水浇醒过神来。黑夜中，他们乱成一锅粥，第一时间还没想到屋顶没了，无法明白自己怎么突然间就到了雨中，待闪电照亮黑暗，才发现自己还在地铺上，只是屋顶没了。这可怎么办？更年轻的两个早已经哭喊起来，广进虽没哭喊，却也瘪起了嘴，做起了要哭的前奏。如此这般，暴雨便更是肆无忌惮，雨水借着风力，像巨人的耳光一样抽打着他们。四人挤作一堆，紧抓着身上的被子，风抽得他们头脸生痛，雨水浇得他们快要窒息，惊雷让他们耳朵失聪、脑袋发空，世界末日不过如此了。

好在但凡是使性子的事情，都来得快也去得快。也就半个时辰的样子，暴雨终于使完了性子，离他们而去了。半死之身，又重活了回来。四人动了动身子，挤得更紧一点，盼着天明。

当第一抹晨曦投到他们脚下，他们首先看见的是一地的积水。是因为全身湿透的原因吧，他们竟然没感觉自己蜷在积水里。一些轻便的东西，比如他们的鞋、比如王阳明的书，都浮在水面上。第一时间，三个家仆去抢救他们的鞋，王阳明则赶紧抢救他的书。鞋湿了，晒晒就可以了，更何况，这里除了鞋，还有什么是干的吗？但是，书却是最不经泡的，浮在水上的时候，看上去还像是好的，一拿起来，它们就软了、烂了。王阳明十万分小心地将它们捧起来，又十万分小心地将它们铺到那张充当着餐桌和书桌两个角色的简陋不堪的木桌上，心里巴望着等雨水干了，它们还能有个书的样子。

这一轮抢救工作过去，四人才意识到他们身上也该来一番收拾。这种时令，这种气候，穿一身湿透了的衣服自然是不妥的，而且也不舒服。积善去翻箱子，想为王阳明找一件干衣。可箱子昨晚也并没幸免于难，一箱子衣服，全泡透了。

王阳明说："烧堆火吧。"

这时候他们的确迫切需要一堆火。

明义和广进赶紧找柴火。柴火本质是干的，暴雨再大，也不过是曾湿过它们表面，经风吹吹，表面的水分一干，它们就又是一副炽热心肠了。既然已经没了屋顶，他们索性扫了积水，把火堆生在原来的屋中央。这也是一种本能的做法吧？这样好歹是在屋里。积善打起火石，燃起火堆，四人便围在火堆边取暖烤衣。

有了这份温暖，和清晨带来的希望与生气，世界的面目在他们眼前变得温和起来。那哭过鼻子的、强忍过泪水的，内心也都开始变软。自王阳明说过那句"烧堆火吧"以后，没有任何人吭过第二声。柴火倒像没事儿似的，"噼里啪啦"烧得依然热烈，就像昨晚从来没发生过暴风雨。

四人将身上的衣服烤到半干时，布来了。

他远远地站在路口，看样子不相信自己看见的情景。这边几个如此这般地狼狈，哪有心情跟他说话，就都沉默着。

布向前走来。

于是明义只好说："你这么早来干什么？"因为他们的课都是在中午

上的。

　　布已经走到了院子中央，听他的师爷这么问，便又站下了，好像他真是来早了。他看着他们，又看看他们空空的头顶，说："我就晓得会这样。"

　　明义不满地问："你怎么晓得？"

　　布说："昨晚那雨太大了，你们这草棚经不起的。"

　　明义生气地说："那你怎么不早说？"

　　布还没回答，王阳明轻轻咳嗽了一声，这就是制止明义生布的气了。王阳明说："布怎么会提前知道昨晚有暴雨呢？"

　　可明义要是不能生布的气，那该生谁的气呢？王阳明的制止不仅没能让他平息下来，倒撩得他火气更旺了。他说："可他不是知道我们的草棚经不起暴雨吗？他怎么不早说呢？"

　　布一脸的委屈，不知道说什么好。

　　明义见了他那一脸委屈，又不忍发他的火了，便冲着旷野吼："可我们现在就连草棚都没有了！难道雨来了，我们只能顶个斗笠遮雨？请问布，斗笠经得起暴雨吗？"

　　布没有回答。他知道明义不需要他的回答。

　　明义发完这通气，眼泪再一次喷涌如注了。很显然，这会儿他的内心正在下着一场暴雨。

　　王阳明见了那泪，心里也酸得慌。说实在的，他何尝不想哭一下？这四个人里头，谁还能比他更悲催更绝望呢？要说心里堵，谁能有他堵呢？他王阳明一朝廷正六品官员，给一棍子打到不入品，发配到这么个荒无人烟的地方。不仅如此，父亲还受到连累，被罢了官。况且杀手的刀还悬在头顶，死亡的阴影随时都会在某个地方闪现。要说悲，谁能悲过于他？要说苦，谁能有他苦？要说怕，谁又能比他更怕？要说气，谁还能比他更气？

　　哭，历来是人释放内心的最好办法，正像雨下起来能冲走空气里的尘埃一样，人的眼泪，也能带走内心的阴霾。但是，他是一个三十七岁的爷们儿，他还是这几个人的主心骨。他要是哭起来，那三个该怎么办？再说了，他们三个，都是受了他的连累才至于如此，他又怎好意思哭？

抬头看看天，又看看那歪歪扭扭的棚架，他强忍着心酸说："咱们去割点草来，把棚盖上吧。"

明义说："盖上了，不是还会给掀掉？"

王阳明说："那……难道我们今晚要睡在露天？"

布接过话说："师爷说得对，再盖个草棚，最后也还是会给暴雨揭掉盖子的。"

一边的广进突然冲布冒起火来，说："这个还用你说？也许像你们家那样的正经房屋经得起暴雨，也管得久，但我们建不起呀。"

布去看王阳明，见王阳明也正看着自己，便冲他招招手，是叫他跟着走的意思了。王阳明左右看看，见并没人反对，便跟上了布。

布一声不响地走在前面，王阳明一声不吭跟在后面，他在想：布这是要带我去哪里？难道是要邀请我住到他家去？可这不还有明义他们吗？难道布只打算邀请我一个？那可不行。

正胡乱想着，布已经将他带进了一片丛林。这里根本没有路，每走一步，都得由布临时开辟。显然这不是通往他家的路。

因为刚下过雨，草丛里还尽是雨水，树上也还挂着很多雨水，没走几步，他们膝盖以下就湿透了，若不小心碰了碰树，还会招惹上一场小雨，王阳明才刚烤到半干的衣服，又被淋湿了。

两人一前一后湿淋淋地穿越了一会儿，布在前面停下了。

王阳明走上前，就在布的面前看见了一个天坑，像一张口径一两丈的大嘴，正冲着天空做呼喊状。坑大约一两丈深，里头长满了茅草，草丛中有看似野兽开辟的路，支支岔岔，一头在他们脚下，一头在坑底的草丛里。坑沿边上，那些裸露出来的地方，留着一些它们的足迹。王阳明看了一眼，判断出它们应该是生着蹄子的动物。

布告诉他，这里住的是野猪。

王阳明问："你带我来捉野猪？"

布看着他笑，因为他不是要带他来捉野猪。他从旁边找了几块石头，朝着坑底乱打了一气，又在原地跺着脚吼喊了一通，果然就见几头野猪像子弹一样"嗖嗖嗖"蹿了出来，从他们身边飞蹿而过，隐进了灌木林。

王阳明看着它们消失的地方，半天没反应过来。

布说："没事儿，它们已经跑远了。"王阳明那样子看上去吓得不轻，布得安慰他一下。

回过神来，王阳明伸长了脖子往坑下看，问："它们就住在这坑里？"他在想，原来这坑并不像看见的那么浅啊。

布说："这不是坑，是个山洞。"

"山洞？"王阳明有些惊喜。他一直对佛道文化有研究，因而对山洞有着特别的亲近。几年前他得了肺病，还曾专门到会稽山一个山洞里修身养病，住了好长一段时间。因为那个洞叫阳明洞，所以他把自己叫"阳明子"，还从此拿"阳明"做了自己的别号。

见王阳明对山洞很感兴趣，布也多了些信心。他扒拉开草丛，领着王阳明往下走。走到坑底，扒拉开一丛比别的地方更茂盛的茅草，就看见了洞口。

王阳明不禁仰头看了看坑口，他觉得，说坑口像张嘴是对的，因为一进洞，洞道便窄得如咽喉。

布在前面猫着身体往里钻，王阳明跟在他身后，头就只能顶着他的小屁股。但过了这条咽喉，里面就能直起身体来了。通过洞口射进来的微弱的天光，王阳明能模模糊糊看出它的形状，弯来拐去，凹凹凸凸，倒还真像个胃。不过也是个巨大的胃，靠里头那块有老驿丞的草棚宽，外头这一块，竟比他们新建的草棚还稍宽。然而，比起草棚来，山洞自然要牢固很多。不知道为什么，一进洞，他就明白布的意思了。他都没等布问，便双掌一击，道："罢了，不如住这里吧。"

布也正是这个意思，听王阳明这么说，他不禁两眼放光。一个小孩子，尽管他对王阳明这几个人有着满心的敬重和怜悯，可他又能做什么呢？

王阳明四处查看了一遍，洞内虽然有些雨水，但洞口可以通风、采光，他原本担心这种地形，下暴雨时山洪会直接往洞里灌，但三个时辰前才下过一场巨大的暴雨，洞里却没有特别多积水，便说明不会有这样的问题了。当然，得搞清楚这是为什么，毕竟这是一个下沉到地面下的山洞，而且洞口还是一个天坑。他爬出洞来，对洞口做了一番查看，坑底并没有他想象中的可以导引山洪的漏洞。那么如果发生山洪，水又去了哪里？爬上天坑，再好好查看一番，才发现原来这个天坑本身处于一个山包包上。他们来的时候，其实是一直往上走的。只是因为注意力一直集中于辟路，而且坡度也缓，便没感觉得到。现在，如果你能用眼睛过滤掉树木野草，便能看见一个圆溜溜的小山包，配上那个天坑，你还能想象到一张圆鼓鼓的脸，向着天空张着大嘴。

这样的地形，自然就不会发生山洪往洞里灌的事情了。遇上大暴雨，坑底可能会出现短时间积水，但通往洞里的通道也是微微向上的，这就是为什么洞里一直保持干爽的原因。

"真是天无绝人之路啊！"王阳明不禁仰天长叹。

可布不得不警告他："野猪可能会回来，因为这里其实是它们的窝。"

王阳明笑道："你别说，我还真在洞里闻到猪圈的味儿了。"心情一见好，他的话就风趣起来。他说："野猪比我们厉害，它们可以去找新洞。这里就让给我们吧。"

17

这个山洞，让他想起了会稽山的阳明洞，他曾为了养病，在阳明洞一住就是几个月。现在想起来，那一段山洞生活真是让人怀念。

王阳明曾一度沉溺于文学，终日玩味着那些华丽辞章，可有一天，他突然发现这完全没有意义，尤其当时以"前七子"和"后七子"为代表的，倡导的文学复古更是无趣。他十二岁就立志要做圣贤，自然觉得将精力投于空泛的文章，就等于是在浪费时间。也是那一天，他悟出了一个道理：圣贤之道，不在于雕琢华丽的文字，而在于参悟世道，以经世之用。因而，他从此再不玩味文字，不再把写出一流文章当作自己的追求了。

这一年，是弘治十五年，也就是1502年。这一年，是王阳明思想信仰上的重大转折之年。这一转折，使他在成圣的道路上，向前跨出了一大步。

那年，他得了严重的肺病。为了养病，他住进了会稽山的阳明洞，在洞中修炼道家的导引术，一住就是几个月。那是怎样的一段时光啊，"池边一坐即三日，忽见岩头碧树红"。甚至有人传说他在那里修成了仙，说的是有一天王阳明正在打坐，突然唤来书童，告诉他说，今天将有四位客人到访，要他到五云门去迎接一下。书童去到五云门，果然迎来了王阳明的四位好友。好友们很奇怪，他们事先并没带过信，王阳明怎么预先就知道他们要来呢？对此，王阳明的解释是："心清而已。"

那会儿他的确一心追求心清，渴望能像佛家所说，内心无欲无望，超然于世外，隐身于大山，过神仙似的生活。可他无论如何，内心也不能空到没有亲情牵挂，他想念他的祖母，思念他的父亲，还有妻子。这曾一度让他对自己非常失望，曾以为这便是"不具慧根"，可正是这番纠结给了他启示："此孝悌一念，生于孩提。此念若可去，断灭种性矣。"

"五蕴皆空"是抛弃人伦、亲情，甚至是责任，这显然不是他王阳明追求的方向。他追求的，是人世的天道，是做人的真理。若沉迷于佛道之学，便是走到岔道上去了。

他真庆幸自己能及时醒来，要不然，弯子可绕大了。当他从阳明洞中走出来的时候，内心已经是晴空万里了。从此，他便笃定了自己的儒学方向，不再沉迷于佛道了。

天道自然，是为一体，这是不是就是山洞能给王阳明带来灵感的原因呢？人若亲近自然，自然便亲近于人？

不管如何，王阳明他们搬进了布为他们找到的这个山洞里住下了。洞里的确大股猪味，但野猪是爱干净的动物，从不曾在洞中拉屎拉尿，洞里还算是干净的。打扫打扫，找些艾草熏熏，就很好了。

为了防止野猪们返回洞里来,他们在坑底的洞口做了一道栅栏,又沿着天坑边沿加了一道栅栏,又在栅栏上挂上铃铛。这样一来,野猪回来碰了栅栏,就会碰响铃铛,暴露自己。

别说,当晚野猪还真回来了。那会儿才刚天黑,它们跑出去吃饱了肚子,玩耍够了,大概就把这里的危险忘记了。或者它们以为,那一大一小两个人,不过是过路的。天黑下来,它们就得回窝睡觉了。这一回来,还在八丈远便闻到了人的气味。就这,也没想到是有人占了它们的窝,只以为是旁边的灌木林里藏了猎人,心里一慌,便跑起来,得赶紧躲进洞里去不是?野猪跟人一样,天黑下来,眼睛就不好使,这闷头一阵狂跑,脑袋就撞栅栏上了。正发蒙,洞里已经冲出来一大汉,挥着根木棒,又是喊又是叫。它们便赶紧掉头逃了。

那大汉是广进。他做出这副样子并不代表他很凶悍,而是因为他太害怕。

至于野猪那天晚上会去哪里睡觉,之后又该去哪里找窝,王阳明已经不去管了。

住进这个山洞,他便开始研究《易经》。既然"天无绝人之路",那就说明命运之道是可以寻求的。正像他们能在一片丛林中找到这个山洞一样,他或许也可从眼前的迷途中找到突破命运的出路。

而《易经》,正是一部命理学经典。

山洞最里面那块地方,洞顶和三面洞壁都方方正正、平平整整,与平整的地面交相辉映,活像一口椁,他将那里叫作"石椁"。椁是死人待的地方,但他却在那地方睡觉,在那地方研究《易经》。事实上,当命运处于绝望之境,那点儿忌讳便不值一提了。住山洞的确比住草棚要省许多心,不担心暴风雨了,不担心野兽了,王阳明倒可以一心一意研究《易经》了。

想想前人那些伟大的成就,无不产生于逆境之中,就这《易经》,不也是周文王身陷囹圄,在牢狱中成就的吗?为什么伟大的东西总是诞生于绝望之境呢？因为绝望，便意味着你什么都没有了，命运夺走了你的一切，福禄、天伦、荣誉、尊严，全都没有了，你只剩下一个肉身和一颗心，而这具肉身则用来体验各种苦难：病痛、饥寒、死亡；心，则用来绝望，或者奋起。绝大多数人的心，在这种时候都选择了绝望、消沉、听天由命，这实际上不叫选择，因为他们根本就不曾有过选择，所以他们永远都只能是凡人。极少数人的心，会选择奋起。因为当你什么都没有了，你也就清静了。没有了凡事的打扰，没有了荣华富贵的腐蚀，没有了天伦的诱惑，你就可以专心致志于你的信念。当然，前提是你得有信念，也就是志向，要不然，你的心就没法"专"，你连方向都没有，从何而"专"呢？

好吧，我王阳明现在还剩下什么呢？只剩下一个做圣人的志向了。我从十二岁起就立志要做个圣人，可现在怎么还是凡人一个呢？难道我命里根本就做不成圣人？《易经》能告诉我答案吗？当年周文王被囚于羑里，如何能活着出来？第一，就是靠坚定活着出去的信念，第二就是靠从八卦中得到脱险的启示。《易经·系辞下传》说，《易经》是先贤为了解决现实的忧患而产生的，而《易经·说卦传》又说，先贤作《易经》，是为了顺应性命之理。然而，八八六十四卦，不过是一事一议，是谁在主宰这些事呢？自然是"命"，那么"命"的源头又是什么呢？

他突然想起不知是哪本书上的一个故事，说的是有一个人，很小就让人算过命，算命先生说，他今后能考上进士，后来还真就考上了。算命说，他今后还能做官，后来又真的做上了官。算命先生还说，他还能得一贤妻，又真得了一贤妻。因此，后来他便完全信了命，听天由命地活着。有一天，他到了一座寺庙，见一位高僧正在打坐，便漫不经心地坐到了高僧的对面，而且一坐就是几个时辰。

高僧以为自己遇上了高人，好奇地说："我看施主既不像佛家之人，也不像道家之身，怎么竟能修得如此出神入定呢？"

他说："一切都有命定，何需要修呢？"

高僧一听便"哈哈"大笑,说:"原来你的'入定'来自于听天由命啊,我还以为遇上了高人,结果你其实比凡夫还凡夫啊?"

他问:"为什么这样说?"

高僧说:"你连自己的命运都不打算去改变,还能成别的什么事呢?"

好吧,我王阳明既然不甘于做一个凡夫俗子,那为什么又要听天由命呢?

他试着为自己占卜打上一卦,可发现卦辞的含义却并非唯一。"天地之道,贞观者也。日月之道,贞明者也。""贞"是核心价值观。他联想到《心经》的"观自在",又联想到《大学》里的"明明德""在止于至善",再联想到自己曾在阳明洞里悟到的"仁",好吧,这个"贞",这个"明明德",这"观自在",这"仁",就该是黑暗里的一团光。要能在黑暗里得到一团光,靠拼命睁大眼睛是得不到的,得从内心去找。怎么找?《易经》说"无思无为",《大学》说"止、定、静"。"无思无为",方能"感而遂通","止、定、静"方能"安、虑、得"。

好了,这就是路径和办法了。原来佛家说"不可说,不可说",孔圣人又说"书不尽言,言不尽意",得靠什么?心。

心在哪里?在自己的身体里。心是什么?心就是"贞",是"诚",是"仁",是"理",是"道",是"明明德",是那团光。"我心即宇宙",要找到那团光,得拨开乌云,拂去尘埃。原来"心即理"啊!你要做圣人,找到你的心就对了,而身外的那些,诸如荣华富贵,诸如天伦之乐,不过是遮蔽了心的乌云或尘埃。所以佛家讲放下,方能清静,就是这个意思了。可是,"格物致知"又怎么说?

……

这天,明义突然对他说:"大人,你给这个地方起个名儿吧。"

他略想了想,说:"这里原来是野猪窝,现在就叫'玩易窝'吧。"

18

龙场这地方，到了初夏，天空就变得明媚起来。王阳明时常会坐坑沿上晒着太阳发上一阵子呆。这种呆，当然是表面现象，是那几个随从看到的现象。事实上，他那颗心，从来就没"呆"过。坐在洞里也好，坐在这里也罢，他都从不曾停止过关于生死的思考。佛家讲"不生不灭"，可这世界上有什么东西能逃过生死呢？是石头吗？可谁能说石头就是永生的东西，或者干脆就是永死的东西？一株野草，春天出生，冬天死去。树的命长一点，但有一天它也是要死的。

太阳很好，晒得骨头发酥，浑身舒服，王阳明四仰八叉地躺在地上，盯着天上一朵正在奔走的白云，看着它渐渐变厚、颜色变深，跑向天边。那里堆集着大片厚重的云层，等积得足够厚，就该下雨了。云，原起于地面上的水蒸气，地面的水，来自于天上的雨，天上的雨，正来自于这些云。这就是生死循环。那么，水蒸气是云的生，雨则是云的死？照如此说，云的生是美的，死也是美的。单是这云的生死而言，死倒更显得轰轰烈烈。想想这身边的野草吧，它们发芽，长出植株，就是生，当植株枯萎，便是死。可它们还有根，还有种子。这根、这种子，便是"生"的基础和根源，那么就它们而言，难道死，不正是生？

原来生死真理竟藏于自然之间，这就是为什么朱子要讲"格物致知"吗？

他突然想起自己年少时"格竹"的事情，他整日整日地盯着那片竹林，直盯了整整七天，却什么也没能想明白。原来，人不到生死关头，如何能参悟生死啊。

为什么人生总有那么多苦难？事实上活着和死了未必有那么明显的区别。或者干脆说，生即是死，死即是生？罢罢罢，这样追问下去，你不就回到'生死由命'了吗？

正胡思乱想，积善那里喊吃饭了。好像有些日子没吃上正经粮食了，积善和广进采来的那些野菜不顶事，这肚子总处于一种饥饿状态，一听见

"吃饭"这词儿,肚子就欢叫起来。

像这样的好天气,积善一般都是在洞口做饭。王阳明撑起半个身体往下一看,就知道这顿饭要吃什么了。还是蘑菇、蕨苔。这两种东西,是这个大山、这个季节的馈赠,他们已经吃了好几天了。

几天前他们已经彻底断了粮,王阳明让积善和明义到贵州城衙门领他的两石粮,结果却是空手而回。那边的回答是"等等",至于为什么要等等,要等到什么时候,却又没说。

后来,明义又跑过两趟贵州城衙门,得到了回复是:时下青黄不接,根本没粮可领。这里有句俗话,叫"神仙都难过二三月"。农历二三月间,农家尚且青黄不接,更何况衙门呢。当然,衙门的实际情况其实比农家更好一些,因为农民留下来的粮永远没有上缴的皇粮多。但是,即便还有那么些,也不是随便可以给你一个驿丞的呀。你一个驿丞算什么?衙门里还有那么多吃皇粮的人,他们哪一个不比你一个驿丞更重要?

这些天来,他们全靠山里野菜度日,咽着苦涩的野菜,王阳明不禁想:这样下去,杀手不来杀我,我也该饿死在这里了。

今天的餐桌上,竟然多了一个红薯。那是布和另外一个学生带来的。这个季节,他们的家里也都缺粮,能有几个红薯,全是父母勒紧裤腰带节省下来的,要想接济一下师爷他们,只能是从家里偷。两个学生一人偷了一个,悄悄塞给了积善。积善没有一顿全煮了,只煮了一个,是给王阳明煮的。

四人围坐在餐桌边,全都绿着眼盯着那个红薯。它虽然也算不得主粮,但在这一桌野菜中间,可真诱人。

积善说:"大人,您吃红薯。"

王阳明看看他,又看看那两位,问:"为什么是我吃?"

积善说:"因为只有一个。"

王阳明说:"为什么只有一个,就该是我吃?"

积善说:"因为大人最重要。"

王阳明眼眶一红,赶忙抿嘴耸鼻,抑制住想哭的欲望。缓过劲来,他说:"要说重要,我们几个里头,就我最不重要了。"

说着,他找来切菜刀,将那个红薯切成了四份,往他们每人碗里放了一份,自己才拿了一份。

不知道是这两个红薯的原因,还是别的什么原因,王阳明决定亲自去采蕨了。

灌木林是蕨类的天堂,这个季节又是蕨类的黄金季节,他们一出洞便能采到蕨苔,而且到处都是。可王阳明的心思,分明又并不在采蕨这件事情上。他看上去神思恍惚,与其说他是出来采蕨,倒不如说他是在梦游。明义跟在他身后,眼看着他从密密麻麻的蕨苔丛里走过,却对它们视而不见。

明义没有惊扰他,只是一路跟着。事实上就他自己,也给这种处境打蒙了头,现在走在王阳明身后,头脑也是空空如也,身体也如走肉一般了。他还年轻,就他的人生经历而言,还从来没遇上过这样的处境。但因为他们属于王阳明的随从,因而他们更习惯于把他们的未来交给主人。

走到了一处岩石下,前面没了路,王阳明下意识地抬起头,望向了岩头。岩头上有一丛刚冒出头来的蕨菜,正沐浴着初升的阳光,惊现出它们鲜嫩欲滴的那一刻。王阳明惊喜地喊道:蕨!就好像,这一路走来,路边并不曾有过一片一片的蕨菜,就好像他走了这么远,终于发现了它们的身影。他都没等明义反应过来,就爬上了岩头。他一文弱之人,何以有那么敏捷的身手,也已经不再重要,重要的是他已经爬上了岩头,手已经够着了那丛鲜嫩的蕨菜……

他摔下来了。

像一块崩塌的山石一样,先滑了一段儿,又滚了一段儿,最后扎扎实实地摔到了岩脚。身体着地的那一刻,他感觉死亡像一块黑布猛地盖住了他的脸,跟着又像一股黑烟钻进他的七孔,贯穿了他。但很快,它又从他的身下逃走了。

一口气回到体内,他听见了明义的哭喊。

这可把明义吓惨了。

他看看明义，看看自己手上，突然笑道："你哭个什么？我采到蕨了。"

所幸那一下没摔坏身子，让明义扶起来，全身上下摸了一遍，骨头还都是好的，只是有些地方受了点皮外伤，有些地方瘀青了。一瘸一拐回到玩易窝，他便写了一首采蕨诗：

> 采蕨西山下，扳援陟崔嵬。
> 游子望乡国，泪下心如摧。
> 浮云塞长空，颓阳不可回。
> 南归断舟楫，北望多风埃。
> 已矣供子职，勿更贻亲哀！

读这诗，你就知道他为什么会摔上那么一跤了。还知道那一跤，似乎让他摔得有些清醒了。"已矣供子职，勿更贻亲哀。"当未来不可预测和操控，是不是就应该活好当下？

活好当下？那不就是"及时行乐"？这种态度看似积极乐观，但其实极其消极啊。

乐来自哪里？来自荣华富贵、锦衣玉食、歌舞升平？一般情况下是。可也有并不快乐的富人，又是为什么？况且还有"穷开心"的说法。穷为什么还能开心？因为开心，似乎并不完全依靠荣华富贵、锦衣玉食？开心，强调的是心的重要，而非物质的重要？是啊，一国之君富不富？草芥百姓穷不穷？可难道只天子才有开心的时候，草芥百姓就没有？天子拥有整个天下，权力大到了极限，富贵也到达了极致，难道他的开心，还跟财富权力有关？草芥百姓手无寸权，身无分文，难道他们的开心，能跟富贵有关？

那么开心究竟是一种什么状态呢？是"观自在"？是"明明德"？"观自在"又是什么状态？"明明德"又是什么状态？是"贞"？是"仁"？显然是，因为"贞""仁""明明德"不就是圣人的状态吗？这种状态是什么样子？是心的无拘无束？是心的清明如皓月？是本心？怎么才能"贞"才能"仁"，才能到达本心？书上有吗？"格物致知"能达到？这两天，我好像格到了自然间的生死真理。生死，是自然界的天理，谁也不可违背。既如此，我们便该活的时候好好活，死的时候好好死。况且看来，非得活好了，方才能好死。怎样才叫好活？是争取到权利最大化？或者财富最大化？那还能见到本心吗？不是裹得更厚？那就是放下？对了，佛家不就讲放下吗？放下身外之物，便能回到本心？那么圣人之道，不就是一路放下？放下身外之物，留下什么？一样不留，就是佛家。儒家是有所保留的，保留了什么呢？天理？这就对了！格去身外之物，只存天理，方能成圣啊！身外之物来自哪里，来自于你的心，源自于你的私欲！原来，格物致知，格的是心上的私欲，致知，致的是那颗本心啊！那么……那么……那么！我苦苦求索了半生的"圣人之道"，原来不是在身外！而是在自己内心啊！哈哈！老天爷，我终于明白了："圣人之道，悟性自足，不假外求啊！"

王阳明突然一声大喊，一跃而起！那时正值深夜，三个随从都处于酣睡中，那"石椁"空间有限，这一弹而起，脑袋就撞洞顶上了。那一撞，自然是眼冒金星，疼痛钻心。可他却没管那么多，而是踢开铺盖跑到大厅喊起来了。

所谓大厅，便是靠外那块宽一点的地方。多宽呢？五尺见方吧。他们在那里用石头搭了个巴掌大的饭桌，又在周围放了四块石头当凳子，下雨天他们就在这里吃饭。王阳明黑咕隆咚跑出"石椁"，先是撞着了头，后又绊到了石凳子石桌子，再加上他亢奋的喊叫，那动静可把他那三个随从吓得不轻。他们睡觉的地方很窄逼，不过是大厅斜支棱出去的一个角落，如果这个洞像个胃，那么他们睡觉的地方就有点像十二指肠。最近这一阵，大人老说梦话，有时候是叽里咕噜，有时候竟是大声武气。一会儿是这个人的声音，一会儿又是那个人的声音，一会儿在笑，一会儿又在哭，乍一听，是两个人，或者好几个人在一起讨论着什么呢。好几回，他们害怕了，就壮着胆点了灯，想起来看个究竟。可一看，哪里有别人呢，不过是大人闭着眼在说梦话哩。那些"别人的声音"，也都是从他嘴里出来的。如果硬要说有别人，那别人也是在大人的肚子里了。可即便是这样，熄了灯以后，他们还是害怕。这深更半夜的，又身处于山洞，老听见有人在说话，不是瘆得慌吗？可又不能点着灯睡觉，他们点不起呀。所以，他们三个睡下后，便都本能地往里挤，都恨不能有一身微缩功夫，全都蜷到最深处去。

大人这一跳将起来，又是大喊大叫，他们惊醒之后，先还想往里缩，可里头实在是没地儿了，除非他们是老鼠。然而即便是老鼠，打洞也来不及了。慌里慌张，"乒乒乓乓"，又怕又痛，他们也"哇哇"大叫起来。

那会儿，应该是"玩易窝"有史以来最热闹的了一次了。或许是夜里眼睛适应了黑暗，也或许是因为那几近于疯狂的亢奋使王阳明满面生光的缘故，他们竟能清楚地看到大人的眼睛，就他们一二十年的人生经历而言，还从来没见过那么亮的眼睛，就像夜空突然闪现出的两颗星星。

大人就用那双眼睛盯着他们，用因激动而颤抖的声音向他们宣布："我明白了，我终于明白了！"

可那三个只顾缩成一团挤在角落里，大气都不敢出，更别提有人敢问他到底明白了什么了。他倒是说自己明白了，但他们心里想的却是大人有可能疯了。

可王阳明竟然还能点灯。虽然听上去动作哆哆嗦嗦，但他好歹打着了火石，准确地找到了灯芯。待洞里亮起来，三个人的魂儿也就陆续回到了体内，蜷缩的身体开始放松，像被攥紧的树叶开始松开回弹，他们正在恢复原状。

听"石樽"那边窸窸窣窣，三个人爬出来朝那里看，就看到大人正在研墨，似要写下什么的样子。"石樽"的右前角，是明义为大人搭建的像豆腐大的一个石桌，石桌上方的洞壁上有个天然的小坑，正好可以放灯。明义想的是，大人如果偶然想写点儿什么，就得有这么一张书桌。现在，王阳明正是在这张书桌上铺了纸，在地上研着墨，肯定是要写什么了。

是要写什么呢？这一回，他们都受好奇心驱使，生怕自己落后了，都争着上前去看。

王阳明扭头看过他们一眼，目光还是那般闪亮，显然因为要写的东西还在肚子里，那东西还在让他闪闪发光。

他一边研着墨，一边对他们三人说："我追寻了半生，今天终于明白了，我终于找到'圣人之道'了！"

明义睡眼惺忪问道："在哪里呢？"

王阳明用手指心，信心十足地说："在这里。"

三人两眼一黑，心想：完了，大人真的疯掉了。

他们如何能够想到，大人今夜的"疯"，竟是那永载史册的"龙场悟道"，大人今晚的"疯"，竟然成就了东方哲学史上耀眼的"心学"呢？

那天深夜，王阳明写下的是这样的几句话："嗟乎！此古之君子所以甘囚奴，忘拘幽，而不知其老之将至也夫！吾知所以终吾身矣。"

这是写给他的"玩易窝"的。他终于明白当初周文王甘心被囚困，全因乐于演变六十四卦。六十四卦，是世界真理的演绎，周文王所以能忘记囚困之苦，自得其乐，全因为心里掌握着世界真理啊。生生死死，死死生生，生即是死，死即是生，我王阳明今天也终于在这"玩易窝"里明白了生死要义。"人于生死念头，本从生身命根带来，故不易去，若于此处见得破，透得过，此心全体方是流行无碍，方是尽性至命之学。"

打通了生死关，你就与天地自然融为一体，天人合一了。

19

我们细心一想便不难发现，每一个人在形成自己独到的世界观之前，都是活在传统的世界观之上。而大多数人之所以活得迷茫和被动，都是因为自己没有明晰的世界观。王阳明同样也没能逃过这种宿命。虽然他从小就树立了一个区别于平凡的价值观——何为人生第一等事？或读书学圣贤耳，但他的前半生依然没能逃出过传统世界观的框框，一直在那个框框里打着转。有时候，我们必须感谢生命中遇到了那些苦难和逆境，只有在生死一线间，我们才能看透一些东西。当然，前提必须是你在黑暗中依然有勇气睁着眼睛去追问、追寻。龙场悟道，可以说是逆境心理学的最高境界，"心即理"，即万物一体，这岂止是暂时的困境逆转，而是一生的豁然和开悟，是一个全新的世界观；至此，王阳明为我们所有人打开了一扇窗，让我们看到了一条光明的做人之道。我们所有的无明，困顿，绝望和痛苦，皆因看不见做人之道，一经打开这扇窗，便是"我心即宇宙"啊！。

是啊，你的心就是你的天空，当天空豁然明亮了，你的世界，也就豁然明亮了。

自那以后，王阳明完全变了个人。怎么说呢？原先眉宇间那虽强装笑颜却挥之不去的惆怅不见了，取而代之的是真正的阳光；原来压在眉头上的疑虑，也早没了影儿，现在那里只剩下自信，和因自信而生的逸然祥和。不仅如此，就连须发间，也似有光照一般。那气象，就像他是一颗太阳，衣服和皮肤根本没法遮挡他的光芒。

但明义他们宁可相信这都是因为气候，这不已经是夏天了吗？阳光足了，气温升高了，山洞也不像春天那么潮湿了，心情自然就会好上很多很多。他们当然没有发现，其实他们自己也正在接近"心学"，但他们能体悟到，如果你心境好了，其实处境就会向着好的方向发展。这不，他们终于领到粮了。而且布和那帮孩子，竟然用心为他们寻找到了一个更大的山洞，此洞处于离"玩易窝"两里路之外的龙冈，洞口高阔，且前后通风，进洞不用低头弓身，里头还有三室一厅。那厅，比"玩易窝"那厅要大上三倍，而且洞口敞亮，孩子们在此读书，还不用点灯。至于那三间内室，因为前后通风采光，也不像"玩易窝"那么潮湿、黑暗。唯一的问题，就是一到夏天山里的蚊子就多，但孩子们说，其实正经的房子也是挡不住蚊虫的。他们每晚都用烟熏，得把蚊虫熏出门外，才能得到安睡。明义他们也用这个办法对付蚊子，在洞口生一堆火，捂上湿柴，便能产生巨大的烟雾。蚊子天不怕地不怕，就怕烟熏，于是逃得远远的，宁可饿死也不想被烟熏死。

这样一来，只要你给熏得眼泪直淌了，蚊子也就逃得没影儿了。不知道蚊子们是不是也给熏出了眼泪，反正它们今晚是再不会回来了。

因为教当地的孩子读书而得了人心，那些家长也开始体恤起王阳明他们来。考虑到他们不能长期住在山洞里，仲夏时正好农闲，他们便主动提出帮忙为他们建房。这当然是件再好不过的事情，千恩万谢之后，那些强壮的臂膀就扛着巨大的圆木来了。王阳明因为喜欢眼下这个山洞，便提议将房屋建在洞旁。而且似乎是这时候，他才记起自己其实是略懂一点建筑学的。于是，哪里建房，何处修亭，再何处建轩，以及堂屋的朝向都由他来设计。

一月之后，他们有了一间正屋、一间正经的宿舍、一座亭子、一间轩室。虽然都是简陋的草屋，但王阳明却将轩室起名为"何陋轩"，取孔子的"君子居之，何陋之有"吧。同时又将亭子起名为"君子亭"，而堂屋，就叫"宾阳堂"吧。至于这个山洞，因为自己太喜欢，就叫"阳明洞"了。

自从"玩易窝"里悟道之后，王阳明正打算将自己的学说传布天下。发现了真理，就得传播出去。所以，他将这个地方起名为"龙冈书院"，期待着有人前来跟他求学问道。

看他一副安驻的样子，那三个便前后嘀咕："看样子大人打算在此长住了？"这问题，他们自己是没有答案的，所以有一天，明义终于还是忍不住问起了王阳明："大人难道打算在此长住？"

王阳明反问："那么你们想住多久？"

明义说："难道大人要在此地做一辈子谪官？"

王阳明说："如果必须在这里做一辈子谪官，我就把它做好。'君子素其位而行，不愿乎其外。素富贵，行乎富贵；素贫贱，行乎贫贱；素夷狄，行乎夷狄；素患难，行乎患难……'一个君子，不管遇到什么样的处境，都要做好当下，做好自己该做的事。所以说，即便我在这里做一日谪官，也要把它做好。"

明义无言以对了。

王阳明又反问道："要是我得在此做一辈子谪官，你们是不是就后悔当初留下了？"

明义赶忙摇头，说："哪里哪里，大人误会了。大人要是在这里做一辈子谪官，我们就跟您一辈子。"

王阳明会心的笑容像一池春水般微波荡漾。他感叹说："原来我到处寻找圣人，殊不知我身边就有几位圣人啊。"

明义问："他们在哪里？"

王阳明指指明义的心口，说："在这里。"又说："你们不知道，你们心里就装着个圣人呢。"

明义想：大人又说疯话了。

但王阳明说："你就当疯话听吧。可事实就是这样，当我王阳明落难的时候，你们没有弃我而去，这就是圣人之举啊。"

他说："事实上，每个人心中都是有个圣人的，只是当我们私欲太多的时候，就把他忘记了。这位圣人跟良知在一起，只有当我们看到良知的时候，才能看他。"

明义说："照大人这样说，就是每个人都是有良知的了。但据我所知，这世上很多人是没有良知的，他们做着各种大逆不道之事，那么这样的人，心中也有'圣人'？如果也有的话，这位圣人又跟谁在一起？"

王阳明说："你说的这些人，并不是生来就没有良知的，只是因为，这个世界是复杂的，人生活在这世上，每天都在受到各种复杂因素的影响，心性浅的，就难免眼花缭乱，不知所措，根本就想不起自己还有良知，最后便被它拉下了水。心性根基牢固的人，则时时会擦拭自己的良知，找到正确的方向，做出正确的事。就像你们三位，当发现自己将要面对一种凄苦日子时的犹豫，和最终决定留下的过程，就是擦拭良知的过程。你说的那些没有良知的人，只不过是良知没有得到擦拭，被长期的不良积习遮蔽了。"

聊着这些的时候，他们正好站在一片庄稼地里。又正好，因为这一阵忙着建房，这块庄稼地没能认真经管，野草便趁机疯长，王阳明便拿它打起了比方："就像这块庄稼地，原本它是块良田，田里种着庄稼，可因为我们长时间不来经管，野草便越长越多，越长越高，我们要是还不拔草，任其发展，再过一个月、两个月，这里就将变成丛林，变成一片荒野，里头藏着野兽、毒蛇，它自然就不被人看作是庄稼地了。"

他说："那么，这块地是怎么来的呢？不也是我们开辟出来的吗？广进砍掉丛林，积善点火烧掉灌木野草，我们一起翻土拔掉草根，将粮种播进土里，它就成了庄稼地不是？"

明义问："那就是说，坏人也可以变成好人喽？"

王阳明心里一咯噔，这就是"教学相长"了！是啊，我只想到"私欲""良知"，却忘了"好"与"坏"了。除去私欲，到达本心的过程，不也是拔掉"坏"，见到"好"的过程吗？你不是说"圣人之道，吾性自足，不假外求"吗？你求的是什么？求的是本心，是良知，那么这个求的过程，也就是一个"致良知"的过程了。那要怎样才能"致良知"呢？就是得"知行合一"了。

欣喜之间，王阳明一阵朗声大笑，说："明义啊，我可要叫你大人了。"

明义红了脸说："大人可别取笑我。"

王阳明说："我何曾取笑你了？你现在都教孩子们读书了，难道不知道孔子说过'三人行，必有我师焉'？"说到这儿，他的思绪又飞到了孔子那里，这两句话后面是什么？"择其善者而从之，其不善者而改之"，这不也是在说"致良知"吗？一个人能"致良知"便是圣人，所有人能"致良知"，不就全天下都是圣人了吗？全天下都是圣人，那不就天下太平了？这就是为什么，先前的圣人们都希望"圣学"能"治国、平天下"了！

第二章 龙冈立规

20

悟出人生之道不易，践行人生之道更不易，"知行"要"合一"，还得找到践行之道。"心即理"，万物一体，世间所有的天理皆在于一颗心，这可不是人人都能一下子就接受的。即便你将它灌输进了他们的大脑，因为他们没有方法去践行，也会很快就将它忘记。就像你为他们推荐了一处盛景，却并没有告知他们要怎么才能到达那个地方。你若告诉他们"致良知""知行合一"，那只等于你告诉他们：你可以骑马去，可以徒步去，也可以坐车去，但你并没有告诉他们路径。因为那个地方只有你一个人知道，你就必须还要告诉他们到达那里的路径。

这条路径在哪里？在他王阳明半生执着跋涉的脚下。他用了半生来走的一条路，得用一幅简单的地图体现。

那一阵，王阳明满脑子都是这件事情。正像龙冈书院是这般极简一样，他希望这幅地图最好也绘得简单易懂一些。

这天，"龙冈书院"迎来了两个学生。那是兴隆卫指挥狄远的两个儿子，一个叫狄智，一个叫狄勇。虽说龙冈书院还不曾开过学，但王阳明在龙场悟道的消息，却早传出去了。这狄远，正是因为听说王阳明得了道，成了正果，才让两儿子翻山越岭来向王阳明求学问道的。

两兄弟到的那时候，明义正在为孩子们上课，二十多个孩子正摇头晃脑背着书。明义无意间抬头看见他们的时候，那兄弟俩已经站了好一会儿了。虽然他们都还相当年轻，但这从山下爬上山顶，还是有些气喘。这期间，也算是歇了口气吧。

明义见他们一副书生模样，便问："你们……找大人？"

兄弟俩说："我们是寻阳明先生而来的。"

明义走出洞口，冲着"何陋轩"喊："大人，大人。"

王阳明把头从窗户探出来问："什么事？"

明义说："有人找您。"

这么说着，王阳明早已经看到下面那两兄弟了。待他出门走下十几级台阶来到面前，已经认出他们是谁了。

"原来是狄家兄弟啊！"他欣喜道。

早先路过兴隆卫的时候，王阳明见过他们的父亲，这两兄弟也曾和王阳明见过面，从这种意义上说，他们也算是熟人了。

兄弟俩恭敬地作过揖，才说明了他们的来意："听说大人办了书院，家父便要我们向大人求学问来了。"

王阳明笑着说："好好好，真是太好了，你们可是这'龙冈书院'最早入学的两位学生了。"

兄弟俩指着那帮正背书的孩子说："他们不也是吗？"

王阳明说："他们还不算，他们那还是在学前教育阶段。"

兄弟俩都笑起来。

王阳明将他们带进"宾阳堂"，让积善帮他们安顿一下。当然，两人无马无鞍，也无大件行李，所谓安顿，无非就是替他们安排个晚上能睡觉的地方，给他们一人倒了一杯茶水而已。那两兄弟因为年轻，也并不见疲乏，喝上茶，就迫不及待请教起王阳明来了。

"听家父说，大人在这里悟得了道……"邃智刚开口，王阳明就扬手打住了他。

王阳明说:"我这'大人',不如你们父亲那'大人',再说,'大人'不'大人'的,在我这里已经没有意义。你们既然是来求学的,那这里就只有'先生',没有'大人'了。"

他虽如此说,但狄智却依然不敢随便改口。一边的狄勇显然要没心没肺得多,听了王阳明的话,张口就改叫"先生"了。他说:"听家父说,先生在这里突然顿悟,请问先生悟到的是什么?"

王阳明微微一笑,说:"圣人之道。"

狄智接过嘴问:"'圣人之道'在哪里?"

王阳明手指胸口,依然微笑着说:"在这里。"

兄弟俩对视了一眼,又齐刷刷如向日葵一般看着王阳明,显然,他们没法明白。

王阳明说:"我们所处的这个世界,是依着天理运行,不管你站在哪个角度看,也不管是人眼看还是兽眼看,它都不会有所改变。但为什么每个人眼里的世界都不一样?问题不在于世界,而在于我们的内心。我们时常在自己处于困境的时候,去埋怨老天不公,这其实是个错误,老天从来没有公与不公,它对任何人,对任何事,都依天理而行。我们出了问题,责任在我们自己,在我们这颗心。简单地说,你若想做个好人,世间便有做好人的路径和法则,你若想做个坏人,世间也存在着做坏人的路径和法则,你将要做一个什么样的人,一直是你的心在做选择,而不是老天在选择。你最终做成了一个什么样的人,成全你的也不是老天,而是你自己。这样说,能明白吗?"

兄弟俩凝神消化了一会儿,似乎懂了一点,又似乎并没有懂。末了,狄勇问道:"那么请问先生,您受害遭贬,被迫忍辱偷生于龙场这样的地方,又怎么解释呢?"

王阳明笑笑,说:"这话问得尖锐,真不愧得名于'勇'了。"

又说:"我所遭遇的这一切,责任自然也都在于我。我若当初不选择官场，就不会陷进这种尔虞我诈，钩心斗角。所以世界险恶，皆因人心险恶。若陷进去了，还不能明白这一点，就只能越陷越深。我坐牢、受酷刑，两次差点送命，我遭到贬谪、遭到追杀，我痛苦、委屈、恐惧，寝食难安，就因为我到了那个地步依然没能明白：要想远离恐惧，远离痛苦，就必须找到发生这一切的根源在哪里，就好比人生了病，医生首先要找的，就是生病的根源。"

他的话还没完，狄智已经迫不及待地开了口："先生的意思是，您从此不会再选择官场了？"

王阳明沉默了一下，说："我没有这样说。"

他接着说："只认识到自己错选了官场还不够，还得认识到自己为什么会选择官场。所谓'命运'，指的就是一种生命运行规律。你选择做官，就选择了那一种命运，你选择做农夫，就选择了这一种命运。所以，人说命运是命定的，指的是这个，并非指的是不可改变。人的命运并非掌握在老天爷手里，而是掌握在自己手上，而你的手，服从于你的内心。"

他继续说："我们的内心做什么样的选择，又全服从于我们对于这个世界的认识和理解。当我们把'权力'作为价值追求的时候，我们就会把做官作为人生愿景的第一选择，甚至把它作为光宗耀祖、光耀门庭的首选。那么，我们为什么要把'权力'作为价值追求呢？因为权力能带来荣耀、富贵，而我们的内心，又是那么向往荣耀和富贵。根源正在于此，我们的内心总是有那么多向往的东西，总是有那么多渴望得到的东西，今天做上了九品，明天还想做八品，等做上八品，又想做七品了。正是这没完没了的欲望在驱使着你，在左右着你，然而你却并不真正了解你所选择的那一种命运规律，你只是盲目地听命于你的各种欲望，盲目地做着各种选择。当你陷进某种命运规律，遭受到其中的痛苦和危险的时候，就会感到委屈，恐惧。但你若能在这个时候清醒，看明白这不过是命运常规，继续留在这条路上，还是立即撤退，完全取决于你，取决于你这颗心，这样一来，你就再不会感到委屈，也不会恐惧了。"

他指着自己的心口，说："我说'圣人之道'在这里，说的就是这个。你若选择要做个圣人，路径在哪里？向天求没用，向地求也白搭，书也没法告诉你，你只需问你的心。"

兄弟俩你看看我，我看看你，沉默下来了。

阳明先生的话，虽然看似易懂，但真理解起来却并不容易。他们得好好消化一下了。

21

第二天，常德的蒋信、冀元亨、刘观时也来龙冈了。他们也都是慕名而来，原来，王阳明"龙场悟道"的消息，已经传出了贵州，传到了他们的耳朵里。这又听说王阳明建起了"龙冈书院"，便不远千里，求学来了。

一下子就来了五位学生，王阳明别提有多振奋了。把他们一个个安顿好，他便将他们召集到"何陋轩"，宣布"龙冈书院"正式开学了。

看着面前几个清秀俊逸的书生，王阳明清了清嗓，开始了他的开场白："真是要谢谢你们，这书院，没有学生，就是空的。没有学生，我这老师也是空的，废的。所以说，是你们成全了我，成全了'龙冈书院'啊。你们不远千里，翻山越岭奔我而来，可见志向都很坚定。我先前为什么说洞口那些孩子跟你们不同呢？因为他们才处于最开始的求知阶段，而你们，已经有了足够的知识了，你们现在面临的，是'问道'了。为什么要求知，因为我们需要智慧，将知识转化为智慧，学以致用。但将知识转化成什么样的智慧，用于什么呢？这就需要一个'问道'的过程，得找准一条正确的为人之道，智慧才算用到了正道上。我们读圣贤书，就是一个问道的过程。那么，什么才是正道呢？我们追求的又是什么样的道呢？是圣贤之道。圣贤修心，圣贤治国平天下。做圣贤，是我们的目标。然而，去哪里找这条道呢？我读了几大车的圣贤书，也没从书中找到成圣之道。先贤自己也说：'书不尽言，言不尽意'，从书里无法找到也是正常的。我今天告诉你们，要从自己心里去找。我们这颗心，就像个宇宙，有发光发热给我们光明给我们温暖的太阳，有清明皎洁给我们清心明目供我们吟诗作赋的月亮，但也有无边的黑暗；有供我们呼吸，生物要活着就必不可少的清气，也有置生物于死地的疫气和尘霾，甚至还有供老鼠蟑螂生存的肮脏和黑暗。找到心中的光明，拂去灰尘，我们就有了大乐。人的最高目标，不就是寻找到大乐吗？但这乐，指的可不是享受，不是荣华富贵、金玉满堂，而是心的安乐。于内，它就是人生大智慧，于外，便是行仁致善。如何才能找到这种安乐，一条路：'致良知'，怎样才能'致良知'，便是'知行合一'了……"

这场头脑风暴正刮得酣畅，门口又出现了三位书生。他们来自贵州城，一个叫陈文学，一个叫汤吁，一个叫叶梧。真可谓来得早不如来得巧，一来就正赶上开学典礼了。王阳明让他们自己从角落里捡了蒲团，坐到那五位同学边上，就算是正式入学了。

加入了新同学，免不了再来一次破冰，同学们自我介绍了一番后，王阳明便干脆解析起大家的名字来。

"狄智字'乐水'，狄勇字'好义'，一智一勇，皆能致仁致义；蒋信字'卿实'，如果将这个'实'字贯彻于行，并且能够坚守，就非常好了。什么是行？我想在座的肯定都是明白的了：心思动念，举手投足，在这些事上坚守着一个'实'，就很好了。冀元亨字'惟乾'，'乾卦'在六十四卦里居第一位，指的是天，主显，卦辞为"元亨利贞"。象曰：天行健，君子以自强不息。可见你的名字的寓意了。刘观时，字'恒一'，这'恒'字可有意思了，本义原是上弦月渐趋盈满的样子，又通'亘'，指绵延，延续。月亮弦、望有常，因此又引申出长久、持久的意思；这'一'，可更是了得，'道生一，一生二，二生三，三生万物'啊！从太极意义上来说，有'抱一''得一'，有了'抱一'之心，再保持恒心持久，何事不能成？"

说到这里，他看向陈文学，问道："陈文学呢？你觉得你名字的意义是什么，说来听听？"

陈文学红着脸站起身来，背道："子曰：'弟子入则孝，出则悌，谨而信，泛爱众，而亲仁。行有余力，则以学文。'"

王阳明说："背得很好，只是我想问你，你觉得自己现在可以学文了吗？"

陈文学不知道该如何回答。

王阳明见他尴尬，又说："我这话可不止在问陈文学，也是在问大家。我们都知道要学，那么学什么呢？"

又指指一边的汤吁，说："你背背'子夏曰'一节。"

于是，汤吁斯斯文文地站起身来，用他那还没变嗓的童声背道："子夏曰：'贤贤易色；事父母，能竭其力；事君，能致其身；与朋友交，言而有信。虽曰未学，吾必谓之学矣。'"

王阳明的笑容，像春日的阳光一样明媚。他说："这就是了，我们要学的，不只是几个字，几篇文章，而是要从圣贤书里学做人。做人，是我们的志向。这个很重要，我们首先要立了这个志，才能去学。因为有了志向，才有了学习的方向。"

汤吁说："我明白了，就是先要明白自己想做一个什么样的人。"

王阳明立即纠正道："这个'人'，可不是自己想做的那个人，而是自己应该做的那个人。"他把重音放在"想做"和"应该做"这两个词组之上，语气早已经是语重心长的了。

汤吁还没来得及说什么，陈文学便在一边嘲笑道："汤吁就这毛病，总是喜欢自我表现，一贯自以为是。"

汤吁急了，红着脸反唇相讥道："你倒是不自以为是，却生了一个榆木脑袋，怎么学都学不明白。"

这一讥，就把陈文学激恼了，他红着脸弹起身来，伸手就要去推汤吁，一边的叶梧见了急忙起身制止，说："你们两个也太不像话了，这是在课堂上，大人还站在面前呢？我看你们学的那些圣贤书，都学到脑后去了。"

叶梧原本是想制止这场争吵，可没想到这些话反成了火上浇油，那两个一转身便齐齐地把矛头都对准了他，正要大吵一场，王阳明一声咳嗽，三人这才打住了。

这件事情虽令人恼火，但王阳明一直保持着微笑。当然不是在那些职场中看到的训练有素的微笑，而是真诚的，发自内心的微笑。这样的微笑像和风，又似暖阳，三人面对这样的微笑，内心一下子就平和了。那一刻，他们都意识到了自己的不是，默默坐了下来。

王阳明这才很认真地说："你们是同学，还是同乡。既然能相约一起来读书，就还应该是好朋友。好朋友为什么还争得面红耳赤呢？依我看，是因为你们批评对方的时候，语气不对，态度不够和善。你们在向对方提出批评时，抱的不是要让对方改正的态度，而是想置对方于难堪，更多的还想借此而显摆自己。想想吧，难道不是吗？能指出别人的不对，不就能表明自己的对吗？能批评别人的人，不都比别人高吗？可是，我要说，这种态度，非但不能让人接受你的意见，反而会把人激怒，生出反感。所以我要说，如果你的出发点是要让人改正错误，这样的态度，是不可取的。那么，什么样的态度才是最好的呢？得用和善的态度。"

话到这里，他突然想起了自己的《乞宥言官去权奸以章圣德疏》，那可是一个十分小心十二分善意的奏章，可结果又如何呢？

他正这么想，叶梧那里也这么问起来了："可照先生之说，当初您写那篇《乞宥言官去权奸以章圣德疏》，不是就不应该惹来麻烦了？"

王阳明说："那是特殊情况。"

叶梧问："特殊在哪里？"

王阳明说："在听的人那里。"

他说："该如何说，是你的事情。该如何听，是对方的事情。你像个君子那样说，对方也像个君子那般听，是最好的结果。若对方是个小人，结果就不一样了。"

叶梧瞟了一眼那两位，说："我虽没像君子那般说，你们为什么不像君子那般听呢？"

此话引得哄堂大笑，这个小插曲，便算是美好地收了场。

王阳明开了讲，楼下那群小孩子就不满足于只听明义教他们背书了。他们摇头晃脑背着书，耳朵却注意着楼上，渴望着也能听到一句两句。明义发现了这种情况，便把自己的课跟王阳明的课错开来，这样，王阳明上课的时候，那群孩子就可顺理成章做旁听生去了。

一开始孩子们贴在窗户上听。王阳明见了，便把他们全都让了进去。

大学生们自然是不屑的，狄勇看看他们那副稚嫩的样子，嘲笑道："你们能听懂什么？"

孩子中有那胆大的，就反问回去："你就听懂了吗？"

于是，狄勇也惹来同学们一顿嘲笑。不过，也都是善意的，玩笑而已，就也都不计较了。倒是狄勇自己经这一问，就想也对，自己的确还没全懂呢，于是干脆借机提出了问题："先生说，我们做人做事，全凭自己内心选择，这个我懂。前日先生说，我们要想做圣人，圣人之道得问心，我似乎也是能够理解的，可现在您又说，圣人之道是'致良知'，我就糊涂了。"

王阳明说："我之前说过，我们这颗心，就像个宇宙。显然，我们致心，就只能找到这颗复杂的心。但我们若要做圣人，就得剥开这层复杂的包裹，拂去上面的灰尘，擦净上面的脏污，找到那个良知。比如，你想来跟我求学，就得先行一段艰辛的路来到龙冈书院，可你若是只走到龙冈书院门口就罢了，又怎么能求到学问呢？是不是得打开书院的门，走进来，走到我的身边来，跟我如此这般地讨论、交流呢？"

狄勇点点头，看了看身边的哥哥，脸上露出一种茅塞顿开的表情。哥哥又接上了："那么先生所说的'良知'，是指好心，或者善心吗？"

王阳明想了想，说："这种理解应该有些狭隘了。这里的'良知'，是'道'，是'真理'，是万事万物起源的那个核。打个比方吧，一颗坚果，它有一层果皮，果皮下面还有一层果壳，果壳下面才是果肉，那颗能发芽的种子，才是它的核。我们只有找到了那个核，才能找到这颗坚果生命的源头，也才能找到这种植物的生命真理。那么，这颗种子能打上好坏善恶的标记吗？"

这时候，布突然提问了："请问先生，您为什么要做圣人呢？"

教室里立时爆起笑声一片。大学生们认为，这个问题问得太幼稚了。小学生们看大学生们在笑，便都跟着笑。唯有王阳明没笑，王阳明一点都不觉得这个问题幼稚。为了能回答好这个问题，他甚至认真想了想。

他说："因为圣人是知行完备、至善之人，是掌握世间大智慧的人。天下有圣人，则可以平天下，若天下皆是圣人，则天下太平。"

"那要是人人都去做圣人了，谁去做官？"这话是从窗口传来的，原来窗户上还贴着几张面孔，仔细一看，肤色黝黑，他们是附近的农夫。

王阳明赶紧去开门，不曾想，人家害羞，两人逃了，只有一人红着脸挤进教室，贴在墙壁上了。刚才提问的正是他，他要逃了，怎么能得到答案呢？王阳明重新回到讲台，微笑着回答了他："成了圣人再做官，就能做个好官。"他咧开嘴无声地笑了，说："这话对头。"

刚才逃掉的两个，这时候又回到窗户上了，土豆色的脸紧贴在窗户洞上，鼻子都被窗格挤歪了。听这问题能得到认真回答，他们也来了劲，大着嗓门儿说："先生讲，做官做圣人，都要自己选哩，可我们也想做官，为啥却做不了呢？"因为他是当玩笑问的，所以话一完自己先张嘴哈哈大笑起来。这一次，教室里那些学生却没笑，因为他们认为这是无理取闹。但这一次，王阳明却在笑，而且还是像问话的人那样朗声大笑。笑完了，王阳明才回答他说："你虽然想做官，但你并没有选择做官，而是选择了做农夫啊。"

那农夫一听急了："我哪里选择做农夫了？我没有选择农夫，是农夫选择了我哩。"

王阳明摇头呻吟,说:"错了。你若选择做官,便就立了做官的志。你若没立做官的志,哪里就选择过了?"

农夫说:"可我也没立过做农夫的志啊。"

王阳明说:"你虽没在心里和口头上立过做农夫的志,但你天天勤劳耕种,行动上已经立了这个志,做了这个选择了。"

农夫听了这话,不禁张大了嘴,却无言以对了。

22

龙冈书院开学以来,不光学生多了起来,也杂了起来。这倒令王阳明十分欣慰,真理最终不是该传布于社会吗?难道仅仅让几个学生了解就够了?

可是,因为受众太杂,传授起来又十分麻烦。那十来个大学生,都读过了一定量的书,给他们讲课,倒是很轻松。但课堂上还有布那样的小孩子,他们才刚开始识字、背书,要理解王阳明的学说,还有相当的难度。至于那些从庄稼地里走来的农人,给他们讲起来就更费劲了。

那么,怎样才能让各种层次、各种水平的学生都能学有所获呢?这就更加需要那幅简单易懂的路径图了。

琢磨了几个晚上,王阳明用他半生积累的经验,总结出了:立志、勤学、改过、责善。

次日上课时,他说:"同学们啊,你们大老远不辞辛苦地追随我而来,我很担心自己教不好你们,所以,这段时间,我总结了四个教条,它们是我这大半辈子积累的经验,这些经验对于尚还年少的同学很好,但对于年纪大点的,也不晚。"

他说:"你们情真意切追随于我,我要是给不了你们学问,就惭愧了。所以,我希望这四个教条,能给大家带来帮助。"

说着,他将一张纸展开来,学生们便从那里看到了"立志、勤学、改过、责善"八个大字。

在积善的帮助下,他们将这张纸贴到了教室正面的墙上。

然后王阳明开始解释:"志不立,天下无可成之事。即使是各行各业的技能手艺,没有一项不是以志向为出发点的。很多求学之人懒散怠慢,荒废时日,最终一事无成,都是由于没有树立志向,学无方向。所以说,只有立志成为圣人,才可能成为圣人;只有立志成为贤人,才可以成为贤人。没有志向的人,就像没有方向的船。没有方向的船,不知道自己应该在哪里靠岸,所以只能稀里糊涂随波逐流。志是什么呢?它就是你心上的一颗种子,你必须有了这颗种子,才具备了收获的希望。"

"那么立什么志呢?我喜欢烹饪,是不是就可以立一个做厨子的志?我喜欢书法,是不是就可以立一个做书法家的志?喜欢音乐,是不是就可以立一个做音乐家的志?当然,这都是对的。但是我要说,这还不叫'志',它顶多就是个愿景,一个职业愿景而已。我这里讲的'志',不是指今后要从事的职业,而是今后要做什么样的人。前两天,汤吁谈到,'所谓立志,就是要明白自己想做一个什么人',这对不对呢?大家想想吧,如果仅仅是这样的话,那么我要是想做一个自由放荡、为所欲为的人呢?事实上,不管我们愿不愿意承认,人人都是向往随心所欲的不是吗?我想骂人就骂,想打人就打,我想要什么就去抢、就去偷,多畅心啊是吧?如果我们立志,就是要树立'做一个想做的人'的愿望,可能大家都会选择这个。做这样的人可以吗?当然不可以,这样的人会扰乱社会治安,会让天下大乱,这样的人叫作害群之马。那么,请问,你们愿意做害群之马吗?"

教室里、窗户上,到处人头晃动,你看看我,我看看你,却都没吭声。

王阳明继续说:"你们几个青年学生,是读过'四书五经'的了,请问你们为什么要读圣贤书呢?不就是为了将来不会成为一匹害群之马吗?那么圣人主张的是什么呢?是注重个人的道德修养,是修成一位君子对吧?只有人人成为君子、成为圣人,社会才会和平、祥和,世界才会美好。

那么,我们现在明白了,立什么志呢?立圣人志,立君子志,我们要做的,不是一个自己想做的人,而是一个应该做的人!"为了让自己的话掷地有声,话音落地的时候,他猛击了一下桌子。这七七八八的学生,都不了解他有一激动就击桌子的习惯,还稍稍有些受惊。但见他击完桌子,脸上又泛起了微笑,又都放下心来。

陈文学问道:"请问大人,那么有人说'我们要做一个自由的人'是错的了?"

王阳明说:"这话没有错,是你理解错了。这种'自由'指的不是随心所欲,不是百无禁忌、为所欲为,而是指你的志向不受外界的任何事物干扰。比如有人想用金钱引诱你去做坏事,比如你遭到了坏人的侵害,比如你很贫穷,比如你的人生之路走得很不顺等等,而只有你的心是自由的,不受这些东西的束缚,才会处之泰然。那句话,说的是这样的人。"

看看再无人要提出疑问,他便问:"你们现在知道立志的重要了吧?"

待那七七八八的学生都点过头,他便继续:"已经立志成为君子了,就应当从勤奋学习开始,因为立了志,不勤学,就是空的;空有想法而不勤学,也不叫立志。"说着这话,他放眼看向了窗户,那里依然贴着几张土豆色的糙脸,但他不能肯定自己要找的脸也在其中,便问道:"两天前说自己想做官,却做了农夫的那一位还在吗?"

"在的在的。"几张脸中,突然有一张活跃起来。

王阳明便看着那张似喜似惊的脸,说:"你说你是想做官的,但后来却做了农夫,知道这是为什么吗?"

"不知道呀。"农夫说。他看上去有点儿恼,心里想的是"我要知道还跑你这里来听你讲课吗?"

王阳明说:"因为你只是想,但你根本没立过这个志。只是想,那不叫立志。非得要朝着你的想,去勤学了,那才叫立了志。这世上,从来没有哪一个人,是坐在那里空想,就能得到自己想要的东西的,只有想和勤学合在一起,才有实现目标的可能。"

农夫哭笑不得地说:"可我哪里是不勤学呢?我根本就没读过书,我怎么学呢?当官不都要先读书吗?"

这话讲的是一个严肃的事实,可除了王阳明外,都给这话逗笑起来,另外那几个农夫更是笑得幸灾乐祸。

王阳明等大家都笑完了,笑声完全消失干净了,才说:"你若真立志要做官,那你就会千方百计去读书,不读书,也会想别的办法,比如习武,文道有状元,武道不也有武状元?文也不会,武也不行,你还可以买官嘛。可看样子,你应该是什么都没做,根本没有努力过,对吗?"

这一回,王阳明自己先笑了。

农夫说:"论读书,我没那个条件,因为我年少时这里没有龙冈书院……"这话本来就是为逗大家笑的,于是大家都捧场笑了一回。农夫也笑,算是自嘲。笑完了他接着说:"论习武,我们山里人天生就会打猎,只可惜打猎打不出武状元来。"

又是一阵哄堂大笑。

农夫越来越得意了,继续说:"所以,我是有力无处使呢。"

王阳明从他那里把目光收回,重新普照着大家,略想了想,说:"这就是一个典型的空想主义例子。若要读书,没有龙冈书院就不能读书了吗?往前,贵州城不还有'文明书院'吗?那里不行,不还有私塾?读不起私塾,不还可以像现在这样贴到某间教室的窗户上偷学?"这话还没完,下面又荡起一片笑声来。王阳明停下来,等笑声落下了,才接着说:"又说习武吧,你若真想做个武官,可去当兵。说读书没有书院是个很好的借口,那么当兵呢?贵州这地方,经常都在发生匪乱,你能说你一身武艺没有用武之地?你本来出生于猎人之家,自小便懂点儿跨马箭射之术,这便是做一个好兵的天赋,做成了一个好兵,就有了做指挥使的希望,做成了指挥使,就有了做将军的希望。那么,你又为何没去当兵呢?"

农夫无言以对,他旁边的另一个农夫替他回答了:"他怕自己没杀着敌人,反倒被敌人杀了。哈哈哈。"

这一次的笑声,何陋轩都装不下了。

等笑声完全平息了,王阳明才接着往下说:"这就是我为什么要强调'勤学'了。我说,你有了志,不勤学,便不叫'立志'。立了志,勤学的过程中也会遇上困难的,不然,也不用'勤'了。你这样的,叫'畏难'。畏难情绪,是勤学的敌人。我们必须克服畏难情绪,才能向前迈进。勤,是一个克服困难的过程。"

他再次看向那位农夫,说:"前不久,我听到你们中间有人说过一句俗语,说'什么事情容易呢?白捡地上一个铜钱,还要弯腰杆呢',这话说得好啊!倘若我们因为害怕闪着了腰板,就不敢弯腰,能捡到地上那个铜钱吗?"

"能,可以用火钳去夹,这样就不用弯腰。"这话是从那堆小孩子里出来的,一出来就引起了笑声,但说者却是极其认真的。

王阳明说:"这办法看起来是好,但你若正好随手拿着把火钳,倒也方便。不然,你就还得跑去找火钳。若火钳就在不远的地方,倒也不错,可若你得跑很远的路才能找到火钳,那岂不是耽误了捡钱?"

大学生中就有人喊起来:"等你找了火钳来,钱都给别人捡走了,哈哈哈。"

王阳明说:"对了,这就叫走弯路。更何况,去找火钳并不一定就很顺利,假如你在途中遇上条蛇呢?凭你这样的,肯定是不敢打蛇的了。再说,火钳一般情况下也是放在地上的,你拿火钳不也得弯腰?那么,既然捡钱都怕弯腰,取火钳就不怕?"

"火钳孩子"羞得抬不起头来了,这理可不得不服啊。

王阳明却没有嘲笑他的意思,而是十分认真地看着他说:"畏难情绪谁没有呢?读书,脑子累,就不想读了;写几个字,手软,就不想写了;下地,日晒雨淋,太阳天、下雨天,就不想下地了;捡钱,弯腰也累,钱也不捡了。这样下去,你能做成什么事呢?所以强调'勤',就是要克服这个'不'。但怎样克服呢?是'火钳'吗?我们既要想达到目的,又畏难,就会想到'火钳',因为我们总是希望找到一条既轻松又能达到目的的路子,可学习有捷径可走吗?没有。比如读书,你把所有的圣贤书放锅里煮熟了,当饭一样吃下去,不是捷径吗?可那样行吗?"

稀稀拉拉起来几个笑声,像一股风吹着了窗外的树叶。

他说:"再比如种庄稼,你不经历播种、施肥,不等季节慢慢走过春夏秋冬,你能收到粮食吗?勤劳的农夫,会老老实实耕耘,懒惰的农夫嫌耕耘太辛苦,便去偷。偷,也能得到粮食,但我们在座的都知道,盗,是天下最为不齿的行为。那叫犯错误,是过。若继续偷,此生便不再是农夫,而是盗贼了。很显然,一个过,就将让你走上偏路。若不及时改过,回归正道,就只能越错越远,最后你做成的就不是你想做成的那个人,而是另一种人了。"

他说:"但是,学习、做人的过程中,谁都难免犯错。有句话说:人非圣贤,孰能无过。其实圣贤也是会有错的,但圣贤之所以叫圣贤,便是他们能随时知错就改。若我们能知错就改,就还始终走在原来的那条路上。要想完成志向达到目标,只有踏实勤学才是最近的路。改正错误,便能避免走上歧途、走上弯路。不断改正错误,错误就越来越少,你也就越来越接近目标了。所以,我们不以没有过错为贵,而以善于改正错误为贵。"

他说:"可是,我们要怎样才能发现错误呢?首先要自我反省。反省,也是勤学的一部分。我有一个习惯,每天晚上睡觉前,要做一次自我反省,想想这一天,自己有没有偷过懒,有没有做过有违于廉耻、忠信方面的事情,若有,我就警告自己,从此不能再犯。这样每日检省,便能及时发现错误,并及时改正。但有些错误,又是你自己没法检省得出来的。因为,好的坏的想法,都出自于你的认知,所以,好与坏,并不是黑白分明的。就拿刚才的'火钳论'而言,你一开始怎么知道想到火钳会是一个错误呢?你甚至会感到惊喜,以为自己找到了一个聪明的办法。只有当你跑大老远的路找到了火钳,发现原来取火钳也得弯腰的时候,才能意识到这是个错误。这种情况，就得旁人提醒。通常的情况，往往都是当局者迷，旁观者清，这种时候，就需要旁观者及时指出来。所以说，互相监督、提醒，大家一起使品格臻于至善，是最好的局面。"

他说："不过，有的人听得进意见，有的人却是听不进意见的。所以，我们首先要让自己听得进意见，不管别人用什么态度提意见，我们都要听。当然，最好的结果，是别人提意见的时候，用的是善意的态度。这种时候，不管你度量大小，就都是愿意接受意见了的。你既希望别人能用善意的态度给你提意见，那么你也应该用善意的态度去给别人提意见才对。既然互相提醒是那么重要，那么互相都善意地提醒，不是更重要吗？这就是我说的第四点：责善。"

见满堂寂静，大家都听得入神，他又笑道："当然，你们对我，尽可以放开一些。别说善意提醒，你们就是恶语相向，直接攻击我，我也会把你们当我的老师，你们的意见，我也会高高兴兴地接受并心存感激。如果我在品德方面没有什么收获，在学问方面也轻率，误让你们跟随我在这里学习，那怎么行呢？我虽为老师，却也需要不断学习，人们说，对待老师要不冒犯不规劝，并说在老师面前不能提意见，这是错的。在老师面前提意见，直言相谏不能说是冒犯，婉言规劝也要让他听到。让我按正确的做，我才能得以明白正确之处；我做错了，也能够改正错误：这就是'教学相长'。所以我说，互相监督、提醒、忠告，使对方品格臻于至善，应当从我开始。"

这一席话，直听得满堂面面相觑，毕竟他们还从来没听说过，可以给先生提意见的说法。

至此他又笑道："若你们能把这个'我'放到各人身上，那就更好了。"

他说："大家只要严格遵循这四条规则，最终就能'致良知'，就能'知行合一'，也就能达到'心即理'的境界了。"

23

我们只要细心一点，就不难发现，"人"字是一个向上的象形，这就有力地证明了"人之初，性本善"，证明了人立于天地间的初心——向圣。人人都是向圣的，只因圣人难做，绝大多数人便选择了退却和放弃。而圣人为什么难做，只因没有路径。王阳明悟出了圣人之道，现在又告诉了我们路径。他开书院的目的，可不仅仅是为了教学生识几个字、读几本书。他的目的是"以手指月"，是让天下人都看见他发现的那扇窗，并告诉我们怎样走向那扇窗。

我们若在一开始就看见了那扇窗，并照着他总结出的这四教条去践行，便是找准了一条正确的做人之道。

因此，为了学生们能谨记这几条人生法则，并照着去做，王阳明当晚写下了《教条示龙场诸生》，这篇文章将不光照亮龙冈这帮学员的前途，还将照亮世代所有好学者的前途。它不仅是学生守则，还是每个人的做人守则。你可以用它育人，也可以用它律己。

这篇文章是这样的：

"诸生相从于此，甚盛。恐无能为助也，以四事相规，聊以答诸生之意：一曰立志；二曰勤学；三曰改过；四曰责善。其慎听，毋忽！

立 志

志不立，天下无可成之事，虽百工技艺，未有不本于志者。今学者旷废隳惰，玩岁愒时，而百无所成，皆由于志之未立耳。故立志而圣，则圣矣；立志而贤，则贤矣。志不立，如无舵之舟，无衔之马，漂荡奔逸，终亦何所底乎？昔人有言，使为善而父母怒之，兄弟怨之，宗族乡党贱恶之，如此而不为善可也；为善则父母爱之，兄弟悦之，宗族乡党敬信之，何苦而不为善为君子？使为恶而父母爱之，兄弟悦之，宗族乡党敬信之，如此而为恶可也；为恶则父母怒之，兄弟怨之，宗族乡党贱恶之，何苦而必为恶、为小人？诸生念此，亦可以知所立志矣。

勤 学

已立志为君子，自当从事于学。凡学之不勤，必其志之尚未笃也。从吾游者，不以聪慧警捷为高，而以勤确谦抑为上。诸生试观侪辈之中，苟有虚而为盈，无而为有，讳己之不能，忌人之有善，自矜自是，大言欺人者，使其人资禀虽甚超迈，侪辈之中，有弗疾恶之者乎？有弗鄙贱之者乎？彼固将以欺人，人果遂为所欺，有弗窃笑之者乎？苟有谦默自持，无能自处，笃志力行，勤学好问，称人之善，而咎己之失，从人之长，而明己之短，忠信乐易，表里一致者，使其人资禀虽甚鲁钝，侪辈之中，有弗称慕之者乎？彼固以无能自处，而不求上人，人果遂以彼为无能，有弗敬尚之者乎？诸生观此，亦可以知所从事于学矣。

改 过

夫过者，自大贤所不免，然不害其卒为大贤者，为其能改也。故不贵于无过，而贵于能改过。诸生自思，平日亦有缺于廉耻忠信之行者乎？亦有薄于孝友之道，陷于狡诈偷刻之习者乎？诸生殆不至于此。不幸或有之，皆其不知而误蹈，素无师友之讲习规饬也。诸生试内省，万一有近于是者，固亦不可以不痛自悔咎。然亦不当以此自歉，遂馁于改过从善之心。但能一旦脱然洗涤旧染，虽昔为寇盗，今日不害为君子矣。若曰吾昔已如此，今虽改过而从善，将人不信我，且无赎于前过，反怀羞涩凝沮，而甘心于污浊终焉，则吾亦绝望尔矣。

责 善

责善，朋友之道，然须忠告而善道之。悉其忠爱，致其婉曲，使彼闻之而可从，绎之而可改，有所感而无所怒，乃为善耳。若先暴白其过恶，痛毁极诋，使无所容，彼将发其愧耻愤恨之心，虽欲降以相从，而势有所不能，是激之而使为恶矣。故凡讦人之短，攻发人之阴私以沽直者，皆不可以言责善。虽然，我以是而施于人不可也。人以是而加诸我，凡攻我之失者，皆我师也，安可以不乐受而心感之乎？某于道未有所得，其学卤莽耳。谬为诸生相从于此，每终夜以思，恶且未免，况于过乎？人谓事师无犯无隐，

龙冈四规

而遂谓师无可谏,非也。谏师之道,直不至于犯,而婉不至于隐耳。使吾而是也,因得以明其是;吾而非也,因得以去其非:盖教学相长也。诸生责善,当自吾始。"

这既是王阳明半生积累的人生经验,也是他之所以能抵达"心即理"的人生态度。

第三章 贵阳传道

24

求索半生才得到的人生之道,王阳明自然要传布开来,让天下人受用。贵阳,便是他的传道起点。

他所推崇的四规之首,即立志。

说到立志,王阳明可是在十二岁时就有了自己的志向。那时候,他还叫王守仁。他一开始也不叫王守仁,而是叫王云,因为他母亲怀了他十四个月才降生,降生之前他奶奶又曾做过一个神仙踏着祥云送子的梦,所以一开始给他起名王云。但王云长到五岁了还不会开口说话,一家子都以为他是个哑巴了,有一天却遇上一个道士,那道士见他生得天资聪颖,却是个哑巴,便说了一句:"好个孩儿,可惜道破。"这是什么意思呢?他的爷爷回去想了半天,就想到了他奶奶那个梦,想到了"天机不可泄露",于是,他从此不再叫王云,而是叫王守仁了。

说来也怪,自从改叫王守仁,他便开口说话了,而且是"不鸣则罢,一鸣惊人"的那种。不能开口说话的那些年,爷爷也没指望他能读诗书,所以也不曾教过他读书。平日只因为爱他若掌上明珠,便时常带在身边。后来能说话了,爷爷想教他读书呢,却刚开个头,他就能背完全篇了。为什么啊？因为平时爷爷自己读书的时候，都抱着他搂着他，那些诗书，他早烂熟于心了。

他十岁时，他父亲中了状元，要接他爷爷去京城，爷爷便把他也带上了。他爷爷曾经是状元，他父亲现在又是状元，所以爷爷希望他今后也是状元。这一路带上他，是要他读万卷书的同时，还要行万里路的意思了。

半路上，爷爷得遇老朋友宴请，一群大人对着当空皓月把酒吟诗，他听着听着，也来了兴致，随口就吟了起来。而且，因为他还是个孩童，内心干净，所以吟出的诗，也是清雅至极。不过，他那首"山近月远觉月小，便道此山大于月。若有人眼大如天，还见山小月更阔。"却已是极具哲理了。

望子成龙是所有父母的心愿，更何况还是这么冰雪聪明的一个儿子。父亲在京城为他找了最好的老师，即大家公认的最好的塾师——许璋。父亲的意图很明白，那就是希望他跟着名师学习，今后也考个状元。可他万万没有想到，这个十多岁的孩子打心眼儿里没看上这个"状元"。事实上，王守仁小时候，跟所有孩子一样，更喜欢打打闹闹，更喜欢游戏，比如象棋，比如把孩子们召集起来打仗，自己统领三军。这让他的父亲非常失望，有一天，父亲很生气地对他说："我们家世代以读书为显贵，你怎么一点都不认真读书，却只想着玩？"

王守仁回答父亲说："学习不光指读书，在事上学也是好的。"

父亲说："只有读书才能考状元，从来没听说过，玩也能玩出状元来的。"

他问："为什么一定要中状元？"

父亲说："中了状元，便能入朝为官啊。"

他问："难道只有为官，才为尊贵吗？父亲中了状元，子孙后代就都能中状元吗？"

父亲说："父亲中状元，那是父亲自己努力的结果，子孙后代要中状元，就得自己去努力读书。"

他说："既然状元只能管一代，那状元也没什么稀罕了。"

父亲气得要吐血，打他的心都有了，可他却为自己据理力争："我玩象棋和带兵,并不是就完全没用。只读点书,平时会吟几句诗,只会纸上谈兵有什么用?有用之人,必须能文能武。儿子不愿做迂腐之人,更愿做能安邦定国、济世救民之人。"

父亲被他说得无言以对了。

可别把他仅仅看成一个会耍嘴皮子的贫嘴孩子,事实上,他那时候的确已经有过关于志向方面的思考。因为老挨父亲骂,老师也觉得他不是一个听话的孩子,他就有些想不通。有一天上课的时候,他突然问老师:"请问老师,何为人生头等大事?"

老师想都不想就说:"当然是读书考状元,求取功名。"

王守仁对老师的答案非常失望,他摇摇头,说:"登第恐未为第一等事,或读书做圣贤耳。"

在他看来,人生头等大事,不是考状元,而是做一个圣贤。

25

追随王阳明而来的这些学生,几乎都知道他的这个故事。课余时间同学们凑一起,也都会在背地里嘀咕他的这些故事。对于从小立志,他们没有异议,但为什么只能立圣贤志,他们却有些不太明白。所以,这天上课的时候,蒋信便说:"大人十二岁立志做圣贤的故事,学生是早有耳闻了,可有一点学生没搞明白:照大人所说,难道读书考状元、做官,都错了吗?如果错了,那为什么这个世界上还有人要考状元,为什么一个国家又需要官员呢?"

王阳明笑笑,说:"考状元也好,做官也罢,那只能叫'职业取向',个人可以根据自己的兴趣、爱好,选择自己喜欢的职业。能做自己喜欢的事,从事自己喜欢的事业,那自然是再好不过了。但那不是头等大事。我为什么说头等大事不是考状元、做官?如果你连应该做一个什么样的人都没搞清楚,那么你不管从事什么职业都不会做得好。你当个皇帝,会成为昏君;

你做个丞相，会成为奸臣；你做个文人，会因为内心没有格局，而做不出好文章；你做个医生，不是为了治病救人，而是巴望人人生病，你好赚钱；你做个将军，打仗不是为了争取和平，而是因为贪婪，因为掠夺会带来满足……所以我说，做人的头等大事，是立志做圣贤。有了一颗圣贤的心，你才能从事好你喜欢的职业。圣贤从来不以人从事的职业来论尊贵，人的尊贵起自内心，即便是一位农夫，但他拥有一颗圣贤之心，他的人格就比一位昏君更尊贵。"

狄智接过话来问："那照大人所说，我们完全不用苦读诗书了？"

王阳明问："你是为什么要来这里呢？是你自己要来，还是父母叫你来的？"

狄智还没回答，狄勇一边插嘴说："是父母叫我们来的。"

王阳明问："你们的父母要你们来这里求学，是为了什么呢？"

狄智说："当然是为了今后能考取功名，图个好前程。"

王阳明说："这没有错。但你们认为这是最重要的吗？"

狄勇问："大人认为这不重要，对吗？"

王阳明说："如果我说这很重要，那我前面那些话不是等于白说了？如果你们觉得这个很重要，那又何必山高路远奔我而来，能教你们读书识字，能教你们应付科考的老师不是很多？"

兄弟二人你看看我我看看你，最后狄智又问："听说大人'以不得第动心为耻'，就是因为这个不重要吗？"

这一问，王阳明倒想起自己年轻时曾两次落第的事来。

事实上，王阳明跟狄家兄弟俩（甚至是所有读书人）一样，自开始上学那天起，就走的是一条父母指引的道路——读书、中举、为官、光耀门庭，当然自己也就能一生衣食无忧。"望子成龙"是天下父母的心愿，而这个心愿却不一定是"子"的心愿，父母也从来不管这一点。他们总是固执地认为，一个孩子能懂什么呢？做父母的就该替他们着想，为他们指路。

王阳明虽然十二岁就认为人生头等大事是做圣贤，但他却不能因此就做出叛逆之举，置父母的愿望而不顾。因为，圣贤首先还得是孝顺的。况且要做圣贤，也得读书，既然读了那么多书，参加一个科考不是顺便的事吗？所以说，两次会试落第，都不是他不想考好，也不是他不够努力，而是发生了意外。

第一次会试前，他格了七天的竹子（这话他都不好意思提），结果非但没"格"出道理来，却格得头晕眼花，全身无力，虚汗淋漓，大病一场。为了参加会试，他猛喝了几碗汤药，又狂补了几碗鸡汤，结果又把肚子搞坏了，考场上肚子直搅，两眼发黑，就要拉肚子。可考场纪律严格，不能随意上厕所，谁知道你是不是以上厕所为借口，想作弊呢？那年代的规矩，是至少得答完两道题才能上厕所。可"水火不留情"，拉肚子的事儿如何能忍？没办法，王阳明只得两眼昏花，机械地涂鸦了两道题，为自己争取到了上厕所的机会。但那一次他可真是病得不轻，拉完肚子回来，身体也并不见得轻松了多少。或许是进考场前的搜身，使他伤了风。农历二月的北京，可是依然寒冷得很。搜身要解开衣服，他原本一个弱不禁风的病身子，这一敞，不就伤风了吗？所以他拉完肚子回来，就感觉到脑袋像个石缸那般沉重，一晃荡，便痛得不行。同时他两眼火辣辣的，嘴里也热得似乎可以煮熟鸡蛋。就这么头昏脑涨的状态，如何能考出好成绩来呢？所以，这一次科考失败，完全在他的意料之中。

既是这样，父亲也没责怪他。况且父亲那状元，也不是一次就考上的。离下一次会试还有三年，有三年时间的准备，下一次保证不会失败了吧？就是一般读书人，脑子笨拙的人，有三年时间来准备一场考试，也是足够的了，更何况是王阳明呢？王阳明虽然第一次会试落第了，但他却是公认的才华横溢。那年参加李东阳的诗会，近五十岁的李东阳竟认二十五岁的王阳明作诗友。在这个诗会上，王阳明应李东阳之邀，写了一篇《状元赋》，仅开头一句便语惊四座："光宗耀祖说状元，十年寒窗七篇文章；忧乐天下赞圣贤，半百德业成世功名。"大家都公认为，这篇赋意境高远，才比子建。因而大家都认为，他虽然第一次考试落第，但第二次考试，他完全有可能中个状元。

想想试卷上那些老八股试题，不过靠死记硬背，做些毫无才情可言的八股文而已，王阳明自己也觉得有这种可能。

三年之后，他信心满满地走进考场，却没想到再一次落榜。这一次可不能怪身体。因为有了前一次的教训，这一次他把身体保养得很好，考场上，他一直保持着头脑清醒。可这一次他又吃了头脑太清醒的亏，考题对于他来说很简单，也就是三道《四书》，一道《礼记》，七篇文章。作为一个大家公认的才子，写这样的文章自然是挥洒自如了。答完试卷，他才用了一半的考试时间。想不想交卷呢？可这么早交卷，一个人待在考场外面又有什么意思呢？无聊间，他突然就想起了明洪武年间长泰县的黄文史来，这位前辈也以文学见长，明洪武二十三年由岁贡应南闱贡试，竟做完了《五经》所有的考题，并以《天下一家论》一文使人大为称异，因太祖识才也惜才，便御批特置第一，并特准他免去殿试，直接任刑部主事。

虽然考试对于王阳明来说不在话下，但因为科举考试无聊透顶，还往往让人为此辛苦一辈子，却无果而终，他并不喜欢这样的考试。说白了，他能来参加科举考试，完全是因为孝顺。那么，如果自己也能"五经解元"，岂不是免了殿试的痛苦？想想那年代，三年一次科考，保证每次都不失败，三次考完，也得九年时间，要是失败上几次，不就一辈子都搭进这种考试里了？

想得兴起，看时间又还有一大把，他便决定一试了。《礼记》已经做过，还剩《诗经》《尚书》《周易》《春秋》，每经四篇文章，四四一十六篇。怕什么呢？八股文只要求每稿三百到五百字左右，五六千字的文章对于他来说，还是个事儿吗？可他没考虑到这等于是一个人用一次考试的时间在做四个人，或者四次考试的题。那年代写字用的是毛笔，答卷严格要求用小楷，这就很耽误时间。即便你文思泉涌，手上快不来，也是枉然。眼看考试时间已到，别人都交了卷，他一心慌，只好手上加速。要加速就只能用草书。虽然王阳明是王羲之的后代，那时候书法水平已经一流，但阅卷的考官不会去看你的书法造诣有多深，而是因为答卷不能用草书的规矩，视这种行为为不守规矩，偏偏这些老学究们就是那么信奉"不依规矩，不成方圆"的说法。

至于他多做出的题目，倒是无可非议，甚至于因为文章里显露出的才华而令人心生嫉妒。可或许就因为这种嫉妒，他效仿黄文史做完《五经》这事儿，由于他后面的字迹潦草，便被认为是自不量力。要是真有本事，就不会虎头蛇尾，以字迹潦草收场了。既自不量力，又还不守本分，这样的人，怎么能重用呢？你让他做官，他就会无法无天，无视圣旨。而进士们将来是要为皇帝做事的，要是个个都这样不依规矩，那还不天下大乱？

这种想法当然是偏激了。王阳明父亲也在朝中做事，也是考官之一，再加上父亲平时为人极好，还是很有些朋友的。但无奈皇帝听信了前一种说法，已经决定不再给王阳明及格了。那些朋友也就只能宽慰海日翁，说守仁是个人才，就是年轻气盛了一点，再磨上三年，磨得老实本分了，也就出息了。毕竟这些人也都是经过半生"磨"出来的，磨成了没有个性，人云亦云，墨守成规的人，也才做稳了官。所以说出这样的话来，也属正常。

但父亲却很难咽下这口气，毕竟王守仁不是笨。他要是个笨蛋，考不上倒也罢了，可他明明是公认的才华横溢，大家都认为中个进士对于他来说就是囊中探物。父亲觉得他是没把科考当回事，是官二代的纨绔，不思上进。这样的孩子不给点教训怎么行？儿子成不了才，做父亲的脸往哪里搁？于是，眼看奔三十的人了，王阳明还得受罚，这罚不是罚你不吃饭，不是罚你面壁思过，而是罚跪搓衣板，天天跪，直到他清醒。

说实话，王阳明比谁都清醒，但他自己知道不算，要他父亲认为他清醒了才行。他倒也自觉，每天晚上吃过晚饭，自己拿了搓衣板到厅屋跪。既然自己令父母生气了，这罚就是应该的，他一点都不埋怨。只是连着跪了六七天，膝盖都跪破了，也不见他脸上露出什么灰气来。那场考试当然不止他一个人落第，有的落了第的同学终日痛哭，捶胸顿足，有的甚至寻死觅活，可他依然是那副无关痛痒的样子。这就更加惹恼了父亲，因为在父亲看来，一个人最怕的不是失败，而是失败了却不以为耻。是的，那一天，午饭的时间，父亲当着一家人的面骂了他"不知羞耻"。

可王阳明却对父亲说："世人以不得第为耻，吾以不得第动心为耻。"

是啊，人生又不止一条科举之路，为什么因为在一条路上受到挫折，就动摇了信心呢？人活于世，有很多活法可以选择，只要你具备圣贤之心，行行都可出状元，又何必因为一条路走得不顺就绝望呢？科举之路，无非就是为自己今后谋一份职业而已，他的最终志向是做圣贤，如果他会以自己失去了一两次谋职的机会为耻，那他的胸中如何能建起圣贤的格局来呢？所以，在他看来，落第之后他要是也像别人那样痛哭流涕、灰心丧气，那才叫可耻。

事实证明，他是对的。不就是一场考试吗，不就是为了拿一个文凭吗？第三次，他老老实实地考，不就中了？虽然这一次他受到唐伯虎事件的影响，只得了个第七名，但毕竟完成了父母的愿望，做上了官。

自此，父亲算是松了一口气，他自己也松了一口气——从此不用再为科考而分心，而是可以专心学做圣贤了。

今天，这些事儿被自己的学生问起来，他倒觉得真应该跟他们讲一讲。他说："科举考试，就是为了考取功名，谋取一个官位而已。倘若你本身很喜欢做官，科举考试对你来说就是重要的。而这种情况下，你就不应该因为一两次失败而灰心气馁，而是一开始就要抱百折不挠的决心。倘若你并不喜欢做官，参加科考完全是因为父母的意愿，是被动的，那你更不应该因为一两次失败就痛心疾首，要死要活。孝顺父母，尽心尽力，若前一次没能尽心，下一次再尽就是了。人活在世上，不能做自己喜欢做的事情，已经很痛苦了，你又何必还要为一件自己原本就不喜欢的事情，再添上一把眼泪呢？人活着，最好的状态，就是一生都在做自己喜欢做的事。自己的人生，要自己把握，自己创造，而不是由别人来安排。倘若你走的路，是你自己选择的，无论此路有多坎坷，你都能坚强面对。"

话说到这里，冀元亨又有了疑惑。他说："有些人的确没立什么志向，只听父母安排，读书、识字、考试，后来又做官。因为父母明理，一直也教他明理，所以他后来也能把官做好。而且据我所知,绝大多数人都是这样。请问大人，这又如何解释呢？"

王阳明说："你说的这种情况固然常见，当一个人没有自己清晰的目标的时候，朝着父母提供的目标走，是一种安全的选择。因为父母的出发点都是出于爱，况且他们因为有了年纪，也有了阅历，积累了人生经验。所以，大多数人懒得自己去做什么选择，而是一切听从父母的安排。但这首先是因为他们认同了父母的选择，这个认同的过程，其实也是一个选择的过程。比如你需要一双鞋，当你看着琳琅满目的货架，不知道应该选择哪一双的时候，父母就会根据你的需要替你拿主意：你是为了爬山，那么应该选登山鞋；或者他们会根据自己的审美来替你拿主意，他们如果属于内敛稳重的人，就会要你选择深色的、最传统的鞋。如果他们属于性子热烈的人，就会让你选择艳色的、样式时尚的鞋。你不反对父母的意见，就说明你已经选择了他们的意见，选择了听从他们。同样，人都有从众心理，当自己没有主意的时候，往往就会看向大家，大家都朝东走，我就朝东走，大家都那么做，我也那么做就不会错。但这类人，很多都会半途而废，因为他很快就会看到另一群人在朝西走，再往后，又会看到一群人在往北走……

至于你说到的那种，先选择听从父母的意志，后来也能把自己做得较好的人，你不能说他没立过志，事实上这个'好'，就是他的志。"

26

那时候的贵州虽然蛮荒，但龙场这地方，夏天的气候却是极好。即便是三伏天,骄阳似火,山野里也总跑着一股爽爽的山风,它们所到之处,便是一片凉爽。尤其一早一晚,更是惬意。早晨可能不会起风,但龙场的太阳绝对不是一出来就像个火球一样燃烧,而是平静得像一个处子,谦和得像一个圣人。丛林里第一时间醒来的通常都是鸟,它们又都是闹喳喳的,这一静一动,便使早晨充满了祥和。到了晚上,暑气被太阳带走了,丛林里的气温会回到春天的状态,15℃左右。当皇帝在北京的凉席上因为酷热而辗转反侧的时候,这里的山民却睡得很香。只不过,这却又是蚊子们最活跃的时候。早上它们一般都醒不过来,一是因为它们都上夜班,二是因为夜里起露,打湿了它们的翅膀。中午呢,又给暑气熏得软绵绵的,不想动。晚上是再好不过了。第一,夜里凉爽;第二,黑咕隆咚的,更有利于偷袭。这就是蚊子为什么要上夜班的原因,全世界的蚊子都是这样的。所以说,生活在这里的人们,夏季是他们最幸福的时光,因为他们夜里不用既要忍耐酷热,又要对付蚊子。他们只需对付蚊子就行了。

  一日之计在于晨,早上的时光,王阳明都用来上课。中午呢,他们会午睡一会儿,晚饭后,他们各自对付着自己身边的蚊子,读一会儿自己的书。

  但这天中午,王阳明想外出一趟。前些日子,他委托广进办了一件事情,昨天广进汇报说已经办妥了,今天他想去看看效果。倒不是担心广进没把事情办好,只是因为那件事情于他来说很重要。

  他希望弟子们能放弃午睡,跟他一起去。当然,小孩子们不能去,他们还太小,这一跑出去一大群,可不好招呼。

  弟子们也十分乐意跟他去,虽然年轻人贪睡,但他们同时又是好奇心最强的。

  "先生要带我们去哪里呢?"他们争着问王阳明。

  王阳明说:"去到那里就知道了。"

  又说:"你们虽然来这里已经有些时日,但我敢保证,你们的脚还没走出过龙冈。这中午出去走走,耽搁的不过是一两个瞌睡,又有何妨?"

  弟子们便应着他的话玩笑起来,说:"是喔,早死三年,要多睡很多瞌睡啊！又何必贪恋这一个中午呢？"他们也的确如大人所说，除了龙冈那块地方，还没走出去过呢。但为什么没走出去，不是因为没有时间，也不是因为懒惰，而是因为畏惧。谁知道那漫无边际的丛林里藏着多少野兽呢？

就这当下，他们还担着这个心，问先生："要是路上遇上野兽了怎么办？"

王阳明说："此去一路都是官路。"

官路就是大路，也就是当年的驿道。虽然人害怕野兽，野兽也是害怕人的，所以野兽们一般都会避开官路。

这条驿道是当年奢香夫人修的，他们要去的地方，正是在龙场驿到六广驿的路上，一路上还能看到三五户人家散落于半坡。那也是人烟。有了人气，丛林就显得不那么可怕了。再加上一群年轻人说说笑笑，打打闹闹，不知不觉间，一两个时辰就过去了，十多公里路也走完了。

此地名叫蜈蚣坡。不知道因何而得此地名，或许是因这里地势陡峭，人需像蜈蚣一样匍匐于地面，用很多"脚"来爬行才行？反正他们从山上下来的时候，谁都是屏住呼吸，专心致志的。好的是路边总有古树盘桓，一些裸露在外的老树根，一些依着老树的同样大把年纪的老藤，便可以供人抓握。时间长了，那些树根和老藤，都给人手磨起了包浆，油光可鉴。

他们便是抓着这些，一步一步小心翼翼下山而来的。王阳明这是第二次来了，可当他好不容易下到半山腰，还是感叹不已。他当即就吟了起来：

连峰际天兮，飞鸟不通。游子怀乡兮，莫知西东。

莫知西东兮，维天则同。异域殊方兮，环海之中。

此诗原本是他写在《瘗旅文》中的，后来变成了千古名诗，但就当时而言，弟子们要想认真欣赏却心有余而力不足。即便他们已经停下来了，刚才那段路的险，依然还抓着他们不放，他们的两腿还打着抖，还心有余悸。

王阳明止步的地方，有一个巨大的坟堆。坟堆很新，还没来得及长草，坟前竖着一块刚立下的石碑，碑上写着"三人坟"，落款是王阳明和几位家仆的名字，以及立碑的时间。这块石碑就是王阳明托广进寻当地的石匠做的。王阳明看看碑文内容没错，摇摇石碑还挺牢，便算是满意了。广进当然是一起来的，看大人脸上露出满意来，他那憨厚的脸上便全是得意。

站在这荒冢前，王阳明向弟子们说起了与坟里三人相遇的那个傍晚。

那是暮春的一个傍晚，空气潮湿得能拧出水来，王阳明正在他的"石椁"里玩卦，突然听积善叫他。积善当时正在洞口做晚饭，途中上到坑沿去拿柴火，便看见了这三个路人。

因为这三个路人不像是本地山民，其中一个还着了官服，积善便多了份好奇，赶忙跑进洞去告知王阳明。王阳明心思本在刚打出的一卦上，但听积善说这三位路人像是来自北方，便弃了卦，奔出洞来看。

可那时候，三位路人已经向前去了，大概是后脑勺感应到有人在看他们，三人也都回过一次头。但或许是因为路途劳顿，迫切想找个地方歇脚，他们没有停下。况且，他们在王阳明身后只看到了一片丛林。因为"玩易窝"处于地下，他们的位置根本看不见。那么在这里耽搁有什么用呢？他们甚至连跟王阳明打声招呼的闲情都没有，大概也没心情去理会这里怎么会有两个外地人。看过那一眼，他们便马不停蹄地朝前去了。

王阳明再无心思玩打卦了。

这三位路人虽然全身上下都透出疲惫和颓废，但其中一位却穿着官服。王阳明从官服上判断，那应该是一位吏目。而另外两位，大约就是仆从和家人吧。

王阳明让明义和广进追上去做了一番打听，得来的消息跟他的推断完全吻合：那位穿着官服的，正是一位吏目，身边的两人是他的仆人和儿子。他们从北京来的，路过此地，是要去云南赴任。

三人当晚投宿于路边的一户苗人家里，与王阳明的"玩易窝"隔着一

第三章 贵阳传道

里多路。可这个距离，却让王阳明心里痒痒得难受。吏目来自北京，自然知道北京那边的近况。于王阳明来说，北京是什么？北京曾是他展现身手、体现人生价值的地方，也是他被打了个人仰马翻、九死一生的地方。如今偷生于龙场这样的蛮夷之地，岂有不牵挂之理。朝廷、正德皇帝、刘瑾那群阉党，现在是怎样一个状况？最好还能带给他一点关于父亲的消息，前阵儿得知父亲被借故罢了官，后来就再没得到过他老人家的消息了，他好不好？妻子呢？其他家人呢？刘瑾是不是就此罢休了？如果没有罢休，他又做过了什么？

这些问题，像一堆躁动的蚂蟥，在他的心口胡乱搅。吃过晚饭，他便拉了明义和广进来到了这户苗人家。原本是想找那吏目聊一聊，可没想到他们来到的时候，人家已经睡下了。想想人家一路上那么劳累，也只好扫兴而回了。

那一晚，他注定是没法入睡了。站了两个时辰的桩，又打了三个时辰的坐，天蒙蒙亮，他便再一次跑去相见。可这么早，人家竟然已经上路了。

心切切想见之人，却又是这般无缘，王阳明不禁满心的遗憾和失落。失魂落魄了半日，却听一位经此地路过的山民说："王大人，蜈蚣坡那边死了个人哩，死人穿着官服，身边还有两个人哭，恐怕是昨晚路过此地的那位官爷喽。"

听了这话，王阳明心里一沉。想想昨天傍晚，那人回眸间，他看到的那一脸灰败和消沉，这一路的艰险，不要了他的命才怪了。长途跋涉，心里又无希望，这种结果便是迟早的事了。他想起刚来到龙场那会儿，三个家仆先后生病倒下的情景，便很能理解这件事情了。可自己为什么没有病倒呢？当初他还真没认真思考过这个问题呢。现在想想，或许是因为自己心里有所不甘，是还抱着期盼的？期盼什么呢？期盼着有一天终能成为一位圣人？期盼有一天自己所学终能经世济用？因为心里有目标，心便有了盼头，因为有了盼头，心便不会垮塌？明义他们呢？心里的盼头，不过是跟随我求取一份衣食，可临了却是居无定所，食不果腹，同时还要担惊受怕，心，自然就垮塌了。这位吏目呢？目标原本不过是一个五斗米的职位，本身吸引力就不大。可就这五斗米，还在千里之外。从北京来到龙场，这段路已经耗尽了他的体力，想想这般千辛万苦，却只为前面那五斗米的职位，心里不沮丧才怪呢。可沮丧之余，又没有别的盼头支撑内心，那心不就灰了冷了？

人活着，活的就是这颗心，心垮了，人不垮才怪。心若死了，人也就死了。

好吧，明白了这一点，你王阳明就该更加坚强一些了。你若真牵挂父亲牵挂家人，你也得活着回去，才有见着他们的那一天。你若真想做成圣贤，便得胸怀天下，若要胸怀天下，哪又能这般浮云惆怅？他想起自己下决心来龙场前，在武夷山写下的那首《泛海》：

险夷原不滞胸中，何异浮云过太空。
夜静海涛三万里，月明飞锡下天风。

人所以灰心，皆源于"求不得"。《大学》讲"止、定、静、安、虑、得"，得，自然是要先经过前面五个阶梯了。止，止于哪里？《大学》又讲"物有本末，事有始终"，止于终？可若止于"终"，"始"又从何而来？自然不是了。止于中，那个没有杂念的地方。这就对了。止于中，定于中，便能静，静了，则安，安了，便能得。此得，却又是一种失，是一种抛却。抛却胸中杂念，抛却困扰于心的私欲、私情、烦恼、仇恨、担忧、恐惧，得到了安泰。圣人和普通人对于"得"的理解，区别原在于此。

得了，你虽身处绝境，但若心能处之安泰，便死不了了。何况，心能安泰，皆因看破生死，天人合一，生死又有何惧？

想想那吏目，若能明白这一点，就不至于这么轻易死去了。罢罢罢，既已死，就安心去吧。儿子或许还能从你的教训得到启示，今后活得比你明白一点。

可他没想到就当天傍晚，又听到一消息，说蜈蚣坡又死了一人了，原先的三人，只剩下一人了。

王阳明听得眼睛鼻子发酸，不禁仰天长叹：天啦，这是何苦啊！他原本想的是，吏目死了，仆人和儿子哭上一通，埋了他，就赶紧离开这地方吧。

可哪想到，这仆人原本就是追随吏目来的，正像明义他们追随他王阳明而来，求的不过是一碗饭。来前，他便把一生的饭碗都寄托于他的吏目大人了，临了，吏目大人却死在半路上了，这不就绝望了吗？他哪还有离开这地方的心劲？那儿子呢，年纪尚小，还不知道希望是什么，就已经被他的父亲掐断了希望。这前无亲，后无故，又身处于荒山野岭，吓也给吓死了。

听说这后来死的是儿子，王阳明便含泪长叹：这下好了，仆人也该死了。

听他这话，那传信的山民不禁要问："大人为啥这样说？"

王阳明说："处于这般境地，不死就怪了。"

山民不解："大人这话不对，我们不也生活在这里吗？"

王阳明说："你们跟他们不一样，你们生在这里，这里是你们的故土，是你们的家。而他们，却是路人，在这里举目无亲。"

山民说："可大人你们不一样吗？"

王阳明回头看看身后的三个随从，说："我们跟他们一样，但我们又跟他们不一样。"

明义问："我们跟他们一样是路人，哪里又不一样了？"

王阳明指着自己的心口，说："这里不一样。"

这话，他身边的几个随从和那位山民自然是一时理解不了的了，可他们还没来得及细想呢，第二天早上，又听说那位仆人也死了。

三人尽死于荒野，听说也没人收尸掩埋，王阳明便邀上明义、积善、广进三人到了蜈蚣坡来，将这三个人一起埋了。

这些时间，明义一直在寻思王阳明说的那有关"心不一样"的话，埋完那三个人，明义便问道："大人说，我们跟他们的心不一样，是什么意思？"

挂着铁锹，王阳明看着无边的森林，却反问明义："我是为何而来这里？"

明义说："大人是来做谪官。"

王阳明说:"这就对了,我是被迫而来。"

指指面前的坟堆,又问:"那么他们来这里是为何?"

明义说:"为了生活。"

王阳明说:"对,为了生活。"

他说:"我是不得不来,若能选择,我就不会选择来这里,不是吗?他呢?是自愿要来这里的,因为他要来这里求生活。可是你们知道吗?一个吏目不过能挣五斗米而已。他若在家开一块地,带着家人好生耕种,就能得到五斗米。为什么非要跑大老远,背井离乡去挣这五斗米呢?"

他说:"我虽然一样背井离乡,可我不是冲着这里的两石米来的。两石米不是我的全部希望,所以若吃不到那两石米,我也不会因此而绝望。可他呢?全部的希望,就是前方那五斗米。而要得到那五斗米,却是如此的艰辛,这心便很容易绝望。心绝望了,人就离死不远了。"

这也是他刚从这件事情中悟出的道理,而且这个道理,也解了他心上的一个大结。所以,从蜈蚣坡回来,他便写了一篇《瘗旅文》:

"维正德四年秋月三日,有吏目云自京来者,不知其名氏。携一子一仆,将之任,过龙场,投宿土苗家。予从篱落间望见之,阴雨昏黑,欲就问讯北来事,不果。明早遣人觇之,已行矣。薄午有人自蜈蚣坡来,云:'一老人死坡下,傍两人哭之哀。'予曰:'此必吏目死矣。伤哉!'薄暮复有人来,云:'坡下死者二人,傍一人坐叹。'询其状,则其子又死矣。明日复有人来,云:'见坡下积尸三焉。'则其仆又死矣,呜呼伤哉!念其暴骨无主,将二童子持畚锸往瘗之,二童子有难色然。予曰:'嘻!吾与尔犹彼也!'二童悯然涕下,请往。就其傍山麓为三坎,埋之。又以只鸡饭三盂,嗟吁涕洟而告之。曰:

'呜呼伤哉!繄何人?繄何人?吾龙场驿丞余姚王守仁也。吾与尔皆中土之产,吾不知尔郡邑,尔乌为乎来为兹山之鬼乎?古者重去其乡,游宦不逾千里。吾以窜逐而来此,宜也。尔亦何辜乎?闻尔官,吏目耳,俸不能五斗,尔率妻子躬耕,可有也。乌为乎以五斗而易尔七尺之躯?又不足,而益以尔子与仆乎？

呜呼伤哉！尔诚恋兹五斗而来，则宜欣然就道，乌为乎吾昨望见尔容戚然，盖不任其忧者？夫冲冒雾露，扳援崖壁，行万峰之顶，饥渴劳顿，筋骨疲惫，而又瘴疠侵其外，忧郁攻其中，其能以无死乎？吾固知尔之必死，然不谓若是其速，又不谓尔子尔仆亦遽尔奄忽也。皆尔自取，谓之何哉！吾念尔三骨之无依而来瘗尔，乃使吾有无穷之怆也。

呜呼伤哉！纵不尔瘗，幽崖之狐成群，阴壑之虺如车轮，亦必能葬尔于腹，不致久暴露尔。尔既已无知，然吾何能违心乎？自吾去父母乡国而来此，二年矣，历瘴毒而苟能自全，以吾未尝一日之戚戚也。今悲伤若此，是吾为尔者重，而自为者轻也。吾不宜复为尔悲矣。吾为尔歌，尔听之。'

歌曰：'连峰际天兮，飞鸟不通。游子怀乡兮，莫知西东。莫知西东兮，维天则同。异域殊方兮，环海之中。达观随寓兮，奚必予宫。魂兮魂兮，无悲以恫！'

又歌以慰之，曰：'与尔皆乡土之离兮，蛮之人言语不相知兮。性命不可期，吾苟死于兹兮，率尔子仆来从予兮。吾与尔遨以嬉兮，骖紫彪而乘文螭兮，登望故乡而嘘唏兮！吾苟获生归兮，尔子尔仆尚尔随兮，无以无侣悲兮。道旁之冢累累兮，多中土之流离兮，相与呼啸而徘徊兮。餐风饮露，无尔饥兮。朝友麋鹿，暮猿与栖兮。尔安尔居兮，无为厉于兹墟兮！'"

他今天来这里，一是为了看看这块新墓碑，二是为了给弟子们上一堂课。昨天，他们不是老在立志有没有用处的问题上纠结吗？这个吏目的故事，不正好是一个很好的教材？

他问弟子们："你们认为，这三人因什么而死呢？"

有人说，因为饥饿。

王阳明说："一个官爷去赴任，事先一定要带足盘缠，这种可能性极小。"

有人说，因为生病。说路途遥远，身体困乏，再加上此地的瘴气，便得了病，病了又看不了郎中，便死了。

王阳明说："这话倒是很有道理，我们四个人初来的时候，明义他们三个也因此而生了病。但要论身子骨，我年轻时就得过肺病，在我们四人中，我算是最弱的，可我却没有生病……"

有人就抢过话头说："大人天天站桩练气，虽看上去身子骨弱，但实际上您的体质很强。"

王阳明莞尔一笑。但稍后他却深叹一口气，说："此话也非常在理，但我得告诉你们，真正支撑一个人的，不是体魄，而是心。这个'心'，当然不是指我们胸脯里那颗心脏。这个'心'是无形的，但它却像一块地，会长庄稼，会生杂草，而且源源不断。喜、怒、哀、乐、善、恶，以及由它们衍生出的各种情绪，都源于这个'心'。我们要怎样管理这块地呢？如果它还没有庄稼，我们就要先开荒，清除杂草，种上庄稼。种庄稼，就是立志。对于农夫来说，庄稼就是盼头，就是志向。对于心来说，我们就是农夫。有了收获的盼头，我们就能忍受日晒雨淋，能忍受耕耘的辛苦。这位吏目，正是因为胸中无志。我昨天跟你们说到了那类自己没有方向，完全被从众意识支配的人，就是他这样的了。原本不清楚自己想要什么，那么一个吏目能有五斗米的俸禄，能养活自己，那就去做吏目吧。这原本不是他的志向，赴任之路又千辛万苦，走起来又似乎没个尽头，自然就会绝望。对于我们这具身体来说，伤风感冒、肺病、心脏病是病，但对于我们的心来说，悲愤、绝望等负面情绪也是病。身体病了，如果心是健康的，那疾病是容易治好的，但心若病了，再强的身体，也支撑不住。所以说，这人不是死于疾病，也不是死于饥饿，而是死于绝望。"

又说："至于我这把孱弱的身子骨，为什么能撑过那么艰难的日子而没有倒下，肯定不能完全归功于站桩，我认为更应该归功于我的志。我立志要做个圣贤呢？还没能做成圣贤，怎么能死呢？"

这后面一句，他是用玩笑的口吻说的，所以这话在弟子们中间惹起一片笑声。

他们笑完了，有人就提问了："那么先生是说，人只要不会绝望，就不会死了？"

王阳明朗声笑道："人的生老病死，那是天理，是人自己无法改变的，不管你绝不绝望，最终都有一死。可你的心要是强大，你就能晚一点死，假如人生是一次长跑，那你要活到终点才是胜利。"

这话又引起几声笑来。

有人就问："先生，既然没有人知道这三个人姓甚名谁，您为他们立这块碑又有何用？"

王阳明沉吟一声，说："倘若这吏目还有别的家人，或者今后还有后人，有一天想要来寻找他的下落，找到这里，他们便有了一个尽孝的东西。同时呢，如果看见这坟的人有心，还可从中吸取教训。"

往回走的路上，王阳明满脑子都是那个吏目，是他一脸愁苦，萎靡不振的样子。他设身处地体会着他的感受：一个小小的吏目职位，五斗米的营生，却要让我离家千里，艰苦跋涉。这南夷之路，荒无人烟，让我整日担惊受怕。可是，我要是半途而废，打道回去，又该去做什么呢？可这往前又走的是什么路啊，上山下沟，攀岩走壁，渴了找不到水喝，黑了找不到地方住，一路上还只听见野兽的叫声，时不时地，就能在路上看到野兽的脚印，那脚印里的水还在打旋，野兽应该刚刚从此走开……天啊，你这不是要置我于死地吗……

王阳明突然想起了黑夜，人到了这种处境，心头就是黑暗一片。他像是自言自语，又像是在对身后的弟子们说："人如果能在黑夜里安睡，那都是因为他知道一觉醒来，天就亮了。"

他说："要是人不知道黑夜之后会有黎明，会有一个光明无边的白天在等着他，黑夜就没法熬过去。人所以能在黑夜里安睡，就是因为他知道黑夜的尽头有个白天在等着自己，因而不管黑夜是多么可怕，他都不会害怕。"

有人在后面来了一句："要说夜里睡得最好的，就是傻子了。"

这话引起一片笑声，但王阳明却没笑。他回转身，认真地看着他们，说："为什么傻子能睡得最好？因为傻子的内心干净。因为他天资愚钝，所以不会生出那么多欲望来困扰自己，从这个意义上说，傻倒是一种幸运。就像一块金子，到了聪明人手上，他就会掺上别的金属，将它一块变成两块，甚至三块，将它变成首饰卖钱。但到了傻子手上，却因为他愚笨，不知道掺假，也不知道拿它去卖钱，所以它倒一直都是块足金。心不是一个收纳箱，什么都往里装，心是否强大，也不是看心里装多装少。心成长的过程，不是加法，而是减法。就像那块金子，我们要的不是掺了别的金属的合金，而是清除了别的金属的足金。当你内心没有了各种私心杂念，只剩下一片清明的时候，你就有了平静。圣人之心，追求的就是这种纯粹，这一片清明是什么？是天理，是善愿。圣人跟普通人的区别在于，圣人是用一生来完善自己这颗心，而普通人则是用一生来将自己这颗心变得不堪重负。"

有弟子就问："可是先生，这世界上到底还是普通人多，圣人是屈指可数的啊。"

王阳明说："圣人又不是天生的，是后天修炼而来。之所以少，只能说明这个修炼过程是很难的。"

有弟子又说："可见，圣人虽是修炼而成，也不是所有人都能成的。"

王阳明说："错。事实上，每个人心中都有个圣人。只是因为我们更愿意受外在的诸如权力、金钱、美色的诱惑，一心只去想法满足自己的各种私欲，便把它冷落在一边，甚至被各种欲望杂念埋没在地底下了。要知道，身外那些东西都是自己不可控的，有人能求到，有人又求不到。而且，据我们所见所闻，求到了的人，也不一定就真获得了快乐。心外之物就像狡猾的狼，它装成狗来迷惑你，让你上当，拿你开心呢。我们之所以要修炼，就是要克制各种追求身外之物的欲望和杂念，把这个'圣人'拔拉出来。"

那位弟子说："既这么简单，那我现在就立志做圣人。"

王阳明说："你这样说，就说明你是做不成圣人的。"

弟子问："为什么？"

他说："因为你是觉得它简单，才说要立这个志，可事实上，这并不简单。

你现在嘴上说立了这个志，转过身就会因为它太难，而放弃这个志。"

这位弟子不是别人，是汤吁，平时心性就比别人高傲几分，听先生这样说，急得眉头都顶到脑门上去了，他说："好吧，我知道它难了，可我还是要立圣人之志。"

王阳明问："这是为什么呢？"

汤吁说："因为圣人是圣人。"

王阳明会心一笑，说："这回看上去靠谱。"

汤吁说："可是要怎样才能清除你说的那些东西呢？"

王阳明说："回归良知。"

汤吁说："大人能讲得浅显易懂一点吗？"

王阳明说："就是回去，回到良知上去。只要念念不忘良知、天理，日复一日，你就越来越接近……"

汤吁等不及他说完又插嘴问："到底要怎样去做呢？"

他说："事上磨炼。"

汤吁问："怎么个磨炼法？"

王阳明说："知行合一。"

关于"知行合一"的话题，在几天之后，被徐爱专门提出来请教过他。但对于当时这一群似懂非懂、半信半疑的弟子来说，他们已经没办法再往下问了。

27

他们倒是把王阳明那句"每个人心中都有一个圣人"放在了心上。

几天后的一个中午，大家都在午睡，龙冈山上只有几只蝉在鼓噪，可突然间狄家两兄弟竟打了起来。天气热，弟子们也都喜欢往洞口的地面上去午休，随便找块石头歪上去，吹着时不时跑来的一阵阵风，能睡得很爽。

狄家两兄弟自然也一样，又因为是兄弟俩，就时常都挨在一起。这一闹起来，便把大家全都给吵醒了。问是怎么回事，原来是狄勇惦记上了狄智的一个小玩意儿。那小玩意儿是一只玉琢的小猫，是叶梧两天前送他的，狄勇一直想要，但狄智肯定不会给他。好朋友送给自己的礼物，怎能随便转赠给别人呢？于是这天午睡的时候，狄勇便生了偷的心，趁狄智睡着了，便悄悄到他身上去摸。这一摸，没摸着那小玩意儿，倒把狄智摸醒了。毕竟是亲兄弟，都不用问狄智就知道他这是想干什么，于是两兄弟便扭打起来。那狄智，因为得理，自然不会放过狄勇，可这样一来，就等于将狄勇的丑揭开来，大白于天下，所谓恼羞成怒了。

　　兄弟俩打得不可开交，同学们便在一边看热闹。这件事情的是非是明摆着的，所以大家都站在狄智这一边，见狄智下去了，他们便喊"狄智加油"，看狄智又上来了，他们便喊"狠狠地揍"，喊到最后，竟有人喊："给我狠狠地揍，直到把他肚子里的圣人揍出来为止！"

　　这话自然让王阳明也听到了，那时候他正准备下去制止这场打闹，刚下了四五级台阶。也奇怪，虽然那帮年轻人并没看见王阳明，但这话一喊出口，大家就都发现王阳明了。就连打架打得正酣的兄弟俩，也主动休了战，齐刷刷看向了王阳明。这话显然出自于一张嘲讽的嘴，因为未能真正理解王阳明的教导，反把它当成笑话存于心里，一不注意，就信口喊了出来。

　　喊的人红着脸将头埋下，其余的则抱着观望心态，一副皮笑肉不笑的样子等着看笑话。

　　要不是这个时候徐爱出现在路口，王阳明还真不知道拿这群弟子怎么办才好。徐爱是王阳明来龙场赴任之前收下的弟子，同时也是他的妹婿。三个月前，徐爱考中了进士，得了个二甲，很开心，便专程跑来贵州探望他的老师，也是他的内兄。那朝那代又没法事先通知一声，就是写封信，邮递员把信送到，他人也该到了。所以当徐爱突然从天而降，出现在路口的时候，王阳明愣了好一会儿。待徐爱叫了他，又作过了揖，他才完全相信了自己的眼睛。

　　这会儿，弟子们打架的事儿便不再是事儿了。师徒一别两年，得有好多话要说啊。就王阳明而言，离家这么久了，那可是满肚子的牵挂呀。他都等不及让徐爱洗完歇下，便一边看着徐爱洗脸，一边问起了家里的情况。父亲的近况如何，身体怎样？几个兄弟的学业怎样？别后你怎样，妹怎样？徐爱体谅他的急切，随便洗了把脸，简单解了一下渴，便坐下跟他聊叙起来。

徐爱深知，王阳明最最牵挂的，自然是家人的安危。他来了龙场，那刘瑾觉得杀他不易，便借故罢了他父亲的官，意在警告王阳明，他一家子的生杀大权都掌握在他刘瑾手中。

但徐爱告诉他，他父亲并没因此而影响了心境。那海日翁原本就是个心胸开阔、心性高傲之人，罢个官，于他算个什么事儿呢？虽然丢了官位，可他心里并不空虚。不用上班了，他便安于读书、写文章，反倒轻闲。无官一身轻，指的就是这种状况。

或许刘瑾想，经他如此这般地恐吓，便能使王阳明害怕、绝望。龙场那个地方既那般险恶，要再加上人一绝望，他不杀王阳明，龙场也会杀了王阳明的。

所以那之后，刘瑾竟像是把王阳明忘记了。既不再追杀于他，也不再祸害他的家人了。

得知家人一应平安，王阳明总算是彻底心安了。之前的心安，全都是建立在自己悟道后的理论之上，是理论给他的心安。而现在，是现实给他的心安，这一种，更坚实，更泰然一些。

龙冈的这帮弟子，对徐爱这位来客深感好奇。徐爱带来的书童，也就跟他们上下年纪，不出半个时辰，他们便把他水泄不通地围了，刨根问底起来。得知来人竟然也是王阳明的另一个弟子，而且还刚刚中了进士，他们便顿时觉得自己也光彩照人起来。平时有那么两个，对王阳明的学说存着怀疑的，这时候就有人说他："看你还敢怀疑先生的话！"

这话本带着责怪，但听的人却一点也不反感，虽然这话并不能帮助他们解惑，但他们至少坚定了王阳明是位好先生的信心。于是，又有人来趣，说："再怀疑，就剥他的衣服打他，直到把他肚子里的圣人打出来！"

"哈哈哈！"说的和听的全都开心大笑了，因为这一回，还真不是嘲讽。

接下来的两天，徐爱也坐到师弟们旁边，做了个旁听生。当然，龙冈书院开学以来，旁听生可多了。尤其是这个季节，农闲，那些个大字不识一把的农夫，也都会过来，在王阳明讲课的时候，贴在窗户上听。你让他进门，他又不进，多劝，他还要逃。一个农夫，还要坐进教室里听课，羞死人了。但你由着他们，他们就会一直贴在那里，一直听到下课。天气好，何陋轩空间又有限，总让人贴在窗户上也不好，王阳明便干脆把课堂移到了洞口，大学生和小学生的课时反正是错开的，这样，他上课的时候，听课的学生就是个大杂烩：有大学生，有小学生，还有农夫。

那些农夫，看上去更像是在这里闲坐，在乘凉。眼睛并不一定要盯着先生，有的甚至抽着旱烟，目光飘得很远，像是在遐思。可只有他们自己知道，他们其实一直都在听。他们悄悄竖着耳朵，假装无所事事，其实他们甚至比学生们更专心。不过，有时候会突然响起"啪"的一声，那是谁被蚊子叮了，条件反射地拍了一巴掌。

中午虽然不是蚊子最好的工作时间，但通常会有那么一两只不识时务的，也会跑到这里来，当然，它们是不是也想做个旁听生，也未可知。但来了之后，一看见满世界鲜活的人肉，就丢了信念，趴人脸上吃起来。结果自然是听课不成，反丢了性命。

这其实也是可以当成一个立志的事例来讲的，这只蚊子，显然就是因为志向不牢，太容易受私欲左右。

当然，遇上徐爱这样的人，又是另外一回事。徐爱生性儒雅，从不会干出一巴掌将蚊子拍成肉酱，而且这肉酱还贴在自己脸上的事儿来。更何况，他还是这里最认真的一位旁听生。

每天晚上，他都会就自己不太明白的地方请教王阳明，必须把当天的疑虑解决了，再去睡觉。两人就着一盏清灯、一杯清茶，常常可以聊到很晚。

徐爱说:"您说'志不立,天下无可成之事',我服;您说'心即理''致良知',我也懂。那么,关于'知行合一',我的理解,您是要求我们知了就要行,要用实际行动来践行'知'才行,对吗?"

王阳明说:"简单的理解是这样,但事实上'知行'原本就是一个东西,而不是分开的两个东西。"

徐爱说:"那么比如说,很多人都知道事父当孝,事兄为悌,可事实上还是不孝不悌,这难道不正说明'知'跟'行'是两件事吗?"

王阳明说:"当孝不孝,当悌不悌,是因为'知行'受到了私欲的蒙蔽,你看到的是裹着私欲的东西,而不是'知行'本体。从本体上讲,'知行'是一致的,所谓知而不行,其实就是不知。圣贤教育人们知与行,就是要恢复知与行的本来面目,而不是简单地告诉你,如何去知,如何去行。"

他说:"要是'知行'是分开的两个东西,那么你认为什么是知,什么是行呢?而我则认为,一念发动处即是行。就孝悌而言,你都不曾动过孝悌之念,何以证明你是知道它的呢?即使知,也不是真知。"

徐爱问:"那么古人为什么要把知和行分开呢?"

王阳明说:"朱熹是通过经书得到天理,然后去实行;陆九渊是通过静坐得到天理,然后去实行。这就是你所说的,把知和行分开吧?但我认为天理不在身外,而在心内,心即理,知行是合一的,'知'是'行'的开始,'行'是'知'的结果,它们是你中有我我中有你的一个不可分割的整体。至于,古人为什么将它们分开,是因为这世上有两种人,一种人冥行妄作,不求甚解;一种人好说空话,不去躬行。所以,把知和行分开来,是古人为了补救偏弊,不得已而为之罢了。"

到这里他忍不住笑起来,说:"就这'知行合一'而言,你向我提出这问题,就已经说明你'知行合一'了,而那几个,从不曾提出过问题,可见他们是根本'不知'了。"

28

关于立志，几年后的有一天，王阳明遇上了一位名叫杨茂的聋哑人。此人因为身体残疾，非常自卑。听闻王阳明那些关于心学的传播，早就想跟他请教了。这天，王阳明正在通天岩的观心洞里和弟子陈九川、邹守益等一二十人讨论"致良知"，杨茂便怯生生地出现了。见他也是个书生模样，王阳明想他是来听课的吧，便起身迎他进来，问他姓名。杨茂一聋哑人，既听不见他说话，也无法开口回答他的问题，一阵比画，王阳明才明白他是怎么一回事了。既是聋哑人，像大家一样坐下听课就是枉然的了，可他来这里干什么呢？王阳明便给了他一支笔、一张纸，他们开始在纸上交流起来。

杨茂：我听说先生一直在强调立志的重要性，那么请问我这样的聋哑人怎样立志呢？

王阳明：你虽是聋哑人，但心里明白吗？

杨茂：心里明白。

王阳明：虽口不能言，耳不能听，但心里是明白是非的，对吗？

杨茂：对。

王阳明：这就说明，除了口和耳跟别人不一样以外，心跟别人是一样的。口和耳虽然得了疾，可心是健康的。但人最重要的是什么呢？是心。只要你心存天理、良知，立一个圣贤之志，虽口不能言，耳不能听，你也照样是个圣人。

做人做的就是一颗心，你这颗心要是颗圣人之心，那你也是一个不能听不能说的圣贤；如果心里没有天理，尽是邪恶，那即便耳朵能听、嘴巴能说，也只能是一个能说能听的禽兽。

你对父母尽你的孝心，对兄长尽你的仁义，听从你那颗"是"心，抵抗你那颗"非"心，只做正确的事。这便是立志了。你耳朵听不见，倒可以耳根清净，你嘴不能说，倒能少生许多是非，跟别人比起来，看似你比别人少了耳朵和嘴,但反过来,你却比别人多得了许多清静。有了这份清静,你倒更能专心致志,只要立下志向,何愁不能成圣呢?

这些话对于杨茂来说,真可谓振聋发聩了。

教学相长,杨茂这件事情,倒让王阳明更加明白了强调"立志"的重要性。所以后来他到了北京,弟弟守文来跟他学习的时候,他还特别为弟弟写了《示弟立志说》:

……学习,首先要立志。志要是不立,就像不种树根而徒劳浇水一样,这样是无用功。世上的人,之所以要沿袭旧弊,敷衍应付,养成不好的习惯,最后变成道德低下的人,都是因为没有立志。所以程子讲:"一个人要有成为圣人的志向,然后才能与他一起共同学习。"人要是诚心立下圣人的志向,则必然会思考圣人为什么会成为圣人的原因。难道不是内心纯为良知而没有一丝私欲?圣人之所以成为圣人,只是因为内心纯为良知,而无一丝私欲。想要做到这一点,必须除去私欲,显现良知。想要除去私欲,显现良知,则必须去找到除去私欲显现良知的办法。想要找到办法,就必须验证前人的思考,这样才是做学问的功夫,下过这功夫,才能得到真正的知识,这都是不能欺骗自己的。

……立志当然是不容易的,孔子是圣人,曾经讲过:"我十五岁开始发奋学习,到了三十岁才真正立志。"立志,就是树立志向。即使到了不逾矩程度,也是志向到了不逾矩。志向,是一个人精气的核心,是人的性命,是树的根,是水的源头。源头被堵了,则水流就没了。树根不培植,则树木就会死,人要是不立志,终日浑浑噩噩神志不清,也跟个死人差不多。

……后来的人有个大的毛病,尤其在没有志向上,所以今天特地讲出来,中间字字句句都是立志。人一生的学问,只是这个立志罢了。若要说"精一",则字字句句都是"精一"的功夫;若要说"敬义",则字字句句都是"敬义"的功夫。其与"格致""博约""忠恕"等说,无不吻合。只有能真心体会,才会真正相信我讲的都是真的。

这篇文章虽是写给弟弟的,但其意说得很明白:是为了将其传布天下和后世,让人受益。

29

"格竹"一直被王阳明自己看成是他一生中做得最傻的一件事情，每每想起，总令他无地自容，想抽自己的巴掌。但后人们却一直拿它当"勤学"的典范。事实也正如此，没有当初的"格竹"，又哪能有后来的"龙场悟道"呢？

王阳明自十二岁立下圣贤之志，就一直在苦苦寻求圣贤之道。别人读书，只读老师要求读的书，他读的书，是别人的几倍。当然，你若把他想象成一个书呆子，那就错了。他之所以想做圣贤，便是不想只读举子之书，受世俗所困。他要读比别人更多的书，就是为了从书海中找到最适合自己的书，找到做圣贤的路子。然而，书海茫茫，这种选择的过程注定是一个曲折的过程。

有一阵，他迷上了道教典籍，觉得通过静坐吐纳，长生不死也不错。七八岁时，他便学过打坐静修，十三岁时，已经十分热衷了。这一年，又遇他的母亲过世。悲痛之余，想到人生在世，生死无常，倒不如学些道家养生之术，做个不死神仙，倒也逍遥自在。

这样一个人，注定是要做出些令人费解的事情来的。十七岁那年，按照男当大婚、女大当嫁的世俗规律，他得娶媳妇了。未婚妻家很远，在南昌。那年代，婚姻大事都是父母所定，他王阳明再淘，心里因为有个圣人之志，也是不会随便违抗父命的。所以，他什么也不说，乖乖去南昌迎亲。可到了南昌，就在举行婚礼的当晚，这位新郎官却不见了。

原来，结婚的事都是别人在操心，他闲得无聊，便出门闲逛来了。这一逛，不知不觉就逛到了"铁柱宫"。"铁柱宫"可是有名的道观了，他岂有不进之理？抬脚就进去了。一进观，迎面就看到一位白发道人，正闭目打坐呢。他正犹豫要不要上前打个招呼，道人却自己睁开了眼睛。看面前站着一位翩翩少年，又是那般安静，道人不禁看得仔细了一点。道人毕竟是道人，半生的修炼可不是白修的，这一看，就看出王阳明的健康状态不佳。他说:"这位公子,你人虽年轻,身体可不是很好啊。"

王阳明听得心里一惊,说:"果真是老神仙啊,眼毒啊,我的确从小抵抗力就差,经常伤风感冒。所以平时我也学些养生之术,但总不得要领,今天有幸遇到老神仙,您若看得起我,还望赐教一二啦。"

道人听得哈哈大笑,说:"本人虽老,却不敢妄称'老神仙',在我看来,养生的要点,便是养静。老子说清静,庄子说逍遥,你得先领略到清静的妙处,才能得到逍遥自在。"

王阳明读过老庄,明白他说的是什么意思。道家主张修习静坐,用呼吸导引之术达坐忘虚静的状态,以求身心安顿,延年益寿。

话说到投机处,王阳明便忘了自己是来南昌结婚的了,当即就跟这位道人一起打起了坐。这一坐就是几个时辰,末了道长夸他说:"你虽年少,却果真是个勤修之人,照这样坚持下去,定得正果。"

王阳明说:"我虽年轻,但还算能吃苦。"

道人说:"听你口音,不像是本地人?"

王阳明这才心里一咯噔,想起自己的正事儿来。他猛然从蒲团上弹起,连声跟道人说着"对不起",说自己此次南昌之行,是为迎亲而来,就这条路的另一端,新娘子正等着他去拜堂成婚哩。

道人一听笑翻了,说那你还不快去。王阳明说:"今天真是幸会,我原本还想跟老神仙多请教哩,可你看这事儿闹的,我要不赶紧回去,那边该急成什么样子啊?"

道人笑着说:"快去快去吧,这世界很小,我们既志同道合,就总有再见的机会。"

王阳明这才风风火火奔老丈人家去了。

这件事情一直被世人当作笑谈,但从另一方面讲,这件事情难道不正是在说一种执着和专注吗?要成大事,执着专注可是必备品质啊。只因他是这样一个人,才会做出"格竹"的事来。一般人,不管年少时对学习多么感兴趣,一旦结了婚,心思就给男女之情、生活琐碎占取了,就不会再有什么心思去学习了。可王阳明呢,身边带着娇妻,却念念不忘他的志向,还要去拜访娄谅。

娄谅是什么人呢？是当时的著名理学家吴与弼的得意弟子。此人也是个不羁之人，虽知名度很高，却不喜欢社交，倒更喜欢埋头深钻学问。王阳明喜欢的正是这样的人，所以，那年他带着妻子回北京，正好要经过上饶，便一定是要前往拜访的了。

娄谅虽不喜欢社交，却特别喜欢教学。那时候，他已年近古稀，却依然带着百八十个学生，天天讲课。像王阳明这样喜欢学习的人，自然和他投缘。

互相都尽了一番礼数之后，娄谅把王阳明带到了自己的书房。娄谅在这里有一张很舒服的椅子，坐在这里，他能完全放松，让思想变得极度自由。书桌边另外还有一张椅子，他让王阳明坐，但王阳明说他喜欢站着。这间书房给王阳明带来了一个意外：老先生的书竟不是他想象的那么多。关于这一点，娄谅是这样回答的："书，始终应该是越读越少。因为当你读得够多的时候，就该往精里去读了。我都这把年纪了，自然更应该更精才对。"

王阳明听得不禁连连点头。

看这年轻人一副求知若渴的样子，娄谅便问："你来我这里，肯定不只是为了溜达溜达吧？"

王阳明说："不瞒先生，我是专程来请教的。"

娄谅笑，问："那么你想问什么呢？"

王阳明说："我只想问，如何能做圣贤？"

娄谅想都不想就说："学习。"

这话说得王阳明心里一亮，因为他正是这么想的，可谓英雄所见略同了。

但他又问："不是天生的？比如文曲星下凡什么的？"

娄谅一口气没憋住，将茶水喷了一书桌，赶紧擦。王阳明也赶紧上前帮忙。两人草草收拾了一下，娄谅才终于忍住了笑，他说："你说的那叫神仙，不叫圣贤。"

王阳明也笑，说："我也是这样认为的，可人们不都那样说吗？"

娄谅摇头，说："你若是个人云亦云的人，今天也不会到我这里来了。"

王阳明很高兴老先生这么看自己，兴冲冲问："那么，为万世太平，是不是通往圣贤之路的捷径呢？"

娄谅说："绝对不是。"

他说："你说的为万世太平，那是'外王'，只有先'内圣'，后才能'外王'。"

王阳明问："那么怎样才能'内圣'呢？"

娄谅说："格物致知。"

他说："五百年必有王者兴，其间必有名世者。既然有王者，当然就有闻名于世的圣贤。而圣贤，并非天生，只要一个人愿立这个志，又肯用功格物致知，便可成为圣贤。"

娄谅老先生简单的几句话，对于王阳明来说，却是终身受用。如果这之前，他成圣的信心还有些摇晃，那么现在，他的信心便如磐石一样坚定了。

可是，老师的教诲只是引路，具体的学习却要靠自己。任何学习又都没有捷径可言，学习的过程，必然是一个摸索的过程，一个走弯路的过程。

那一年，拿他当心尖尖肉的祖父过世了。在守孝期间，王阳明又把朱熹的《四书集注》《大学》等书读了个透。《大学》讲"格物致知"，认为修身、齐家、治国、平天下都得以此为前提。朱熹又注释为求真求善，既要求外部事物的真理，也要求自身道德的践行。书上说，万物必然有表有里，有粗有精，一草一木也离不开这个道理。既然如此，何不从一草一木开始"格"呢？爷爷喜欢竹子，生前在前院后院栽了许多。守孝期间，哪里也不能去，不如就"格"竹子？

做出这个决定的时候，王阳明十分兴奋，兴冲冲找到好朋友钱生，要他和自己一起格竹。钱生原也是个喜欢学习的人，对王阳明也是十分信任。听他说格竹子能格出事物真理，便真和他一起坐到竹林前面，紧盯着竹子"格"起来。

他们每天早早起床，吃过早饭便开始格竹。既然世间万物都蕴藏着道理，那么他们就相信透过竹子，也能看到浩瀚的宇宙，只要参透了竹子之理，便也参透了世界之理。

王阳明是练过静坐的，这样枯坐苦思，对于他来说，没有多大问题。但钱生却不行，坐一天可以，坐两天就已经必须咬牙了，坐到第三天，就咬牙也坚持不下去了。于是，钱生半途而废，做了逃兵。

本来是约好两个人一起格的，钱生畏难而逃，或多或少都会影响到王阳明的心境，就像竹在风过时，一定会抖几下枝叶一样。但王阳明没有放弃。这毕竟不是做什么游戏，是学习，一个人和两个人，又有什么关系呢？他继续盯着竹子苦坐苦想，直到第七天，他两眼一黑，栽倒在地。

他格了整整七天的竹子，什么也没能"格"出来，倒让自己伤了风感了冒。到了这时候，他才发现这样"格物"，是没法"致知"的。这件事情虽看起来傻到极致，但却是一个极好的教训，就像我们在路上栽过的那些跟斗，对于我们以后能走好路，是一种极好的经验。如果没有当初的傻，又怎能有后面的顿悟呢？

30

如今，在龙冈书院的这群学生中间，又有了一位勤学的榜样。这一位不是别人，正是王阳明在来的路上遇到的那个苗人的孩子，那个差点儿把他杀了的寨老的孩子。如果这部书你是从头读来的，就该记得，王阳明因为喜欢这个孩子，临走时曾赠过他一本书、一些笔墨。

今年初夏的时候，寨老亲自把孩子送到了龙冈书院。孩子叫阿吉，想读书，寨老听说龙场这里开办了个书院，广受好评，先生不是别人，正是当初不打不相识的王驿丞，便把阿吉送过来了。寨老虽没上过学，但也知道敬师的礼仪，来时不光带足了孩子在这里的开销，还额外为孩子的老师备了厚礼，此外还有一张很大的兽皮。山里潮气重，兽皮能隔潮除湿，有利于身体健康。王阳明虽然收下了，自己却没用，而是铺到了阿吉的床上。

王阳明不是打猎人家出生,用兽皮铺床或者铺座椅,都不恰当。阿吉是猎人的孩子,用着合适。

说起来,阿吉这孩子还真是热爱读书。来的时候,他一并带来了王阳明当初送他的《三字经》。那本书被他保存得很好,可因为他身边没人能教他,他一个字儿都不能认。因为他们住得偏僻,作为孩子,接触汉人的机会相当少,所以他还不会几句汉语。但来到这里之后,他却表现出别人少有的天赋,一本《三字经》,他几乎过耳不忘,只听一遍就背下了。

因为意识到自己来得晚了一点,怕跟不上,他又比别人更加专心。别人在学的时候他在学,别人在玩的时候,他也在学。布也属于爱学的,但课余时间也都是要玩的。可他不,课堂上跟着明义老师念书,课余时间他便自己习字。他不光要能读书,还要能写字。有时候,他还会画画。他告诉王阳明,他喜欢画画就是因为那天在自家堂屋里见过王阳明画画。王阳明听后忍不住大笑,他当时那哪叫画画,也就是急了随便涂鸦几笔。可阿吉告诉他,他爹也喜欢那两幅画,至今还收藏在自己的箱子里。

王阳明说:"既然如此,你就好好学,学好了画给你爹看。"

于是,阿吉便每天都为自己安排一堂画画的课,当放了学,同学们回的回家,玩的玩耍,他便坐在洞口画画。画树林,画树枝上的蝉,画地上的蚂蚱、蚂蚁。当然还有一堂习字课,也是雷打不动的。

他有一个特别有趣的爱好,便是吐唾沫研墨。这显然是跟王阳明学的,因为那是他第一次见人研墨,从此便记在心里了。来这里上第一堂习字课的时候,是要自己学着研墨的。明义正准备告诉他怎么研,他却"啪"地一泡口水吐到砚台上就磨起来。这动作不仅让明义瞠目结舌,让同学们也目瞪口呆。课后明义将这事儿讲给王阳明听,王阳明便忍不住捧腹大笑起来。

后来王阳明把阿吉叫到自己身边,让他看自己如何研墨。完了他说:"那天我是给你爹逼急了,才那样做的,而且我还清楚地记得你当时的恶心表情，今天你怎么倒用起这个办法来了？"

阿吉没有说什么，只笑。那之后，他的确学会用水研墨了，但有时候，他好像觉得去找水很耽误时间，于是时不时地，他还会吐唾沫研墨。奇怪的是，后来并没有人认为那很恶心，倒好像和他们用水研墨是一样的自然。

阿吉性情很好，好到什么程度呢？你若想欺负他，他便对你说，好吧，这一次我不怪你，但希望你不要有下一次。你叫他把墨汁儿喝下去，他说，这墨汁不是毒药，如果我喝下去你能好受一点，我就喝，但是，请问，我喝下去后，你真的能好受一点吗？遇上两同学打架，别人都在一边起哄，恨不能打得更热烈一点，更有观赏性一点，他却一味地劝，不要打了不要打了。有时候就惹得那打架的同学极其扫兴，吐掉嘴里的血水问他，你喊个什么呢？他说："我爹抓回野兽，就会让他们互相打斗，他站一边看热闹。你们又不是野兽，为什么要以供人观赏为乐呢？"

从王阳明到明义，甚至是积善和广进，龙冈书院这一溜长辈都非常喜欢阿吉。一开始大小同学都不服，甚至公然妒忌，尤其当王阳明拿阿吉来做他们榜样的时候，他们连揍他的心都有了。那些开心的课余时间，那些完全可以放松下来玩耍的时间，还有夜晚，早就该睡觉了，有人都在做梦了，可他们却总能看见阿吉在自习，要么在写，要么在画，要么就在读。他这样做，你假装看不见也就算了，可先生总是要提醒他们：看见阿吉在干什么了吗？看见他额头上的汗水了吗？看见他左脸上那只蚊子了吗，都叮了他好久了，好家伙，竟然一直都没感觉，可见他是学得忘我了。你们不是不知道怎么才能叫"勤学"吗？阿吉就是榜样啊。如果你们个个都能像他那样勤奋，还愁什么学不好呢？

一开始，这种话听着就刺耳，就令人心烦。可谁能拿大人奈何呢？有人干脆就夺了阿吉的书扔进丛林里，恨恨地问他："你难道就不想玩一会儿？"

阿吉皱着眉头，说："我也不想读书呢。"

"那你为什么还读？明明大家都在玩，你为什么还要读，你做给谁看？"

阿吉说："就因为不想读书，我才要读的。"

"瞎扯！哄鬼去吧！"

阿吉也不急，也不躁，说："我说的都是真的，因为先生说过，对于学习来说，懒惰就是病，只有克服了这种病，学习才能进步。我爹也说，要治病，就得吃药，药是苦的，谁都不爱吃，但如果要治病，就不能怕吃苦。"

天！又是先生说的！正听得晕，抬头就看见先生了。王阳明正笑盈盈看着这边哩，那学生忙把头埋下，身体从头热到脚，这下可把脸丢大了。同样是先生的学生，还长着阿吉几岁，怎么脑子里就存不了先生的话呢？羞得想找个地缝钻，可不光地硬，脚还像扎了根一般难以挪动。

幸好先生是个善解人意的人，他说："去吧，别站在那里难受了。"

这话竟像是有神力一般，话音刚落到身上，两腿就灵活起来了。这里正逃也似的离开，那里先生的话也从身后追来："能知羞愧，便说明你并不比阿吉差，如果回去坐下来还能找到羞愧的原因，并引以为戒，成为阿吉何难？"

可话是这么说，第二天上课的时候，还是不敢抬头看先生。先生却又是喜欢自己讲课的时候，学生们都看着自己的。这样一来，上课之前，先生就得来几句题外话了。他说："这人啊，最喜欢的事儿是什么呢？就是吃香的喝辣的。可是你如果事先没尝过苦的，又怎么知道那香的辣的是最好吃的呢？这俗话还说：'吃得苦中苦，方为人上人'嘛，学习哪是那么容易？只听先生讲几堂课，只解先生布置的几道题，就行了？当然不行。先生只是个放羊的，能不能成为好羊，还得靠羊自己呀。可这人，谁不想舒服呢？什么叫舒服呢？就是想睡觉的时候就能睡觉，想玩耍的时候就能玩耍了。可人生苦短，大把光阴如此虚度，今后呢？如今，你们上头有父母罩着，衣食无忧，倒是可以由着自己舒服，待你们成了人，得自己养活自己，甚至还得养家糊口的时候，你若没有学到本事，那就别提舒服，就是活着都很艰难了。父母为什么要送你们上学，不就是为了让你们趁年轻，学些学问在肚子里,今后能过得舒服一点吗?那要是不勤奋,又如何能学到学问呢?"

"我教导你们的四个教条中,勤学不就是其中之一吗?这勤学,可不是光拿在嘴上说着玩的。唐代诗人寒山说,谈论吃什么、怎么吃,是不会饱的;谈论怎么穿、穿什么,也是不会暖的。要想解饥,得亲自去吃。要想暖和,得把衣服穿到身上。"

他那声音,亲和得就像是在跟老朋友聊家常一样,听着听着,那颗因为羞愧而变得沉重如山的头,也就一点点地抬了起来。正像先生所说,他既知道羞愧,就并不比阿吉差。这个知羞的过程,就是一个上进的过程,如果套用阳明学说,就是一个"知行"的发端,既然意识到了懒惰的羞愧,就说明已经生了勤奋之心。那么剩下的,只是找到勤奋的办法了。

所以,他竟犹豫着站了起来,红着脸提出了他的问题:"难道勤学指的,真就是不想读书的时候就非要去读书吗?"

王阳明微笑着回答说:"是的。"

他问:"我明明不想读书,却非要去读书,这种时候能读得进去吗?"

王阳明问:"你试过吗?"

他腾地加重了脸色,因为他没有试过。

王阳明笑道:"你都没试过,怎么知道读不进去呢?"

又说:"如果读不进去,就是心不静,那就先让自己的心静下来。"

可他又问:"要如何才能让心静下来呢?"

王阳明说:"一心只想着你的志向,想着你必须读书、学习才能实现你的志向,慢慢地你就能对身边的各种干扰视而不见,变成一个热爱学习的人了。"

话到这里,他突然想起一个故事来。这个故事说的是一个人立了宰相之志,皇帝却给了他一罐滚烫的油,然后许下承诺,说如果他能用头顶着这罐滚烫的油走完闹市,而不撒一滴油,便可做宰相。但如若撒出一滴油来,就不仅是当不成宰相,而是要被处死。

这谈何容易呢？闹市上多么喧嚣，又多么拥挤？头上顶着一罐滚油，走在熙熙攘攘的人流中，摩肩接踵不说，还有那么多让人眼花缭乱的东西在吸引你的眼球，还有那么多诱人的吆喝。不仅如此，皇帝还让他的家人一直跟随左右，哭哭啼啼、唠唠叨叨地劝他以活命为重，放弃这件事情。可这个人一吸气，深呼吸，一心只关心油罐，只关心自己的脚步，心不乱，脚下稳，他硬是一步步走完了整个闹市，没撒出一滴油来。

当然，他也就做成了宰相。

在这里，王阳明第一次跟学生们谈到了"主一"。当然，他所说的"主一"，并不是简单地说，读书便专心地读书，吃饭便专心地吃饭，睡觉便专心地睡觉。这个"主一"，是一个核。你内心得有这样一个核，也就是志，你做的每一件事，都是围绕着这个核去做。

到这里，他又想起了一个故事：有一个小和尚，自认为自己是非常勤勉的了，因为他每天都把院子打扫得很干净，还砍柴、挑水、做饭、种地，每一件事都很认真去做。可有一天，他突然问师父：我做了这么多事，每一件事都是专心去做的，可我怎么在修行上没有一点进步呢？

他师父听了，什么也没说，只拿了他平常化缘的钵，让他在里头放满核桃，再让他往里头放米。钵已经装满了核桃，但依然能放进很多米。放满了米，又让他往里头倒水，结果又装进了很多水。

师父问他："懂了吗？"

小和尚摇头，他不懂。

师父又让他拿来一个钵，先倒水，再放盐，再放米，等米放满了，再放核桃，却一个也放不进去了。

师父又问："这下懂了？"

小和尚依然不懂，师父说："那就去悟。"

王阳明没让学生们自己去悟，他说得很明白："心就像一个钵，你若想装大的东西，就不能先让它装满杂七杂八。但如果我们先装进大的东西，那些小的杂七杂八，它就能得到包容。只能做到把每一件日常小事都做好，那也只能成为一个好的普通人。要想成为一个不一般的人，倒不一定非要把每一件日常小事都做好，只要把一件事做好就行了。要'主一'，还要'唯精'。我们勤学的过程，就是把钵里的水、盐、米拣出来，最后让钵里只剩下核桃的过程。所以我又讲，吾辈用功，只求日减，不求日增。"

就有学生说："先生的话我也明白，但就是做不到。我读书的时候，突然会思念亲人，想念父母和兄弟姐妹，有时候还会为别的事情分心，比如我会突然去想，邻居赵生最近怎么样了，他的妹妹是不是已经许了人了……"

这里话还没说完，教室里已经笑成了一片，但笑完了，却又不得不承认，其实他们也是一样的。

王阳明说："这都很正常，所以我主张静心，静心就是清除这些私欲和杂念。"

他们说："按先生的话，恋情、亲情不都是天理吗？你说要'存天理，除私欲'，可想念父母不是私欲吧？到了我们这一二十岁的年纪，生出点儿恋情，那不是应该的吗？"

王阳明说："这就像上面那个故事里的盐和米了，它们是废品吗？当然不是。但如果我们想在钵里放的是核桃，它们就是次要的。思念恋人，想念父母兄妹，这都没错。但对于学习来说，它们是次要的。恋情、亲情虽是天理，但如果你一味贪恋，它就是私欲了。就比如吃饭是天理，但你贪恋美食，就是私欲；同理，娶妻是天理，但你想要三妻四妾，那就是私欲了。明白了这些，我们就能分清主次，分清了主次，我们再'主一'。就像猫逮老鼠一样，眼睛只盯一个地方，耳朵只听一个声音，心里只想一件事：逮住老鼠。"

有人又问："按先生所说，我们是要学佛家的出世态度吗？"

王阳明说："出世固然自在，但要谁都出世了，这世还叫世吗？"

他说："我的话你们可以暂时不理解，但千万不能钻牛角尖。我告诉你们，人存于世，'出世'不算真修，只有在红尘中修，才是真修。所以，我主张你们'事上磨炼'，就是这么回事。"

31

　　进了秋天，那种小个头、一天鼓噪个不停的蝉就极少了，有一种个头极大的，身体呈褐红色，翅膀在太阳光照射下能光芒四射的，在那些太阳出来得极早的早晨，或者太阳已经落山后的傍晚，还继续着蝉们的事业。不知道它们是蝉的另一种，还是当地人所认为的，属于活过了夏天还要活秋天的高寿的蝉，反正它们的声音更高亢，更嘹亮。只要有一只站在树枝上唱起来，整个丛林就都能听到它的歌声。那旋律和歌词大概也跟夏天唱的不一样。

　　就是在有着这样的蝉鸣的早晨，贵州省按察司提学副使席书来龙冈了。听说他要来，王阳明早早地就下了山，站在路口等着。那只蝉就在离他一两丈远的一棵梧桐树上高歌，那情形倒像是他的仪仗队员，卖力地为他唱着迎宾曲。当席书的马出现在路口，王阳明便拱袖撸衫要行官家之礼，席书一见忙下马疾步相扶，这就让王阳明的膝盖在欲跪未跪之间悬着了。

　　席书说："我是来访龙冈书院的先生，可不是来视察工作的，所以，阳明先生不用行官礼，请起来吧。"

　　既然是这样，王阳明就把自己站直了，领着席书往前走。上山的路很窄，王阳明走在前面，只好时时回头薅一下手，做个请的手势。

　　席书走在他身后，说着他此行的目的：原来这席书，早在京师户部做员外郎时，就知道王阳明了，这次来贵州做按察司提学副使，又听说王阳明在龙场悟道成仙了，便迫不及待拜访来了。

　　听他这么说，王阳明忍不住回头笑道："见笑了，大人看我这样子像神仙吗？"

　　山路朝上，王阳明走在前面，自然处于席书之上，而刚升上不久的太阳，又正好处于王阳明的前方，席书仰视起来，王阳明那身清气正、须发生辉的样子，还真是一副神仙模样。因而席书笑着说："我看先生确是仙风道骨啊。"

王阳明又忍不住捂脸一笑，说："所谓神仙，人们多指的是一种生活态度罢了。我活在这深山老林里，心如露水，气若清风，可不像神仙？要说悟道，那倒是真的。当时来到此处，荒山野岭，住没住，吃没吃，要是心也一样荒芜，那真是没法活下来。"说到这里，他自己先哈哈大笑起来，说："我要是没能悟道，说不定大人今天来龙冈，就见不着王阳明了。"

于是席书也哈哈大笑，说："要是先生不在龙冈，怕我这辈子也不会来这个地方的了。"

这样说着话，他们已经来到山顶，寻着琅琅书声，席书见到了那班小学生，一个个摇头晃脑诵得极其认真。为了不影响到他们，王阳明悄声领着席书去了"君子亭"。两人在亭子里落了座，喝上积善送来的茶，席书又在四处的丛林里发现了几个大学生的身影。他们各自找了一块石头，坐着或歪着，正在晨读。

席书说："都是因为我来了，耽误了先生的课，他们不得已才用这种方式自习的吧？"

王阳明说："这话倒是没错，但大人大驾，岂能因区区一堂课而怠慢？"

席书说："先生不要一口一个大人，席书号元山，叫我元山就好了。"

又说："此次来也不是公事，主要是仰慕先生很久，又正好调任贵州，这么近，没有不来拜访先生之理。"

看看那些个远远近近沉醉于晨读的学生，又说："我要能倒回去二三十年，也能做先生的一个学生的话，那真是大幸啊。"

王阳明听得一阵摇头，说："大人真是会说笑话啊，我王阳明何德何能，敢做大人的老师啊。"

席书摇头叹道："看来先生还是见外呀。"

王阳明说："不是见外，是自知之明啊。"

席书又看着丛林中那些个身影摇头叹道："看他们一个个清新儒雅，勤奋好学，好老师才能教出好学生啊。"

王阳明笑道："那可未必。俗话说，'师傅领进门，修行在个人'，先生是谁并不是十分要紧的，是不是能学好，全靠他们自己啊。"

席书听了这话，也不禁笑起来，说："先生所言极是啊，想想朱文公，公认的好老师啊，还有'四书五经'，那可是圣人经典啊，可大家都做着朱文公的学生，读着'四书五经'，怎么就读出形形色色的人来了呢？好官坏官，君子小人都有。要说书是不是读得好，又怎么说呢？好些人能把'四书五经'背得滚瓜烂熟，满口仁义道德，可事实上自己却是一个彻头彻尾的利欲熏心、唯利是图的人。几十年来，我从知县做到户部员外郎，见过太多这样的人了。可我一直都想不明白，一个人怎么能是两副嘴脸呢？"

王阳明说："孟子说'先天之性'，荀子说'后天人心'，前者说的是天理，后者说的是人欲，这两者原本是一体，是你的心肠。你若踏踏实实修行，一天天让心变得清静，那颗天理之心，也就是道心，便可日渐明晰，修到完全只剩下它的那一天，你就成了君子，甚至成了圣人。若只是嘴上背书，行动上却由着各种私欲恣意繁衍，最后就只能成为你说的那种'嘴巴君子，行动小人'了。"

又说："而这世上，又尤其是这种人最可恶、可耻了。"

他说："这心，生来的时候就像一面镜子，镜子置于这空气中，难免要积灰，你将灰尘擦干净了，镜子就明亮了。你若从不打理，由着它积灰，那灰尘只能是越积越厚，到最后便完全蒙蔽了镜子，见不到它明亮的时候了。所以说，要修行，修行就是一个擦亮心的过程，一点点地，将私欲擦掉，让天理，让道心、仁心显露出来。"

席书说："先生可是说到我心坎儿上了，我今天来，正是要请教先生，这行，到底怎样修呢？难道我们每个人都得躲进深山，建一道观，或一寺庙，打坐念经吗？"

王阳明清亮的笑声像泉水一般流淌起来，他说："倘若全都躲进深山，那深山就不能叫深山了，该叫城市了。佛、道推崇的修行固然自在，可这人一来到世上，就承担了情感、伦理的责任和社会责任，可若人人都弃绝人伦，放弃社会责任，那天下将是一个什么样的情况呢？所以，我认为，修行也就是心存天理，于家尽孝悌，于国行忠诚，于友行诚信。说是修行，其实修的是这颗心。'心即理'，修好了这颗心，你不管身处于什么地方、什么处境，就都能明心见性、光明磊落。"

他们谁也没有发现，丛林里那些个身影，正在向着"君子亭"靠近。那些个学生，因为依稀能听见一些这边的讨论，便都想把耳朵靠近一点，最好自己也能捡得一耳朵的知识。

王阳明说："我们再回到'嘴巴'与'行动'两副嘴脸的话题上来说，为什么有的人嘴上说着仁义道德，干的却是唯利是图之事呢？比如，他把《孝经》背得滚瓜烂熟，跟人说起来，也头头是道，可转过头来，却不愿赡养父母，你能说他真的知道《孝经》吗？而有的人，从来没读过《孝经》，却对父母十分孝顺，你能说他不知道《孝经》吗？所以说，光嘴上能说，不算真知，要做到了，才算真知。那些光嘴上能说仁义道德，做事儿时却自私自利的人，你不能说他真的知道什么叫'仁义道德'。知是行的根本，行是知的功夫，就像我们这杯中的茶水，茶是根本，水是功夫，光有水，不能叫茶水，光有茶叶，不经过水的冲泡，也不能叫茶水。所以，万事都得'知行合一'，才是圆满。"

他一直注视着席书的表情，说了这么多，他真希望对方能有所领悟。可末了席书却惭愧地摇头，说："先生所说，怕是要有大智慧的人才能够完全领悟吧，可这世间，大多数都是我席书这样的人啊。"

王阳明说："没有人生下来就是大智慧的人，大智慧都来自于勤学、苦修。只有你立下了做一个大智慧人的志向，再朝着这个志向勤学苦修，才能做成大智慧的人。"

这时候，席书的目光投向了他的身后，而他，不用回头，也知道自己身后多了几个听众。他会心一笑，冲席书点点头，意思是不用管他们。

他继续说："再回到刚才的话题，当今时代，'四书五经'的最大功用，不过是读书人用来做应试的法宝，学生们读这些书，只是为了应付科举考试而已。这样一来，'知行'，便被人为地分成两半。大家读圣贤书，却并不是为了要做圣贤，而只是为了应付考试，考卷答得好，便能中个进士，求得一官半职。得了这一官半职，就算完成了读书的任务。这种情况下，还不遍地都是'嘴上君子，行动小人'？"

他说："所以说，我们办书院，就不能只教学生如何应试，不能搞应试教育。而是要让他们一开始就'知行合一'，先从圣贤书里学做圣贤，再去应付考试。这样，他如果考得好，中了进士，将来也能做一个言行一致的好官。如果没考好，落了第，他也不会灰心气馁，而是会再接再厉。即便最终中不了进士，做一个普通人，他也会是一个普通人中的圣人。"

席书又睃了一眼他的身后，王阳明就知道自己身后又多了几个学生了。他想，好吧，既然他们愿意听，那就权当这是在为他们上课吧。他没有回头去看他们，他们静悄悄站在他的身后，正听得出神哩。

王阳明说："这'知行合一'也不能只是嘴上说说就行，得在事上去磨炼。不论大事小事、国事家事，都要坚持做到这一点。俗话说，说起来容易，做起来难，指的就是'知行合一'的不易。可话又说回来了，要是容易，我们还用得着修炼吗？"

席书听得直点头，可完了眉头又皱起来了："先生这番话，令席某如醍醐灌顶。可正如先生所说，说起来容易，做起来难，我们要怎样才做得到，先生可有秘籍？"

王阳明说："如果一定要有秘籍的话，那这个秘籍就是'一心'。什么叫'一心'？就是没有私欲杂念的心，不受外界干扰的心，只存天理的心，纯粹得如擦亮后的镜子那般光明的心。有了这颗心，你就能从它这里获得能量。心是我们的定盘针，有了它，你就不会因外界干扰而迷惑了方向。尊崇着这颗'一心'，朝着正确的方向前行，就能抵达'知行合一'的岸。"

他说："我举一个简单的例子，一个认真读过《孝经》的人，某一天面临着要赡养父母的时候，却也同时面临着自己的私欲。'父母也不止我一个子女'，'我经济情况并不是最好的'，'我自己还有一群孩子要养活'等等这些问题就都会冒出来。为什么，因为人都有私欲。这些借口就滋生于私欲，就像霉菌滋生于潮湿的空气和尘垢。这时候《孝经》去哪里了？被私欲挡住了。这时候别人在你耳边讲孝道有用吗？你若认这个理，就有用，否则就没用。所以说，心外无理可寻，所有的理都在你心上，心即理，只有拨开私欲，才能见到《孝经》，也就是为人子女的天理。找到了天理，你就不会去管父母是不是还有另外的子女，也不会去管自己经济能力如何，是不是还有一大帮孩子要养活，你想的会是'有我一口吃的，就得有父母一口吃的'，你会尽心尽力去行自己的孝道。凡事照着这样去磨炼，'知行合一'就不难做到了。"

这个时候，他才回过头去看着他那几个学生，问："你们说，是不是呢？"

32

"人非圣贤，孰能无过"这句话，不是让我们在犯错后拿来做借口，逃避责任的。它讲的是要我们正确面对错误，而这个面对的过程，就是承担责任并改正错误的过程，也就是一个逐渐"致良知"的过程。

我们时常用"丧尽天良""没有良心"来概括那些十恶不赦、恶贯满盈的人，这就说明，良知这个东西，是我们与生俱来的了。那十恶不赦的人，之所以丧尽天良，都是因为作恶太多，过错多了，天良自然就给埋没了，给丢弃了。

王阳明的人生经历中，有一个故事很能说明这个问题。那是他在任庐陵知县的时候，有一天，捕快抓来了一名当地有名的盗贼，人称"死猪不怕开水烫"的泼皮无赖。提审之前，王阳明便被好心告之：这人无良知无羞耻，不怕下牢，不怕死，没法审的，不如直接打入死牢，为民除害得了。

可是王阳明想，哪有不审就直接打人入死牢的道理呢？再说了，是人就有良知，这人怎么又会没有良知呢？

升了堂，王阳明并不着急审问，而是用平常目光仔细打量着这位犯人，就像在大街上看到了一位面熟的人，希望能通过仔细辨认，想起他到底是谁来。

犯人见了，在下面直冷笑。

王阳明有些费解，问他："你笑什么呢？"

犯人继续冷笑，说："我早听说你嘴上功夫有一套，今天你可别跟我讲道德廉耻那一套，我没耐心听。"

王阳明皱起眉头问："那你想听什么呢？"

犯人说："什么都不想听，要杀要剐随便，别说废话。"

王阳明问："你不想替自己辩解吗？"

犯人说："有什么好辩解的？不就是个死吗？来吧，脑袋掉了碗大个疤。"

王阳明"嗯"了一声，说："也是啊，连死都不怕的人，还怕什么呢？"听上去，他就像是自言自语，完了又是一副没辙的样子。那犯人见了，好不得意，自然又是一番冷笑。

王阳明看上去漫不经心，又好像是在替犯人着想，他说："天这么热，你何不把外衣脱了？"

犯人冷笑两声，说："好主意。"于是真脱掉了外衣。

王阳明轻点了两下头，像是很佩服他的勇气。他说："那……不如把内衣也脱了？"

犯人哈哈大笑，说："脱就脱，大男人还怕打个光膀子吗？"说着就真脱掉了内衣。

王阳明又点了点头，这一次还给了他一个赞许的笑容。不过他又说："内裤呢？为什么没脱？"

犯人一听脸就绿了，说："这如何使得？"

王阳明说："为什么使不得？"

犯人绿着眼环视左右，脸就成了紫色，他咬牙切齿地挑衅王阳明："请大人脱给我看。"

王阳明说："我为什么要脱，我怕羞啊。可你呢？你连死都不怕，还怕脱个内裤？"

犯人气咻咻瞪着他，想反驳，却无奈肚子里没词儿。王阳明紧盯着他的眼睛，直到他满心的气恼烟消云散，一种鲜有的羞耻感跃上脸颊。

王阳明这才说："人们都说你是一个没有良知、不知羞耻的人，我就知道你不是。你既知道脱去那块遮羞布是羞耻，就一定知道偷盗也是羞耻，可为何还要去偷呢？"他这话，并不是拍案大喝出来的，而是轻言细语，还带着语重心长的感觉，就像一位充满了怜悯心的长辈，在教育一个犯了错误的后生。

犯人哪里见过这样的审法呢？以往的那些过堂经历，不都是三句不成就挨一顿板子吗？那种破罐子破摔的想法，或者叫死猪不怕开水烫的顽劣性情，竟一点点地龟裂、坍塌，最后化成了泪水，充斥了他的眼眶。

他说："大人真是明见，我之所以要偷盗，实在是因为没有办法……"

王阳明紧盯着他的眼睛，他想说，我看见你的眼泪了，我看见你的良知了，但他说的是："那么，你心里其实很清楚，偷盗是令人不齿的，你知道偷盗是你的过错，对吗？"

犯人终于把头深深埋下，抽泣起来。

王阳明说："既然知道偷盗是错，改了不就又是好人了？又何以要破罐子破摔，假装生死无畏，把错误进行到底呢？既不怕背着那身羞耻去死，为何又怕重新做人呢？"

这个故事，很形象地告诉了我们一个道理：人人心里皆有良知，皆有天理，只要我们能不断改过，便能致良知，致天理。人虽非圣贤，但只要致良知，便可成圣贤。

33

次年春天的一个早晨，学生安佑来到王阳明的书房，说："我父亲想邀请先生前往水西春游，希望先生不要拒绝。"

安佑的父亲是谁？是前任贵州宣慰使安贵荣。这安贵荣，因做过宣慰使，本是一个高傲之人，跟人说话，从不拿正眼看人的，你时常见到的，也都不是他的眼睛，而是他的下巴。高高在上的人，眼睛都是长在下巴上的。但是，因为他心里敬着王阳明，在王阳明面前，他却又一直都是谦虚的。

走走水西这话，安贵荣早在去年就提起过，当时说的倒不是春游，而是当地老百姓想重修"象祠"。重修"象祠"需要一篇记，安贵荣想请王阳明做一篇记。

如今安佑这么一说，王阳明自然明白，就是这件事了。

于是他说："既然是春游，那不如你们也一起吧？"又笑着问安佑："你爹可有邀请全班同学？"

安佑笑道："既然大人愿意带上我们，我爹哪有反对的道理。我下午回去就告诉我爹去，也就是多安排几匹马的事儿。"

又说："同学们要知道能跟大人一起春游，也该高兴坏了。我这就告诉同学们去。"

看着安佑兴高采烈而去，王阳明心想：好吧，我就权当这是一堂课了。

这位象，是什么人呢？是舜同父异母的兄弟。此人因为得父母溺爱，平日里一味娇惯，所以生性放纵，内心邪恶。舜呢，偏偏又生来就是老实忠厚的。尽管父亲爱听兄弟和继母的谗言，三人时时都看他不惯，处处都要置他于死地，但他从不违背孝悌之道，全心全意地孝顺父亲、继母，也全心全意地爱着兄弟象。因为这一点，尧将帝位传给了舜。舜继位后，举用了"八恺"的后代，让他们掌管土地，处理各种事务。后来又举用了"八元"的后代，让他们向四方传布五教，使得做父亲的仁慈，做母亲的慈爱，做兄长的仗义，做弟弟的恭谨，做儿子的孝顺，家庭和睦，邻里真诚。至于象，舜却给了他有鼻，让他做了有鼻国的国君。所以说，象死后，有鼻便有了象祠。但是，象历来就是被当成坏人的典型来传说的，因而有鼻的象祠，早在唐代就给毁掉了。

贵州这样偏僻的地方，竟然还有象祠，而且当地百姓还一直把象当神一样敬拜着，这就不得不让人称奇了。

第二天，由安佑带路，王阳明和他的十来个弟子骑马走了半日路，到了水西的灵鹫山下。重修象祠的事宜，是安贵荣在负责，他走不开，所以只能在这里迎接王阳明了。

安贵荣虽是出了名的高傲之人，却热心于做些善事，百姓要重修象祠，自然是第一个找到他。他已经退了休，宣慰使的职位已让给了大儿子安佐。有时间，外加上还有一副热心肠，便是出钱出力也都十分乐意了。

山上正大兴土木，一派热火朝天的景象，安贵荣要请王阳明上山，走近了去看。

上山途中，王阳明问安贵荣："这象是个什么人，使君是知道的吧？"

安贵荣说："不知道呢，只知道人们把他敬为神明。"

王阳明便感叹道："那很显然，这些老百姓也是不知道的了。"

安贵荣说："听大人这口气，这象……"

安佑接嘴说："象是个坏人。"

儿子随便插嘴，令安贵荣很生气，再加上他对象的确缺乏了解，安佑的话便被他当成了信口胡说。他的理由很充分：如果象是个坏人的话，世人为什么为他建祠庙，为什么要祭拜他呢？

挨了父亲的呵斥，安佑闭了嘴。安贵荣以为儿子那是在事实面前的无言以对，便得意地看向王阳明，希望自己的观点能找一个更加强硬的后台。

可王阳明却微笑着说："大概是'爱屋及乌'吧？象的哥哥舜可是位了不起的圣贤，人们敬仰舜，所以就连象也一起敬了？"说这话的时候，他用的是琢磨的口吻，目光扫过身后那帮弟子，像是在征求他们的看法似的。

所以，当即就有学生回答他说："先生这种解释很正确，要不然，真没法解释为什么民间会有人把一个坏人供起来。"

到这份儿上，安贵荣算是听明白了：象还真是个坏人。所以他竟有些慌，因为这水西，不仅这灵鹫山有象祠，博南山也有一个。而且，当百姓们提出想重修灵鹫山象祠的时候，他心一热，就决定将博南山那一个也一并修了。都怪自己无知，这不是在阳明先生跟前闹了个大笑话吗？

王阳明却笑着说："这也不能怪大使，毕竟它们早就存在了，大使现在不过是应百姓的请求，帮忙修复一下罢了。"这话听上去半是认真半是戏谑，安贵荣听着，那刚出到一半儿的汗，便退回去了一些。

安贵荣说："的确是先生说的那样，这祠庙建了已经不知多少代人了，我祖上五代以前就有了。而且，世世代代香火不断呢。"

王阳明说："使君可知，有鼻的象祠，早在唐朝就给废弃了？因为象这个人，不孝不悌，心性邪恶，无数次想置他哥哥舜于死地，是为世人所不齿的。"

安贵荣读书不多，既不知道有鼻这个地方，也不知道象究竟是谁，这丑又是当着儿子的面出的，所以很不自在了。

王阳明却没注意到他的不自在，他带学生们来这里，是要上一堂课的，所以接下来的话，他都是在对学生们说了。

他说："可是象后来是有鼻的国君啊。舜为什么要分给他一块地盘，让他做国君呢？因为舜是圣人啊。不管象是个什么样的人，但他都是舜的弟弟呀，所以，舜做了他应该做的事——分给弟弟一片国土，让他去做一国之君，并派贤臣给予辅佐。后来的象，因此也再没做过恶暴之事。虽然历史上并没记载，象做了有鼻国君后有什么善行，但我们说，只要不行恶，便是向善的。那么恶的一个人，后来为什么能向善呢？很显然，是因为受到了舜的感化，改过自新了。"

他说："所以说，唐朝毁象祠，毁的是早先的那个象，那个浑身过错的象。而这民间的象祠香火不断，则敬的是后来的象，那个已经改过自新，内心向善的象。那么，与其说这些老百姓是在崇敬象，倒不如说他们是在崇敬一种改过向善的品德呢。象的坏，可以成为典型，他的改过自新，自然就是典范了。"

一席话，说得安贵荣和一帮学生都顿觉满心豁然，尤其老宣慰使，更是如释重负了。

安贵荣松了口气，说："这么说，我这件事算是办对喽？"

王阳明说："当然办得对。只是我们得通过这个，让世人明白这样的道理：其一，人即使跟象一样暴戾，只要改过，也还是能重新做人的；其二，君子修养到舜的境界，就能感化恶人，使之向善。"

安贵荣问："这要怎么做？"

王阳明说："您不是要我写记吗，这件事就交给我了。"

安贵荣立时喜形于色了。

这么说着话，他们已经来到了象祠前。原来的象祠的确已经朽坏得只剩下影子了，就连那象的塑像，也都残缺了。看着那尊斑驳残缺的塑像，王阳明不禁感叹："就连象这样的人，都是可以感化的，可见天下便无不可感化之人了！"

当晚，王阳明便在水西写成了《象祠记》：

"灵博之山有象祠焉。其下诸苗夷之居者，咸神而祠之。宣慰安君因诸苗夷之请，新其祠屋，而请记于予。予曰：'毁之乎，其新之也？'曰：'新之。''新之也，何居乎？'曰：'斯祠之肇也，盖莫知其原。然吾诸蛮夷之居是者，自吾父吾祖溯曾高而上，皆尊奉而禋祀焉，举之而不敢废也。'予曰：'胡然乎？有鼻之祀，唐之人盖尝毁之。象之道，以为子则不孝，以为弟则傲。斥于唐而犹存于今，毁于有鼻而犹盛于兹土也，胡然乎？'我知之矣，君子之爱若人也，推及于其屋之乌，而况于圣人之弟乎哉？然则祀者为舜，非为象也。意象之死，其在干羽既格之后乎？不然，古之骜桀者岂少哉？而象之祠独延于世，吾于是益有以见舜德之至，入人之深，而流泽之远且久也。象之不仁，盖其始焉尔，又乌知其终不见化于舜也？《书》不云乎'克谐以孝，烝烝义，又不格奸。'瞽瞍亦允若，则已化而为慈父。象犹不弟，不可以为谐。进治于善，则不至于恶；不抵于奸，则必入于善。信乎，象盖已化于舜矣！《孟子》曰：'天子使吏治其国，象不得以有为也。'斯盖舜爱象之深而虑之详，所以扶持辅导之者之周也。不然，周公之圣，而管、蔡不免焉。斯可以见象之既化于舜，故能任贤使能而安于其位，泽加于其民，既死而人怀之也。诸侯之卿，命于天子，盖周官之制，其殆仿于舜之封象欤！吾于是益有以信人性之善，天下无不可化之人也。然则唐人之毁之也，据象之始也；今之诸夷之奉之也，承象之终也。斯义也，吾将以表于世，使知人之不善，虽若象焉，犹可以改；而君子之修德，及其至也，虽若象之不仁，而犹可以化之也。"

34

这一堂户外课，给学生们留下的印象自然远比在课堂上坐而论道要深刻得多。可以说，王阳明最后那几句话，很久很久还总回响在他那些个学生的耳边。因而，在回来的路上，就有人提出了自己的问题："有过之人，改过固然是好的，可通常情况下，做着错事的人并不知道他在做错事，那么我们要改过，是得先知道自己错了才行的，对吧？"

王阳明说："人做错事有多种情况，一是无知，不知道那是错而为之；二是知道那是错，但抗不过自己想做这件事情的欲望，而为之；三是受人之命，被迫而为之。但不管是哪种情况，做了错事就都是过。你问得好，我们要怎样才能知道自己错了呢？除了靠别人指出来之外，还要不断地自省。我们的四个教条讲'立志、勤学、改过、责善'，'志'是你心的核，是定盘针，之后的三条，都得围绕这个核去做。定盘针是用来干什么的，就是用来随时校正方向的。你立下善志，就得随时检省自己：我做这件事情是向善的吗？怎么去省呢？除了读圣贤书，从圣言中去找答案以外，还要多问自己的心，倘若问心无愧，便是对的了。"

他说："当然，若问心有愧了，也就是知错了，知错能改，也就对了。"

他说："这种自省，最好是在做事之前，行动之前先问问自己：我这样做对吗？这样我们就能少走很多弯路。"

可又有学生提问了："先生所说的，也都是是非分明的情况下了。可有些事情，里头并没有那么分明的是非。比如舜让象做有鼻国君这件事情，如果我是舜，我真不知道这件事情是对还是错。他这么善待象，象最终得到了感化，改了过，后来人心向善了，当然是最好的结果，也是舜期望的结果。可如果象没有得到感化，继续为恶，那舜给他一片天下，不等于纵容他去无法无天，祸害苍生吗？"

王阳明说："你说得不错，但我要告诉你，这里头的是非依然是分明的。舜做的，是自己该做的事，是站在他的角度做了正确的事情。至于你说到的那种后果，如果发生了，那不是舜的错，而是象的错。"

他说："倘若我们每一个人都能保证做自己该做的、正确的事情，你说的那种可能就不会发生。"

这话刚说完，他的马就打了个喷嚏，王阳明说："我的马都说它明白了，你明白了吗？"

这一问，除了问问题的那一个以外，其他人都哄然大笑起来，有人甚至喊起来："冀元亨，连马都比你明白。哈哈哈。"

那冀元亨，自然是难堪得不行，脸都红到脖子根了。但因为他是这个班里最斯文的一个，用同学们的话说，是最懦弱的一个，所以别人嘲笑他的时候，他除了忍受，什么也干不了。

王阳明看事情成了这样，知道自己那一句玩笑误导了大家了。他让马停下来，掉转马头冲身后那帮笑得正欢的学生说："我可没有要嘲笑冀元亨的意思。"

听他说话，便全都住了声，但脸上的嘲笑表情却不能迅速褪尽，有人甚至连笑声都没捂严实，大家都静下来后，他还蹦出两"咕咕"声来。

等大家全都安静下来了，王阳明又才向冀元亨道歉："对不起，我不是成心的。"

末了他又冲着大家说："我原本不过是想开个玩笑。你们都知道，我骨子里还是有点幽默感的。"

就连这句话，王阳明也是用玩笑的口吻说的。这一路上春意盎然风光无限，心情太好，就总想玩笑。

但紧跟着他就严肃起来，他说："可你们那又叫什么？叫借机嘲笑。"

他说："冀元亨提出了那样的问题，说明他勤奋好学，爱动脑子，有思想。你们呢？你们不像他学习，反倒取笑起人家来。依我看来，在这件事情上，可笑的倒不是冀元亨，而是你们。既然这一路上我们都在谈'过'，你们现在有没有意识到自己的'过'了？"

或许因为王阳明为师太亲和，就这种时候，也还有人忍不住想笑。他们稀稀拉拉地回答着王阳明的问题，虽然都承认是"过"，但回答得并不果决，听上去明显是被动的，是迫不得已才承认的，有的回答甚至是应付。末了还有人咕哝了一句："还不是先生那句话惹的。"这话的意思很明白：要说这件事情的过，先生也有一份儿。

王阳明见是这种效果，便不禁叹息，说："我承认，在这件事情上我也有过，而且不仅是那句玩笑话的过，这'过'大了去了。想想，要是我平时对你们严格一点，你们就会对自己也严格一点。刚才的过，错就错在我们对自己不够严格，玩笑心上来，也不管对不对，就笑上了。"

说到这里，他干脆下了马，说这里这么平旷，又是春风拂面，满眼新绿，不如下马歇上一会儿再走。于是，大家也都下了马，各自找个地方或坐或歪，或拔根草在嘴里嚼上，安歇了下来。但因为有师生之别，又都跟王阳明保持着两三米远的距离。他们都知道，先生这又是要上课了。

王阳明有意识地跟冀元亨坐到了一起，这就表示，他不光从言语上支持冀元亨，还要从行动上支持他了。他再一次跟冀元亨说了"对不起"，末了又对大家说："这往后，我说话时也得过过脑子，想想后果。"

他第一次道歉，冀元亨已经感觉头顶沉重，难以承受了，再来第二次，冀元亨就不能只是低头不语了。先生虽如此，但他不能不识相。所以冀元亨红着脸低着头说："先生言过了，这才多大的事儿呢。同学们也是因为大家有了一份同学之情，才会开玩笑的。要遇上我是个陌生人，或者仅仅是个互相知道名字的人，他们也不会拿我开心。所以，我并不怪大家，就更别说还要怪先生了。"

听他这么说，王阳明也就释怀了。这可真是个好学生啊！他伸手搂着冀元亨的肩膀，就像他们是一对知心的兄弟。

王阳明说："你们跟从了我，立志要做圣人，改过固然重要，可这种对待别人过错时的宽容、大度，也是很重要的啊。刚才我们只顾说到'象'的过，却忘记说'舜'的宽容和大度了。象，正是被舜的宽容和大度感化了啊。我们试着设身处地地想一想，倘若自己有了过错，人们一味地责骂你，你心里是不是会生出反感来？这反感又会生出不服，不服，就很难改过，不改，不就会一错再错？然而，如果人们选择原谅你，你心里或多或少都会感动，感动又生惭愧，惭愧又生正气，那样的过，你便再不会犯了。"

有人就问："那要是我没有被感化，反而把别人的宽容看成是软弱可欺呢？就像象那样，便会一而再再而三地犯下同样的过错，这样的话，宽容实际上就等于纵容啊。宽容不是过，纵容可就是过了。"

王阳明说："宽容和纵容当然是两回事，只有心给迷糊住了的人，才会把它们认作是一对兄弟。象就是那样的人。心就像一面镜子，上面的灰太厚了，滋生出的就只能是灰暗的思想。我们选择宽容，并不是再往那心上撒一把灰，或者说对那些灰不闻不问。我们只是选择了免于让对方受伤的做法，让他看见那些灰，并替他吹上一口。即便积得再厚，也是吹掉一口少一口的，不管灰尘有多厚，那面镜子始终是在的，总有一天，他会跟它见面，而那一天，就是他得到感化的一天。我已经说过了，连象这样的人都能被感化，可见天下无不可感化之人了。所以，你刚才的担心，暂时可以放下了。子曰：'克己复礼为仁。一日克己复礼，天下归仁焉。为仁由己，而由人乎哉？'只要人人都做好自己，你那样的担心便迎刃而解了。"

这个问题算是有了满意的答案，但跟着又有人提问了："'克己'的道理是懂了，可真要做起来，还是不容易的。比如说，我现在饿了，身边又没吃的，但我闻到樱桃的香味了，知道这附近就会有一棵樱桃树，那我会忍不住想去偷樱桃。我明明知道，偷是不对的，但因为饿，我还是想去偷。这种时候，如果我知道晚上就能回到书院，回到书院就可以问积善要吃的，我可能就能忍住。但若没有这种希望，若是我不去偷樱桃来吃就会被饿死，那我是该偷，还是不该偷呢？偷，肯定是错的，可让自己饿死，难道是对的吗？"

这话让王阳明听得忍不住笑起来，他反问道："你为什么只想到偷呢？想吃樱桃，我们可以跟人买，若没钱，我还可以跟人讨要，这都不为过。假若你真是饿得快死了，我相信别人不用你说，就会送给你一包樱桃的。"

这块绿茵茵的平地上，突地起来一片笑声，有人说："不光是樱桃，还可能打发你一碗饭，哈哈哈。"

王阳明也跟大家一起笑，笑完了，才又认真地说："这就是我为什么总说'致良知'，凡事只有摸着良知去做，才不会错。我们因为生了一双眼睛，就总是受这眼花缭乱的世界所吸引，总是向外看，而我们的心，却受到了忽略。可是，我们每做一件事情，却都是受心的指引。你看见路边那朵花很漂亮，就生了喜欢，喜欢了就又会生出摘它的欲望。看上去，你最后将它据为己有，只是因为你的眼睛看见了它，但实际上是心在支使你去做这件事情。就刚才那关于樱桃的话题而言，虽然你是因为闻到了樱桃香味才生出了偷盗樱桃之心，可那偷的念头并非生于你的鼻子，而是心。所以说，对于如何做人而言，我们的眼耳鼻舌并不重要，重要的是心。心迷糊了，做出的事情就迷糊，心若清明，做事时就能方向清晰，是非分明。良知是什么，就是那颗被擦干净后明光锃亮的心，做事前照照良知，便能明辨是非。有它做指引，我们才能做正确的事情。"

他说："这说了半天的'改过'，光嘴上说自己错了，是不行的，得真改，得下次坚决不再犯同样的错误。所以我又强调'知行合一'，光嘴上说我错了，那不能算是真知道错了，得改。就像我们要回书院，一旦发现走错了路，就得立即回到正确的路上来，不然只会越错越远，天黑都到了不书院。"

有人突然来了一句："猪才会犯同样的错误。"

大家又笑起来。

王阳明说："我倒不太了解猪，请说来听听。"

那家伙就更得意了，说起话来眉飞色舞，还像是怕听众坐得太散，听不真切，特意站起身来。他说："猪都是在圈的角落里拉屎的，第一次倒还行，第二次就会弄脏自己的脚，第三次照样。"

王阳明皱起眉头，有些不解："这能说明什么问题呢？"

那家伙说："第一次弄脏脚是因为踩屎里了，可第二次它还会踩进屎里拉屎。"

这话还没完，笑声已经冲天而起，就连王阳明也笑得排山倒海一般。

笑完了，大家也都歇好了，该继续赶路了，王阳明起身拍起了屁股，大家也都起身跟着拍。拍完屁股，各自走向自己的马，王阳明却又在自己的马跟前停住了。他亲切地抚拍着马的脸，说："你们知道我为什么选择这匹马吗？"

十几张年轻的脸上全是迷惑。

王阳明说："因为它是匹老马。"

他说："俗话说：'老马识途'，可不单指它能认路，关键还在于，它对路有经验，哪种地方不能去踩，哪种地方下脚更稳，它很清楚。第一次踩虚过脚，它便记住了，并再也不会去踩那种松垮垮，或者滑溜溜的地方。为什么呢？因为它不是猪，哈哈哈。"

于是，大家又乐得开心一回。这便上了马，大家都等着先生开路，王阳明却不急，还有话说："连马都知道即时改过，做一匹好马，何况人呢？"

身后又是一片笑声。因为一直都是玩笑气氛，这笑声中就还冒出个声音："先生，那我们还去不去讨樱桃呢？"

没等王阳明回答，另一个声音已经响起来了："不用了，我们还是回去吃积善的饭吧。"

就又是一场开怀大笑。

马已经迈开了四蹄，笑声被它们拉成长长的一串，一路撒落在路边的灌木丛里。那其中，自然也有王阳明的笑声。他是真心喜欢这种诙谐轻松的交流方式，即便是几年后跟南大吉在一起。

南大吉是谁呀，是"程朱理学"的学霸，会试时一举拿下二甲进士。但因那次考试的主考官是王阳明，南大吉考试完便做了王阳明的门生，并开始转向于"阳明心学"。

或许学霸们都有一个特点，便是不苟言笑，生性内向，南大吉也如此。两人经常在一起交流学问，南大吉都不如今天这帮青少年放松。史上有一典故，叫"南大吉问过"，说的也是他们师生之间关于"改过"的交流，那段对话堪称经典。

南大吉问："我时常都在犯错，先生为什么不说呢？"

王阳明反问："你做了哪些错事呢？"

南大吉便一本正经地将自己的过错列举出来。

王阳明说："你说我没有说，那你是怎么知道它们是错的呢？"

南大吉说："是我的良知告诉我的。"

王阳明说："'致良知'是谁说的呢？"

南大吉说："当然是先生说的。"

王阳明说："那我不已经说过了吗？"

到这当口，南大吉应该会心一笑了吧，可他只点了点头，又开始了第二个问题："与其让我们犯了错误再去改，不如先生事先提醒我们，让我们不要犯错呢。"

王阳明说："自我反省，印象更深刻，得来的经验也更牢固。"

他说："有老师提醒固然是好的，但老师总归不是时时都跟你在一起的，老师不在的时候，良知就是你最好的老师。"

王阳明在传授时嘴上虽不忘风趣，但内心却是十二分严肃的。他常说的省察克治，实际上就是一个养志的过程。我们在心里种下了一个志向，就得用一生去浇灌，去培育。就像培育一棵庄稼，得随时拔除杂草，庄稼才能得到充足的阳光滋养，才能茁壮成长。然而怎样才能辨认出杂草，良知自会告诉你。这就是为什么，阳明先生要我们"致良知"了。就拿阳明先生自己来说，能最终做成一位圣贤，全靠的就是自己"知行合一"了。做人做学问都没有捷径可走，靠的是一步一个脚印、小心翼翼脚踏实地的践行。

这就是为什么后来人们都把"阳明心学"叫作行动哲学的原因了。

王阳明后半生一直在打仗、平乱。作为一个教书先生，坐讲台上传授一点学问,讲上一点道理是一件极容易的事情,但如果自己不能以身作则,那顶多就是个"嘴巴圣贤"罢了。

王阳明主张"事上磨炼",打仗、平乱期间,他可没敢忘记这一点。此期间,与其说他是在杀现实中的贼人,不如说他是在杀自己心上的贼人,与其说他是平人世间的乱,不如说他是在平自己心上的乱。

接连打了几回胜仗,王阳明便做东宴请了一帮弟子。这可不是为了庆自己的功,而是为了感谢弟子们。感谢他们什么呢?因为有他们,王阳明才时时处处想着不要让他们失望。他时常跟他们讲的那些道理,都是嘴上说的,现在他必须在行动上体现出来。要想让弟子们"知行合一",自己首先得"知行合一"。

当他面对赏罚、面对必须无条件服从的圣旨的时候,他就总想起弟子们,想到有那么多双眼睛在看着自己,有那么多颗心在期待着自己,所以他必须小心翼翼,每一步都摸着良知和志向前行。

他在宴会上认真地说:"你们就是我的镜子,随时都监督着我啊!"

他说:"没有你们,我怎么能把'知行合一'落实到实处,而且还落实得这么好呢?如今我能获得这满心的坦荡和磊落,都是因为有你们啊!"

话是这么说,但王阳明实际上是在讲另一个道理:人活在世上,一辈子得经历很多事,因为你不是一棵树,只是活着就行了。我们做事的时候,不管是喜欢的事,还是不喜欢的事,都不能凭着喜好去做,因为喜欢或讨厌都是私欲,而是要凭着天理、凭着良知去做。

王阳明不是将军,而是一个读书人,皇帝为什么要派他去打仗?但不管有没有道理,既然派到他了,他就得竭心尽意地去做。"天下兴亡,匹夫有责",这就是天理。

只要我们遇事便问良知,便能找到天理。每件事都依天理而行,便是正道了。

35

我们口口声声讲"过",但若没有天理、良知相照,有些"过",你还真是不容易看清它的真面目。

王阳明得遇朱厚照这位皇帝,是他的不幸,也是他的大幸。这位皇帝登基后,除了昏玩,便别无它志。王阳明正是因为摊上了这样一位是非不辨,凡事听信小人谗言的皇帝,才因为《乞宥言官去权奸以章圣德疏》而被廷杖四十,贬至龙场,官位也从正六品的兵部主事贬为不入流的驿丞。

朱厚照虽身为皇帝,却一直把治理天下当成儿戏。正德十二年(1517年),蒙古人南下入侵,朱厚照便封自己为"威武大将军",起名朱寿,率军御驾亲征。正好对方的统帅也是一位小王子,两人像玩游戏一样大玩了一把。朱厚照以自己的卫队诱敌深入,然后下旨调集各路大军进行围剿,把这个蒙古小王子打得落荒而逃。至此,他便上了瘾,天天都想着御驾亲征,做梦都想成为明太祖朱元璋和明成祖朱棣那样的人——威武驰骋于疆场,建功立业。这样的愿景没错,可明朝史上曾因为有过"土木堡之变",朝廷上下总是谈御驾亲征色变,更何况这位皇帝玩心太重,岂敢由着他性子来?

不过,两年后,宁王朱宸濠叛乱,总算给了他一个机会。这一次,他又要御驾亲征,这一次,文武百官依然劝谏。一些愚忠之人甚至跪地抱头痛哭不止,扬言只要能保住皇帝的安全,杀头都不怕。这样一来,皇帝只好下了这样一道圣旨:"宸濠悖逆天道,谋为不法,即令总督军务威武大将军镇国公朱寿,统各镇边兵征剿,所下玺书,改称军门檄。"

这道圣旨一下,朝臣们全都蒙圈儿了:我们为朝廷效命了一辈子,从不曾听说过这位大将军啊?

皇帝只好提醒他们:往两年前想,那场伟大的"应州之战"是谁打的?

这一想,就明白了,可也笑死个人了,平乱岂是儿戏,能这样玩?可这一次,无论朝臣们怎么劝,皇帝都不听了。谁要阻拦,就当场廷杖至死。

那金吾卫指挥使张英，满腔正义，以死相逼，来时还自带了土，意思是怕自己的血玷污了朝廷，好用它来淹自己的血。如此忠心，也没能打动这位荒唐皇帝，最终，他还是御驾亲征了。

但这个时候，朱宸濠之乱早已经给南赣巡抚王阳明平定，叛贼朱宸濠已经在王阳明手上了。按理说，御驾亲征时收到这样的捷报应该高兴，但朱厚照非但不高兴，反而很扫兴。他兴冲冲跑来建功立业，你却把乱都平了，那他来干什么呢？

不过，仅仅是败兴倒还可以原谅，可这位皇帝满脑子荒谬想法，败兴之余，他竟下令要王阳明将朱宸濠放回去，让他亲自去抓上一回。

这个命令让人啼笑皆非不说，那朱宸濠一乱臣贼子，好不容易才抓到了，岂有放回去之理？原本打这些仗已经搞得民不聊生、生灵涂炭，为了过把建功立业的瘾，又要放虎归山，岂不是拿民生当儿戏？

王阳明哭笑不得，却不能因为这个命令是皇帝下的，便置百姓的安宁于不顾。可是他要不服从命令，就是抗旨，抗旨是要杀头的。更何况这一阵儿还有那些奸臣在皇帝耳边进谗言，说王阳明之所以能那么快就活捉了宁王朱宸濠，其实是因为他和宁王本身有勾结，两人不知因为什么反了目，王阳明才趁机活捉了宁王的。

有其主，必有其仆，朝臣们的想法跟皇帝的想法一样荒唐。

该怎么办？于公，叛贼万不能放，于私，命悬一线。什么最重要？当然是百姓安宁最重要。皇帝为什么要这样做？无非就是想贪图平乱的功劳而已。有人已经替皇帝表明了态度：只要他王阳明重改战报，向世人宣告朱宸濠是他"朱寿大将军"捉的，他就可以班师回朝，不再追究这件事情。那么还等什么呢？王阳明当即便重写了一份捷报，称平定朱宸濠叛乱，全是朱寿大将军的功劳，朱寿大将军为这次平乱的第一功臣。

王阳明为什么要这么做？难道是贪生怕死吗？不是。他这是依天理而行。要说"过"，皇帝的过是明摆着的，但他若不照着皇帝的旨意去做，他的死，就不仅是因为皇帝的过，还因为自己的过。他的过在哪里？在贪功。若坚持事实的一面，看上去是实事求是，实际上是内心潜在的贪功意识在作祟。明白了这一点，王阳明立即就放下了这点私欲。不就一战功吗？如果出让这份战功便能换取百姓安宁，那为什么不干呢？

很显然，摊上这么一个奇葩皇帝，真是不幸，可正是因为有了这样的皇帝，王阳明才磨炼出了一颗圣人之心，这难道不是大幸吗？

正如上面这件事情，有时候，"过"也会伪装成正义的样子，迷糊我们的心。这种时候，我们唯有擦亮了心，找到良知，才能认出它来。

当"阳明心学"已集大成，影响越来越大的时候，跟随而起的误解和诽谤也非同一般。那一阵，王阳明几乎是一边接受着追随者的簇拥，一边接受着铺天盖地的诬蔑和攻击。

这也难怪，人们在接受一件新生事物的时候，肯定是有一个过程的。就当时而言，程朱理学一直是儒学的核心，长期主宰着儒学界的主流话语权，"阳明心学"是刚冒出来的新生事物，总会有那么些迂腐之人无法接受。

有一天早上，王阳明在自己的衙门外发现了这样一首打油诗：

明明石头城，偏偏叫金陵。城市有何辜，俗人好虚名。
明明是参禅，偏偏好心学。屁股在庙堂，空掉爹和娘。
朱子倡格物，小子正念头。灭祖求奇异，盗名又欺世。
学问有虚实，人物有邪正。投师要睁眼，勿入魔道门。

这首打油诗被张贴在衙门的门柱之上，明摆着是公然挑衅了。王阳明看到它们的第一时间，也跟常人一样非常生气。"灭祖求异""欺世盗名"，这于他来说，的确是活天冤枉。

"我灭谁了呢？我虽对朱子格物有不同的理解，但并没有否定它。我的学说也不是无中生有，陆象山当年就提出了'我心即宇宙'的立论，我只是在此基础上完成了立论到方法论的过程。而朱子晚年，也是赞同陆象山的。"

"凡事有超越才有进步，我们树立偶像的目的，除了用来敬拜，还是为了超越！"

"欺世，我欺世了吗？我那套理论学说来自于我毕生的勤学和思考，是我切身的体认。"

"盗名，我盗名了吗？我被天下人所知，无非就是大家都认同我的学说，从中得到了益处，才给了我这份名气。"

王阳明很讨厌这种不敢来当面辩论，却总喜欢在背后恶意攻击的小人。可讨厌有什么用？这种人从来都躲藏在阴暗的角落里，你想跟他讲道理，你都找不到他的。王阳明将那两张招贴撕了揉了，揣回了值房。虽然气得发晕，但如果你无法跟诽谤者来一番对质，就只能先来一次自我反省，搞清楚哪里惹着了人家。

"难道是我的官位？可我不过一正四品小卿而已。虽然卿代表着位高权重，可做人哪能把这个看得太重？但是……但是这也只是你王阳明的看法，对于他们来说，阳明小子的看法不重要，重要的是他们的看法……我才一个正四品，往上还有正三品，正二品……那么多比我更高的官，他们为什么不去攻击，却要来攻击我呢？显然，不是官的原因，那又是什么呢？"

王阳明将碎纸团抻开，似乎想从里头找到答案。可刚抻开拼上，他又把眼睛闭上了。他怎么能再次去看这种东西，看一次他就要吐血了。他将它们重新揉成一团扔进了垃圾桶。

"可是……可是为什么会有人攻击你？自从你得以重新起用，自从你的学说被传播开去，就不断地有人冷嘲热讽，甚至恶语相向。你在打仗平乱建功立业的时候，有人却在你背后指指戳戳，甚至等着看你的笑话。这都是为什么呢？你自认平时为人和善，从不随便得罪于人，可你的背后怎么竟有那么多恨你的人呢？还是学说的问题吗？人们常常习惯于先入为主，程朱理学在大家脑子里已经根深蒂固，你现在却要撼动它，你摇撼得让宿主头痛，人家自然要做出反应了……"

王阳明脑子里正翻江倒海，弟弟守俭没等报，便匆匆闯进门来了。守俭手上也握着个纸团，王阳明一看就明白了。

"你从哪里得来的？"他白着脸问弟弟。

守俭不知道他早上的经历，原本是气冲冲跑来送他手上那张招贴的，听他这么问，竟有些发蒙，反问了一句："什么？"

王阳明用下巴指指他手上那个纸团，守俭这才知道他问的是什么了。守俭当时还在国子监读书，这张招贴是他从国子监门口撕来的。

那些人并不满足于在王阳明的衙门口招贴，而是想尽可能地广告天下。贴王阳明的衙门口，是为了警告王阳明，贴国子监门口，则是为了警告天下读书人了。

王阳明想：这下好了，心里明白的，倒还能知是非，那不明白的，还真当我王阳明欺世盗名了，还真以为我的道是魔道了。

王阳明灰心得身体瘫软，像根煮熟的面条一样瘫坐在他的官帽椅上。他用眼神示意守俭去看垃圾桶，守俭照着他的视线看过去，便看到了他扔下的那个纸团。守俭将它捡起来，抻开，果然跟他手上的内容是一样的。他将两个纸团都认真抻开，铺案上抚平，让王阳明看。王阳明只瞟了一眼，内容一样，字迹不同，显然是不同的人写的。守俭这样做的目的，也就是要他明白这一点。就是说，这不是一个人干的，还真像落款的那样，是"们"，是很多人。

王阳明心里冷笑：怕不光是招贴，就连那首打油诗也是多个人拼凑的吧。

说到底，他那颗心也是肉长的，这样本能地痉挛一下，也能获得一点轻松和快意。

守俭不平地说："这是诬蔑，是不道德的，我和同学们都愿意为你查出这些人来。"

王阳明呻吟一声，无力地说："查出他们来干什么，让他们再当面羞辱我一回？"

事实上，就刚才他还想把他们找出来，跟他们来一番辩论呢，可不知道为什么，现在他却不敢把他们找出来了。

守俭很失望地问："那难道就这样算了？"

王阳明依然无力地说："怎么能就这样算了呢？"

守俭听着这话便生了信心，眼巴巴等着他说出更好的办法。可末了他等来的却是这样一句："无风不起浪，而且还是这么大的浪，我们要找的，不是风，而是要找起风的原因啊。"

守俭突然鼻子里"哼"了一声。

那自然是不服的意思了。这个弟弟小他二十几岁，那又是个礼制为重的时代，有时候难免有话也不敢说。所以王阳明只好用鼓励的眼神看着他，问他："你想说什么呢？"

守俭无声地磨了两秒钟嘴，说："我终于明白为什么'怪'字是那么写的了。"

王阳明愣了一下，这哪跟哪呢？思维也太跳跃了。可他往那字儿上一想，就明白守俭想说什么了。圣人之心，在常人眼里，都是怪异的，不可理解的。可我王阳明真的已经是一位彻底的圣人了吗？不还有那么多人反感我，愤恨我吗？我刚才不还生了那么大的气吗？想到这儿，他忍不住想笑了，笑自己竟真像人们说的那样，说的是一套，做的是一套。你平时不常跟弟子们讲，别人给你提意见，就要虚心接受，并加以改正吗？你不常讲，给你提意见的人，都应当老师一般尊敬吗？可你现在呢？

他深吸一口气，那一脸复杂情绪便烟消云散，又是一副笑盈盈的怡然样子了。他让守俭拿过糨糊，两人一起将招贴拼好，贴到了案前的墙上。这是一个他抬头便能见到的地方，便于他时时不忘自省。

守俭去了，弟子陆澄又来了。招贴的事儿，他也听说了，来这里正是想跟先生说说这事儿呢，可一进门便看见了墙上的招贴。他虽追随于王阳明，师生心性到底还是有差距的。所以他没法理解先生的这一做法，便问他："这种诬蔑诽谤之词，先生不把它丢得远远的，眼不见心不烦，倒把它贴到墙上，这是为何？"

王阳明说："只为治好自己的病。"

陆澄说："这全是无中生有，恶意诽谤，先生何病之有？"

王阳明说："既然有人闹意见，就说明我有不对之处，不对之处就是病。有些病，自己治不了，得别人帮你治。比如你身上生了个瘤，你自己是不敢割的吧？就得别人替你割。又说这瘤吧，我们不是大夫，所以一般都会把它当自己的肉认，以为那不过是多长了一块肉。可大夫呢，一眼就能认出它是个坏东西，是对你健康不利的坏东西，得割掉。"

陆澄说："弟子虽然明白严格要求自己是对的，但我们也不能纵容人去犯这种无理取闹、恶意中伤人的错误。先生想想，圣贤学问是救人之道，您好不容易建立起来的学说，给人误解、诽谤，你要不做出回应，这些人的错误之举便会误导其他人，误会深了，就会埋没，甚至摧毁您好不容易建立起来的学说。"

王阳明说："一座建筑，如果它的根基足够牢靠，就坚不可摧。你竟然担心我的学说会毁于一些不同见解，那就说明它在你的心里根基还不够牢靠。你是我的门生，信心尚且如此动摇，那就说明我的学问，的确还不够深入人心。所以说，这事儿追究起来，问题还是在我这里。"

可究竟是什么样的问题呢？王阳明一直在想这个问题。一开始，脑子是那么模糊，这会儿跟陆澄说着话，倒一点点变得明晰起来。难道是我传播力度不够吗？我保守了吗？这自然不是，我天生好为人师，有点儿什么见解都过不了夜，总是要找人发表出来才能安心睡觉的。好了，正是这个了？原来不是宣扬不够，而是宣扬得过了。人们接受新事物，是需要一个消化认知过程的，而我却几乎没给别人这种时间。我走到哪里讲到哪里，我引得遍天下的读书人追随于我，我桃李满天下，我还要在国子监讲自己的学说，我逢人便要人家"致良知"，要人家"知行合一"，明白的，便知道这不过是一种做人的方法论，不明白的，便误认为你是在骂他"没良知"，骂他虚伪、言行不一致、口是心非……思路越来越清晰了，想想你这一阵吧，是不是有些得意忘形了？别人问你："我病了怎么办？"你说"常开心"；别人问你："那我眼瞎了怎么办？"你说"把心擦亮"。你以为所有人都会认真动脑子去思考你的话，去自己悟出其中道理吗？你得意扬扬地卖什么关子呢？你不能细心一点，谦逊一点,说得切实际一点吗?你这么急切切,怕话讲多了耽误你传经布道的时间似的,是为了什么?难道仅仅因为顿悟后的亢奋?难道就没有想引人注目、扬名天下的意思?哈哈,自然是有的了,它藏得可好啦,藏在道貌岸然的"传经布道"身后,不认真看,还真看不出来。不过话又说回来了,你为什么没有认真去看呢?

王阳明从官椅上一弹而起,提笔写下了他的《三箴》:

"呜呼小子,曾不知警!尧讵未圣?犹日兢兢。既坠于渊,犹惕履薄;既折尔股,犹迈奔蹶;人之冥顽,则畴与汝。不见壅肿,砭乃斯愈?不见痿痹,剂乃斯起?人之毁诟,皆汝砭剂。汝曾不知,反以为怒。匪怒伊色,亦反其语。汝之冥顽,则畴与比。呜呼小子!告尔不一。既四十有五,而曾是不忆!

呜呼小子,慎尔出话!懆言维多,吉言维寡。多言何益?徒以取祸。德默而成,仁者言讱。孰默而讥?孰讱而病?誉人之善,过情犹耻;言人之非,罪曷有已?呜呼多言,亦惟汝心。汝心而存,将日钦钦;岂遑多言,上帝汝临。

呜呼小子,辞章之习,尔工何为!不以钓誉,不以蛊愚。佻彼优伶,尔视孔丑;覆蹈其术,尔颜不厚?日月逾迈,尔胡不恤?弃尔天命,昵尔仇贼;昔皇多士,亦胥兹溺。尔独不鉴,自抵伊巫!"

他让陆澄将《三箴》贴到那张招贴的旁边,他从此将它当成了座右铭。那之后,他不仅在做人做事上以身作则,更加严格地要求自己,在学问上,也从《朱子全集》中找到了坚实的源头,加固了基石。

改过,是成仁之道,不管过做了多好的伪装,只要我们能"致良知",便能找到它,并将它改掉。

王阳明后来写下了《咏良知四首示诸生》,正是想做这样的明示:

一

个个人心有仲尼,自将闻见苦遮迷。
而今指与真头面,只是良知更莫疑。

二

问君何事日憧憧？烦恼场中错用功。
莫道圣门无口诀，良知两字是参同。

三

人人自有定盘针，万化根源总在心。
却笑从前颠倒见，枝枝叶叶外头寻。

四

无声无臭独知时，此是乾坤万有基。
抛却自家无尽藏，沿门持钵效贫儿。

此诗流传至今，让众多人受益匪浅啊。

36

安佑追随于王阳明，很有些不打不相识的味道。王阳明刚来龙场那会儿，还是布政司参政的安贵荣曾三次派小儿子安佑前来试探，第一次是送了一匹马、一副银马鞍。马是很好的马，鞍是贵重的鞍，但王阳明没收。

第二次是米面、鸡鸭鱼肉，王阳明收下了。

倒不是说那会儿他们正缺粮食，实在是因为不收就不好了。第一次不收，也不是因为傲慢，是觉得不应该收。第一次不收，是礼节，第二次收，也是礼节。于是，第三次来的时候，安佑已经对王阳明心存敬意了。

安佑可不是一个普通山民，这之前他曾在国子监读了五年书，是贵州这片大山里最有文化的人了。都是读书人，自然也都把节操这一类的东西看得重。王阳明如此这般，那安参政不好理解，他安佑却是非常能够理解的。山里就他一个人读的书多，平时也找不到人交流，这突然来了一个饱读诗书满腹经纶的儒师，岂有不访之理。

或许，对于安佑的父亲来说，只要这位驿丞不是来者不善，就大可不必在意，但安佑却因为驿站的荒废，对这位驿丞深感抱歉。

贵州宣慰司这片地方，除了东北边宋家那一块，就全都属于安家了。当年霭翠公弃元投明，帮助朝廷打通从贵州到云南的驿道，为朝廷打败元廷残余收复云南立下大功。随后，顺德夫人又修通了龙场到四川的驿道，也是一大功臣。再后来，安贵荣和他的父亲又帮助朝廷平了东苗叛乱，可谓世代忠心。可是，朝廷封赏却很令他们不满，安贵荣的父亲当年封了个正三品"昭勇将军"，到了安贵荣这里，就变成从三品了。所以，安家认为，朝廷就是个势利眼，不打仗了，用不着安家了，便不把安家放在眼里了。就这样倒还罢了，还不放心起安家来，还要来这里建水西卫城。过去安家想修城堡，朝廷不让，怕安家自建王国，想造反。现在呢，朝廷反倒要来这里建卫城了，要来驻军，这不是得寸进尺，欺人太甚吗？

既然朝廷如此不仁，安家为什么要为朝廷保护驿道呢？

但由于这一次来的是王阳明这样的驿丞，所以安佑心里是真的过不去。他说："请先生莫怪，这龙场驿站荒草丛生，无一间驿房，无一匹驿马，无一名驿差，就连驿道也年久失修几乎断掉，可都不是针对您的。主要是因为朝廷不仁，我们安家才这么不义的。"

安佑说："我们安家从乌江以西到乌江以东，共十三宗亲，四十八目，水城、纳雍、大方、织金、黔西、金沙以及清镇、修文和息烽，千里之地，山高皇帝远。既然朝廷不拿我们安家当回事，我们为何不可以自己过自己的安逸日子？"

话是这么说，但安佑说这话的时候，眼里却全是忧虑。很显然，因为他比父亲多读了些书，便比父亲多明白一些事理。但又因为明白得还不够透彻，这件事情本身又披着一件顺理成章的外套，他便没法看得真切。就像透过浓雾看一条路，他父亲相信路的尽头是一片平阳，而他则因为多了解一点地理知识，更愿意相信那边有可能是悬崖。安家虽独霸一方，可天下之大，莫非王土，做什么样的决策，直接关系到安家的安危。平时虽然想给父亲一些建议，但又因为自己肚子里经纶欠缺，说不明白，反倒被父亲看成是无故多虑。

这下，他明摆着是想请教王阳明，想从他这里得到指引啊。

可王阳明觉得，这是关系到朝廷的维稳和安家安危的大事，他一个小小驿丞怎好随便置喙呢？

那安佑见王阳明闭口不言，便干脆打躬作揖双膝跪下了。王阳明先是想拦没拦住，后来是想搀搀不起来，完了只好无奈地说："安公子虽诚恳，无奈王阳明一小小驿丞，实在不敢妄论这样的事情啊。"

安佑却说："晚生在国子监上学时就知道先生大名，并拜读过先生诗文。今天因为得罪了朝廷，先生才被贬作驿丞。先生来到龙场这半年，贵州城内各路官爷都以认识您为荣幸，都以能得到您的诗文为荣幸。对于读书人而言，道理全在文章里，大家都想从您的文章里学到道理。先生今天虽委屈为驿丞，可如先生这样的人，怎能长期受困于龙场这小地方，不久就是要离开的。安家虽与大人没有过深的交情，但这件事情关系到安家安危，先生这样的大义高尚之人，断不会见死不救吧？"

话已至诚至恳，安佑却担心这还不够，还五体投地，说王阳明要是不答应，他今天就不起来了。

人与人之间，你若报之以"诚"，我必报之以"信"，这才是道理。安佑"诚"到了这份儿上，王阳明要是再推，那就不"信"了。俗话说，旁观者清，这件事情在王阳明眼里，自然是清楚明白的。这安家因为对朝廷有意见，便闹起了情绪。首先是安贵荣嫌从三品官位低了，想世袭父亲的正三品，然后是想废掉龙场通往西北的九个驿站，阻断驿道，让朝廷知难而退，断了修建水西卫的念头。这事虽看上去是理所当然，但事实上却是一个错误之举。

将安佑从地上拉起来，为他续上茶，王阳明决定晓之以理。

他说："先说这个正三品。本朝制定的条例规定，只有参加过开国、靖难和平叛战争的王公侯伯，才能世袭爵位。你家祖父的正三品爵位，不在世袭之列。按规定，其他官位要给子孙继承，就必须比上一代下降几个品级。这就是为什么你父亲不能继承你祖父的正三品，而得了个从三品的宣慰使的原因。这是明文规定，一直沿用的制度。所以从这一点上说，本人认为朝廷是在照章办事。那么我们硬说这是朝廷对安家不够信任了，那就是多虑了。"

安佑听得皱起眉头。可这不是因为怀疑王阳明的话，而是因为自己读了那么多书，竟然不知道这一点。是因为在这件事情上，他安佑居然跟父亲的想法是一样的。

王阳明说："再说这驿站的废除。这驿站，原是安家先辈顺德夫人为效忠朝廷所建，做晚辈的不仅没把它保护好，反倒要将它废除，道理上叫不孝。驿站驿道，为国家公物，毁坏公物，也是于国不忠。要知道，国有国法，家有家规，你们既然认为这驿站是想撤就可以撤的，那么宣慰司是不是也可以撤？大明天下，十三个省，两京两都，贵州才多大？一个宣慰司才多大？水西又才多大？安家虽有十三宗亲，四十八目，但相对于一个国家而言，它不过是一小小的府县之域。你若顺，朝廷便因为多这一块国土而高兴。你若反，朝廷要拿下安家几十万人，还是什么难事吗？眼下看起来，虽然你们废除了驿站却没遭到追究，好像是朝廷怕你们安家了。但在本人看来，那是朝廷在观望，看你们有没有悔改之意。若等得太久，你们依然没有反悔之意，朝廷怪罪下来，这北有杨爱，东南有杨友，东北有彭世麟，朝廷一纸圣旨下来，要这几家来剿你们安家，你们一家能敌过他们三家吗？即便你们侥幸地想，这几家也不一定全心全意地效忠于朝廷，但朝廷要灭你安家，不正好是给了他们瓜分安家土地的机会？有了这样的动力，还怕他们对朝廷不够全心全意吗？"

才说到这里，安佑的脸已经起了一层死灰，就像王阳明设想的这些事已经发生，各路大军已经来到了他的面前，一支毒箭正对准他的额头。

王阳明知道他听进去了，继续说："至于朝廷要来修建水西城，要驻军水西，也不能说这就是朝廷不信任安家了。安家世代效忠朝廷，朝廷岂有无故失信之礼？再说，朝廷又不是只在水西建卫城，全国各地都有驻军都修卫城，那么难道朝廷对全天下都不信任了？朝廷在各地建城，那是为了一统天下，为了国家的同步发展和繁荣。国家不光要有领地，还要建设、要兴旺,要昌盛。贵州这样的边地,文化荒芜,朝廷来此驻军建城,便可带来先进文化,带来崭新生活。安公子不是井底之蛙,见过达官贵人的生活,他们住着金碧辉煌的房屋,锦衣玉食,那才叫生活。可再看看你们安家地盘的百姓,他们住的是窝棚,吃的是糠皮,床上睡人,床下养猪,生了病,不知道看大夫,却希望巫师作法驱鬼给自己带来健康,这也叫生活吗?朝廷在各地建城驻军,正是为了普及先进文化,教化愚昧之人,改善当地百姓的生活啊……"

正是因为王阳明这一番善意的提示,安家立即恢复了各个驿站,并修复了驿道。不管朝廷是不是真的对安家已经失去了信任,安家这一洗心革面的行为,都足以在朝廷建立起新的信任了。

安贵荣,也不再对自己只是个从三品而耿耿于怀,而是把这个爵位让给了他的大儿子安佐,自己退居二线,做起了闲人。平日里打打猎,做点善事,倒也自得其乐。

这人,一念不对,会铸成大错是其一,其二自己的心境也会受到影响。原说朝廷对我不好,我便自得其乐,那是假的。真有人对你不好了,你心境就好不了,你心境不好,谈何自得其乐?唯有放弃对抗,心境平和了,才有快乐可言。

37

假若我们的心真是一面镜子,那么普通人的镜子只用来照自己,而圣人的则还要用来照别人。

心有多重要?一颗心平和了,就能给自己带来祥和,天下的心都平和了,便能带来全天下的祥和。圣人的志向,不只是为自己祥和,还要为天下祥和。因为,真正的祥和,不是你一个人祥和,而是天下都祥和了,你才能有祥和啊。

龙冈四规

一群人一起朝前走，你心里明白哪一条路是对的，就得告诉大家，让大家跟你一起走对的那条路。因为最开心的结果，是大家一起走到最后，而不是走到最后只剩下孤独的一个自己。所以，随时提醒那些走上了岔道、迈错了脚的人，也是我们做人这条道路上极为重要的事情。

这就是为什么阳明先生要将"责善"作为"龙冈四规"之一，这不光说到了"责"的重要，还说到了"如何责"的重要。

王阳明原本一个文人，后半生却一直在打仗。文人上阵打仗，还硬是场场胜仗，立下累累战功。他不是一个主张大动干戈、战火硝烟的人，他认为刀枪之下的和平，不是真和平。真和平，是心的和平。所以他说："破山中贼易，破心中贼难。"你用刀枪制服了山贼，只能是暂时制服了他的身体，但他内心的贼还在，只要贼心不死，贼便一直是贼，随时都有可能反。

所以他打的仗，几乎都是攻心之仗。也就是替人找到过错，劝其改之，走上正道。

正德十一年（1516年），经兵部尚书王琼特荐，阳明先生巡抚南赣汀漳。赣、闽、粤三省交界山区发生了流民暴乱，他得去平乱。然而流民和暴民，是有区别的。阳明先生正是出于对流民的怜悯，决心从心上拯救他们，而不让其受刀兵之害。

历史上著名的《告谕浰头巢贼》，便是那次平乱写下的：

……人情之所共耻的，莫过于身负盗贼之名；人心之所共愤的，莫甚于身遭劫掠之苦。假如现在有人当面骂你们是贼，你们必定会勃然而怒，你们怎可心里厌恶盗贼的恶名，却干着盗贼的恶行呢？假如有人烧毁你们房屋，抢劫了你们财产，霸占了你们妻女，你们定会对其怀恨切骨，宁死也要报仇雪恨。你们如今将此等恶行施加于人，别人怎么可能不痛恨你们？人同此心，难道你们不懂？

你们甘心为贼，想必其中也有某些不得已的苦衷。或许被官府逼迫，或许为大户侵害，一时冲动，错起念头，误入歧途，后来又不敢轻易回头。你们的这些苦处，也的确让人觉得可怜，但也是你们不能真切悔悟造成的。你们当初决定去做贼寇，明明是活人寻死路，尚且说去就去，而今若能弃恶从善，那便是死人有了活路，你们反而不敢，这是为何？如果你们今天像当初去做贼寇一样，拼命脱离贼巢，官府怎能非要杀你们？你们久习恶毒，忍于杀人，心多猜疑。岂知我等上人，无缘无故杀只鸡犬都于心不忍，更何况是人命关天呢？如果轻易杀掉你们，冥冥之中，定有还报，灾祸殃及子孙后代，我何苦定要如此？

我每每为你们想到这些，就彻夜难眠，也无非是想给你们寻一条生路。如果你们冥顽不化，我就不得已要发兵，那就不是我杀你们，而是老天要诛杀你们了。如果说我完全没有杀你们的心，那也是欺骗你们；如果说我非要杀你们，这又绝非是我的本心。你们今天虽然做了贼寇，但从前也都是朝廷的赤子！就像一对父母有十个孩子，八人善良，二人悖逆，想要加害其他八人。作为父母，必须除掉两个逆子，其他八人才能得以安生。都是自己的孩子，作为父母，为什么偏要杀掉那两个孩子？那是因为迫不得已啊！对于你们，我的心也是如此啊。如果这两个孩子能悔恶迁善，痛哭流涕，诚心归顺，做父母的也必然会心生悲悯，接纳他们。为何？不忍心杀掉自己的孩子，实乃父母之本心啊。如今二人能够顺遂了父母本心，还有什么比这令人高兴的啊！对于你们，我的心也是如此响。

听说你们身为贼寇，收入也不多，有的人连衣食都难以保障。你们何不把辛苦做贼的那份精力，用来种田经商呢？那样很快就可以发家致富，安心享受自在的生活，放心纵意地畅游于城市之中，优哉游哉行走于田野之上。哪里会像今天，整日担惊受怕，出门要躲避官府，防范仇家，回到贼巢又怕被官军围剿诛杀，只好潜藏身形，掩藏行迹，一生忧苦，最终落得家破人亡，妻儿戮辱。这样的日子有什么可留恋的吗？你们好自思量吧。

如果你们能听从我的劝告，弃恶从善，我就把你们当作良民来看待，当作赤子来安抚，不再追究你们过往之罪。像叶芳、梅南春、王受、谢钺这些人，如今我已经把他们当作良民一般来看待了，你们难道没有听说？如果你们恶习难改，那只好任由你们如此。到时候，我南调两广的狼达，西调湖、湘的士兵，亲率大军去围剿你们巢穴。一年剿灭不尽那就两年，两年不尽那就三年，你们财力有限，我官府兵粮无穷。纵使你们都是有翼之虎，谅你们也难以逃于天地之外！

呜呼！我哪里真的想杀你们啊！你们非要残害我那些善良百姓，让他们无衣御寒，无食果腹，无房容身，无田耕种，让他们父母死亡，妻离子散。我想让他们躲避你们，可是家园已被你们侵占，他们已经无处可躲；我想让他们送钱财给你们，可是家资已被你们掠夺，他们已经无钱财可送。就是你们来替我想一想，也必须要把你们全部剿灭方可。

我现在特遣人前去安抚晓谕你们，赐予你们一些牛、酒、银两和布匹，使你们妻儿与你们团聚。其余人多，无法全都顾及，各发一篇晓谕，你们好自为之吧。我言已无不尽，我心已无不尽，如果这样你们仍不听我劝告，就不是我有负于你们，而是你们有负于我，那我就再没有什么可遗憾了。

呜呼！天下皆是我的同胞，你们都是朝廷赤子，我最终不能抚恤你们，竟至于诛杀你们，痛哉！痛哉！写到这里，不觉泪下。

是呀，你们当初决定去做贼寇，明明是活人寻死路，尚且说去就去，而今若能弃恶从善，那便是死人有了活路，你们反而不敢，这是为什么呢？

王阳明就这样动之以情，晓之以理，以最和善的办法，为乱民们指明了一条弃恶从善的道路。

王阳明在剿匪期间，一直喜欢用抚慰、责善的办法，每次打仗前，都先用猪牛、粮油等慰问品，和一封慰问信打前战。除了这封《告谕浰头巢贼》，他还写过很多《告谕巢贼书》。这些"告谕书"全都说得苦口婆心，像父亲的慈训，像兄长的规劝。在他这里，每个人都是有良知的，只要你用良知相照，对方的良知便会醒来。我们做人，不能只管自己是不是从善了，还要用自己的善去照亮别人，要用自己的善去唤醒别人的善。

这些慰问信往往都能收到不战而屈人之兵的效果。这些告谕书发出去后，多数土匪首领都会主动跑来投降，这就是为什么他只用了一年多一点的时间，便平定了南赣匪乱的原因。

38

为什么忠言逆耳？因为忠言都是在指出过错，当有人对你说"不要这样"或"不该这样"的时候，你第一时间就会生反感，自然就听不进去了。

所以要"责善"，要善于在你的告诫中体现出你的善意，让对方接受起来心悦诚服。既然人都不喜欢听"不"，那我们就说"要"。

人之所以会犯错，是因为人人心中都有个心贼。这心贼就像朝廷中的奸臣，时常用谗言蛊惑它的王，即你的心。你的心要是听了它的话，就会犯错误。所以，我们要定规矩，国有国法，家有家规，教有教规，学有学规。有了规矩，心贼作乱的时候，你即便缺乏击败它的力量，还可以用规矩来做武器。

还记得王阳明说过"破山中贼易，破心中贼难"吧？当年王阳明在南赣平完了山贼之乱后，便做出了在中国乡村史上堪称乡村治理里程碑的一件大事——制定了《南赣乡约》，这就是为了破人们的心贼。

"咨尔民，昔人有言：'蓬生麻中，不扶而直；白沙在泥，不染而黑。'民俗之善恶，岂不由于积习使然哉！往者新民盖常弃其宗族，畔其乡里，四出而为暴，岂独其性之异，其人之罪哉？亦由我有司治之无道，教之无方。尔父老子弟所以训诲戒饬于家庭者不早，薰陶渐染于里闬者无素，诱掖奖劝之不行，连属叶和之无具，又或愤怨相激，狡伪相残，故遂使之靡然日流于恶，则我有司与尔父老子弟皆宜分受其责。呜呼！往者不可及，来者犹可追。故今特为乡约，以协和尔民，自今凡尔同约之民，皆宜孝尔父母，敬尔兄长，教训尔子孙，和顺尔乡里，死丧相助，患难相恤，善相劝勉，恶相告戒，息讼罢争，讲信修睦，务为良善之民，共成仁厚之俗。呜呼！人虽至愚，责人则明；虽有聪明，责己则昏。尔等父老子弟毋念新民之旧恶而不与其善，彼一念而善，即善人矣；毋自恃为良民而不修其身，尔一念而恶，即恶人矣；人之善恶，由于一念之间，尔等慎思吾言，毋忽！……"

"乡约"总共有15条，大到伦理道德、基层组织的建设，小到具体针对某种事，要怎么做。既然你不想听"不要这样做""不该这样做"，那就告诉你"要怎样做""应该怎样做"。

　　而且在这个"乡约"中，王阳明还特别强调了"责善"的重要，要求乡民们在"纠错"的时候，要注意说话方式和态度，要"亲切"，要"体现善意"，要说话委婉，要表现出厚道，还要耐心。

　　对懒惰的学生说：要多读书，才能学到更多的知识；对赖床的孩子说：要早睡早起，早起的鸟儿有虫吃；对抽烟的人说：要戒烟，吸烟有害健康；对骂人的人说：要息怒，气大伤身……春天要种，夏天要培，秋天要收，冬天要藏……

　　我们如果不知道什么是不要做的、不该做的，那么知道要做的、该做的，也就很好。

　　王阳明虽是个谦逊之人，但这并不代表他的学生就全都是谦逊的。有一位叫孟源的学生，就是一个喜欢吹牛皮扯大话的人。王阳明曾多次要他改掉这种毛病，但他总是听不进去。有一天，龙冈书院来了一位客人，王阳明和客人在宾阳堂喝着茶聊着天，孟源就凑热闹去了。因为王阳明平时为人和蔼可亲，学生们在他面前都很随便。孟源所以要跟进宾阳堂，是因为他从来人身上看出了人家修行的浅薄来，一定要当即指出来，才能体现出自己的深厚。

　　"能指出别人的低的人，一定是高人。"孟源一直是这种观点。

　　孟源进门的时候，正遇上客人在跟阳明先生请教养静的功夫，阳明先生还没来得及回答客人的话，孟源抢先回答了："你那点儿功夫，我两年前就会了。"

　　他进来得唐突，这话也来得唐突，客人很不高兴，阳明先生也很尴尬，但阳明先生没有拉脸，更没有斥责，而是笑着问他："你有事吗？"

　　他若说有事，阳明先生就会对他说："那你读书去吧，我忙完了再去找你。"他若说没事，阳明先生又会说："那你找同学们玩去吧，我这里有点儿事儿。"

这样，孟源和那位客人，就都有了台阶可下了。

可孟源却拒绝这样的台阶，而是指着那位客人说："一看他这样子，就知道他根本不会用气，也不怎么读书。"

第一次冒犯，客人可以不放在心上，可他这是一犯再犯，人家想都不想就反问他："那你呢？"

孟源得意地扬着下巴说："我吗？当然比你强多了。就打坐静心而言，我已经能一动不动坐三个时辰了，就读书而言，我已经能背'四书五经'……"

王阳明一直在笑，他的笑容里有五分尴尬，五分恼怒。他用一种很平和，但也不失师威的语气对孟源说："对客人说话要讲礼貌。"

孟源听了这话，才意识到了自己刚才的冒犯，先生没有斥责他，没让他在客人面前脸面扫地，使他深感庆幸，于是他红了脸，向客人道了歉。阳明先生怕他留下来继续犯毛病，便叫他先替自己去招呼一下学生们上自习。

那天晚上，王阳明把孟源叫进自己的书房，邀他跟自己一起打坐。一人一个蒲团，两人相对而坐。半个时辰过去了，孟源没动。又快过半个时辰了，孟源依然能够坚持。可再往后，他便实在坐不住了。他一动屁股，对面的阳明先生便说话了："怎么了？"

孟源说："腰酸，屁股麻。"

阳明先生说："你真厉害，现在屁股才麻，我一开始那会儿就麻了。"

孟源龇着牙扭动着身体说："这已经是第四次麻了，前面三次我都忍过去了。"

阳明先生说："那这一次为什么不忍一下？"

孟源说："实在忍受不了了。"

阳明先生没睁眼睛，依然是一副如如不动的样子，说："你不是说你能坐三个时辰吗？这还没到一半儿呢。"

孟源不吭声了。

阳明先生继续闭着眼说："我们说话要诚实，不然，像今天这样，给揭了底，就尴尬了。"

孟源依然不敢吭声。如果这时候阳明先生把眼睛睁开，就能看到他一脸通红，满脸汗颜。

阳明先生说："我们说话要小心，牛皮总有给吹破的时候，吹的时候很得意，一旦吹破了，轻则落个满脸皮屑，重则炸得鼻青脸肿。人爱扯大话，原本是图个有面子，可这样一来，反而没面子了。"

阳明先生这些话，已经让孟源羞得抬不起头来。他不用睁眼，就知道孟源已经听进去了。点到为止，他撇开刚才的话题，问孟源："你还能坐吗？"

孟源支吾着说："先生……我不能了。"

阳明先生说："那就回去吧。练功得循序渐进，不用强求。"

39

这天，王阳明突然接到一纸来自吏部的调令，要他即刻前往江西省吉安府的庐陵做知县去。接到调令的那一刻，王阳明真是悲喜交加。喜的是，这意味着他的谪官生涯终于结束了。虽然他并没有一直耿耿于怀，后期他甚至陶醉于教学，几乎都忘记自己身上背负着的那一纸谪令了，可这个时候，他还是有一种如释重负之感，一种重获新生之感。也是这时候，他才恍然记起，他原本是一位余姚来客，他原本是受贬来这里做谪官的，他离开家，离开亲人们已经三年之久了。曾经那颗日夜思家的心，已经结了痂。慢慢习惯了龙场生活的他，几乎都不再去盼望这一天了。

可这一天突然就来到跟前了，就像它一直在某个角落里跟你躲着迷藏，一直通过一条墙缝偷窥着你，看着你怎么苦苦寻找它，看着你怎么因为找不到它而失望、而沮丧，一直到最后，它发现你都放弃了，才猛然间从角落里跳出来，大叫着它的胜利。这时候，你才发现，你并没有从心底放弃它，它依然是你最好的朋友，依然是给你带来最大快乐的伙伴。你泪光闪闪将它紧紧抱在怀里，用拳头击着它的后背嗔怪它："你藏哪里了，我找你找得好苦！"

可也是这个时候，他突然意识到他得离开龙场，离开龙冈书院了。龙场这个地方，曾经差一点儿让他迷失在人生的十字路口，后来却又成了他的顿悟之地。他苦心追寻了半生的正果，竟然藏在阴暗潮湿的"玩易窝"里，藏在那副天然的"石椁"中。这里虽然荒僻，但他已经爱上了这种静谧，爱上了这种自然朴素。他在这里建起了龙冈书院，他有了几十位学生，每日满目纯净，两袖清风，已经很自在。况且这些学生，都是追随自己而来，他们信任于他，将自己一生做人的希望都寄托给了他，一年多来，他们相依为伴，教学相长，已经处得像家人一般。临了，他却不得不离他们而去了，这份不舍，正是他的生悲之处。

龙冈书院的最后一堂课，令他感到从未有过的艰难。他坐到学生们面前足足有半盏茶之久，都不知道该说什么才好。那些个学生，也都是二十岁左右的人了，虽然那纸调令还未公开，但他们早就从积善、明义和广进三人的神色中把事情猜到了八九分。怎么能只是先生不舍他们呢？他们也不舍先生啊。王阳明沉默的那个时间，他们也都屏息静默，生怕一不小心，打破了这份沉默，将别离之情倾洒一地，难以收拾。今天这堂课不同于往日，布和阿吉他们那几十个小孩子，也都坐在前面。这不仅是明义要收拾行李，没有时间上课的原因，还有阳明先生要告别的原因。这些个孩子，原本还没到能察言观色的年龄，但当先生如此这般地沉默的时候，他们也都静静地坐着，眼睛一眨不眨地盯着先生的脸，就像丛林里那些小草凝视着东方，巴望着太阳一样。

最后还是王阳明自己打破了沉默。他冲台下笑了笑，说："我还从来没带大家去过'玩易窝'吧？"

他面前那些年轻的面孔这才有了表情，一些，笑容来得很快，表示马上就想去看"玩易窝"，小孩子们中间，甚至有人喊了起来，因为这意味着他们又可以撒野了。有那么几个，表情起来得很慢，心情还依依不舍地停留在师生即将分别的伤感之上，他们早偷偷去过"玩易窝"了。他们可都是追随阳明先生而来的，怎能不知道"玩易窝"呢？

但王阳明今天要亲自带他们走一趟"玩易窝"，他要将它作为离别的礼物，送给他们。

"玩易窝"离龙冈书院不近也不远，也就相隔一片林子而已。去"玩易窝"的途中，王阳明故意绕了一下，先到了龙场驿站。

眼下的这个驿站，已经有了一个驿站该有的样子。王阳明在那里站下来，环指着那块地方对同学们说："当初我们来的时候，这里只有一间草棚，而且是一间只够住一个人的草棚。"

他说："现在这个驿站，是安佑的哥哥安佐，也就是当今的宣慰使，恢复重建的。"说这话的时候，他看着安佑，于是大家的目光，也都争着停留在安佑的脸上。安佑虽有荣耀之色，却给众多的目光烧得脸膛发红。他说："大哥做的不过是一件早该做的事，不足挂齿。"末了又说："这驿站的荒废，本来就是我们安家的过错，大哥所做，不过是改正了一个错误而已。"

安佑能这么明白，真令王阳明高兴，因而他玩笑道："我今天带大家来这里，可不是为纠你们安家的错来的。"

王阳明说："我是为了让你们明白，为什么会有'玩易窝'。正是因为当初这里没有正经的驿房，我们建的草棚又经不住风雨，我们四个没地方遮风挡雨，才不得不住进了一个山洞，这个山洞，就是后来的'玩易窝'。"

说到这里他笑起来，他说起了那个暴风雨施虐的夜晚，说起了那些从头顶滚过又落在跟前炸响的暴雷，说起他们几个因害怕而用被子捂着头发抖的样子，直说得哈哈大笑。很显然，当初那么刻骨铭心的灾难，现在已经成了他嘴上的故事。现在讲起它们来，竟像是发生在别人身上的事情一样。

因为王阳明离开得久了，"玩易窝"又重新隐藏于丛林之中了。他们小心地拨开荆棘，猫着腰钻过丛林，才又找到了它。王阳明在洞口停下，长久地看着那个天坑沉默着。他在回想自己居住在这个天坑里的那些日子，那些濒临于崩溃边缘的日子，那些努力挣扎在崩溃边缘，从绝望中挖掘希望的日子，还有那个最终顿悟，眼前突然光明无边的时刻……奇怪的是，这样的回望，竟没有在他的内心掀起什么浪头，就连他自己也没想到，他的心，会是那般平静。

"先生当初竟然住在这里头吗？"有人小心翼翼地问。

王阳明寻声找到他，笑着点头说："没错。"完了又在人群中找到了布，看着他说："就这，还得感谢布呢，要不是他替我们找到这个山洞，那会儿我们就还得露天而睡。"

他指指洞门，说："这里可比草棚安全多了，凭它多大的风都刮不掉顶，凭它多大的雨也淋不着……"

他的话还没完，有人就小声嘀咕起来："只有野兽才住山洞的。"

王阳明接过他的话哈哈大笑道："天下为公，野兽可以住，我们也可以住嘛。"

这话逗得大家都笑起来，正好过来一阵风，丛林也笑成一片。

王阳明问："你们不想下去看看？"

于是大家都争着要进洞去。人太多，洞太小，一齐下去肯定不行，王阳明让他们分成三波下去。

于是，那偷偷来过了的，便主动承担了带路的任务。当然，也就那么一个小洞，一条七八丈的独路，带不带路都没关系。第一波是那些个好奇心更强的孩子，他们自然是最迫不及待的。"噔噔噔"下到坑底，一个个你顶着我的屁股，我又顶着他的屁股，猫着腰往里钻，没一会儿就听他们在里头尖叫起来，或许是头给撞到了，或许是给里头的场景惊着了，有人或许还会摸摸洞顶那些像倒挂着的笋一样的钟乳石。里头很暗，他们要努力地睁大眼睛，直到睁得眼睛生痛，才能看清先生留下的那些生活痕迹——那用石头草草垒起的餐桌，那些被坐得光滑锃亮的石凳，那些曾经撞过头被劈掉的钟乳石，那光滑的地面，那曾经放过油灯的、生长在洞壁上的小灯台，还有先生的石书桌、"石椁"。

先生待过的那个地方，地面尤其光滑，洞顶和三壁之间形成一个长方形，应该就是先生所说的"石椁"了。猜不到这个的，或者没心猜这个的，都没什么。猜到了的，就都会突然收紧了心，在那儿肃穆地站上一会儿。想象一下，当夜深人静，先生就着一盏青灯读书、苦思的时候，影子便投到了"石椁"壁上。因为光近，影子会大过阳明先生真实的身体好几倍，椁壁装不下，影子便会在壁和顶的接缝处转折一下，将另一半投到天花板上。在那些孤独绝望、苦海无边的深夜，就是这位黑色的巨人一直陪伴着他，守护着他。在他终于冲破了思想的感狱、得到顿悟的那一刻，也是这位巨人同他第一时间获得惊喜，也是它，第一个为阳明先生感到欣慰。

从洞里出来的时候，孩子们都沉默着。

先生竟然住过这样的地方，先生竟是在这样的地方悟道……一抬头，见洞口那张明净如琉璃的笑脸，又不禁怀疑：难道先生那满心的明澈，竟生于这样的地方吗？

待最后一波学生从洞里出来，大家便都望着王阳明，以为他是要下去一下的吧。要离开这个地方了，是应该下去看看的，就像跟一个老朋友告别那样。可是王阳明没有下去。他说："'玩易窝'在我心里，比在我眼里更清晰、更真实。看起来，我虽然离开了这里，住到了龙冈，但实际上它一直跟着我，我从来就没离开过它。那么这一次，我也不用跟它告别，因为不管我走到哪里，它都依然跟着我。"

他指指自己的胸口，说："它永远都在这里。"

他说:"我之所以要带你们来这里,要把它介绍给你们,是希望你们也能记住它。人生之路,就像这丛林里的山路一样,崎岖陡峭,坎坷不平。我希望你们在遇上困境的时候,能想起先生的'玩易窝'。因为它能告诉你们,逆境并不可怕,只要你的心是不可战胜的,那么你就能在任何逆境中找到希望,就能绝处逢生。"

说是王阳明归心似箭也好,说是圣旨的不可怠慢也罢,他都要起程了。上马前,大大小小的几十位学生全围在跟前,他的眼前一片泪光闪闪,就像雨后的丛林。王阳明感觉自己都给他们看化掉了,像糖一样融化于那些泪光之中。这种时候,"天下没有不散的筵席"这类话,根本就很混账,谁说出来,谁就是没心没肺。王阳明好一会儿都不知道说什么才好,他的腿像灌了铅,没法上马,嘴像塞满了生柿子,涩得张不开。可他的马却有些迫不及待的样子,它已经踢了好几次蹄子,打了好几个喷嚏。牵着马的广进也是一副急不可耐的样子,他已经催上了:"大人,我们赶紧上路吧。"

这倒也好,这里一急,王阳明就知道该说什么了。

他说:"你们不用担心,安佐使君已经答应我,尽早请一位先生来接替我,今后的书院可能不在这里,但龙场这个地方不会没有学校供你们读书。"这是对小孩子们说的,说的时候,他盯着布的眼睛。

这话他昨天就说过了,现在是在重复。什么话一旦重复,就说明它很重要。于他重要,于孩子们也重要。所以,布那双黑眼睛给泪水越撑越大越撑越大,最后泪水终于还是夺眶而出了。

王阳明赶忙转移视线,他不敢再盯着那双眼睛看。可他一扭头,又看到了阿吉,这孩子可是专程追他而来,这下岂能比布更好受?那张圆乎乎的脸上,早已经挂着两条泪流,每一个泪滴里,都满含着不舍。

"也许今天下午,你父亲就到了。"王阳明说。

"你父亲跟我保证过,他要在寨子里办学堂、请先生,你一回去,就能在你们寨子里的学堂里继续上学。"这话也是昨天就说过了。

有些话，你越说得多就越无味，而这样的话，却是越说味越重的。昨天说的时候，还显得比较轻松，还是当好消息来说的。可现在说起来，竟觉得沉甸甸的，压得舌头都直打结。

大学生里，还有汤吁、叶梧和陈文学三人是贵州籍，他们也都得在此别过了。告别的话该怎么说呢？不如还是重复昨天的话吧："去贵州城文明书院吧，那里也有好先生。"

这跟那里有没有好先生有什么关系呢？可那三个，除了点头颔首，还能说什么呢？

无论如何，王阳明都得上马起身了。天下的确没有不散的筵席，这时候用这句话来宽慰自己倒还是可以的。王阳明脸上又有了笑容，这是要作最后的告别了，他笑对着那些泪光，笑看着那些青春的脸庞，说："要记住我给你们定的四个教条，'立志、勤学、改过、责善'。我人虽走了，但我希望你们不忘我的训辞。今天你们如此这般地不舍，说明你们心里是有我的。那么我希望，我人虽走了，但我的训辞还能留下，留在你们心里。今后，教条是你们的老师，圣贤书是你们的老师。除了这些，我们还有一颗心，心也是我们的老师，这位老师名叫良知。我们平常都习惯于有了困惑就去问老师，但老师不在身边的时候怎么办？所以，我们要习惯于学会问心，问良知。"

他说："心这位老师，是我们生之带来，终身相守的老师，不管你处于一帆风顺，还是挫折重重，它都一直相伴于你。除非你自己把它忘记，否则它从来都不会离开你。"

最后他指着自己的胸口，像是要再强调一下这个意思，但最后他什么也没说，只点点头，便上了马。

那马本来早已经等得不耐烦，他的脚后跟轻碰了一下马肚子，它便开路了。王阳明回头冲着身后那片送行的目光挥着手，一些孩子又向前跟了几步路，最后总算是被丛林相隔，结束了这场难舍的告别。

那十来个外地大学生都借口回家可以和王阳明同一小段路，便一直跟着。他们可以一直陪先生到兴隆驿。

这段路不算长,也不算短。既然是临别的一段路程,王阳明便十分珍惜,一路上,他根据各个学生的个性特点,一一指出他们的问题所在,告诉他们要怎么做,也算是告别礼吧。

"我们说,学贵专、贵精、贵正。这'专',指的不仅仅是对某一件事情的专心、专注,比如狄勇喜欢打猎,常常为守一只兔子,在丛林里一趴就两三个时辰,这叫'溺'。'专'和'溺'长得很像,可别被迷惑了。"

"这'精',也不是指仅仅在某一件事情上做得特别的好,比如,你会写一首好字,或者会写一手好诗文,这只能说你精于书法,精于诗文。这'正',就很关键了。它直接关系到你胸中有没有大志,你将做一个什么样的人。我对你们说过,立志,就像播种,有了种子,我们的一生就只为培育这一颗种子,让它发芽、开花、结果,长成参天大树。那么,我们的'专',就得专于对这棵种子的培育,'精'也得精于对这棵种子的培育。我们说,你只想做一个书法家,那你专于书法、精于书法,也是对的了。但我们要成为一个什么样的书法家呢?是只精于书法,而做人却一团糟的书法家,还是内心善良,德艺双馨的书法家呢?有人提笔就能写出好诗,可平时也是出口成'脏',有人把佛经背得滚瓜烂熟,可暗地里却尽做缺德之事……所以说,学贵正。正,告诉我们要走正道,说白了,就是要做一个该做的人。是做人,而不是做什么家。做什么家,只要求你学术,做什么人,是要求你学道。道正了,我们才不会迷茫,才不会空虚。"

"观实呢,你太内向了,虽然你的名字叫'观实',似乎就是叫你站在一边老实观看,但若一味地不吭声,也不好。学习怕什么?怕疑而不问,这样会导致你不求甚解。做人怕什么,也怕一味地沉默,受蒙蔽而不分辩。虽说'沉默是金',但这不过指的是让我们不要心气浮躁,信口开河。先生的话多不多?多。而且先生还因话多吃了亏,要不然,我与你们也没有这段缘分。"说到这儿，他扭头跟大家笑笑，接着说："但我依然认为，只要我们想说的是该说的话，就不用沉默。"

或许因为多出了这么一段路，师生之间说说笑笑，在兴隆驿分手的时候，竟多出了那么一份轻松和释然来。

——别过之后，王阳明在孟源那儿停了下来，用半认真半玩笑的口吻问他："现在能坐多长时间了？"

孟源老实回答："两个时辰吧。"

王阳明说："有进步。"

四目相对而笑，没有人知道他们在笑什么，因为那是他们的秘密。

第四章 天泉证道

40

  王阳明自龙场被起用后，一直在打仗，讲学的事儿，只能在打仗之余的那些时间缝隙里进行。他离开龙场后不久，冀元亨、孟源等就追随他而去。当然，全中国追随阳明先生的学生不仅是他们。此时"阳明心学"已经遍播天下，但凡有心上进的求学之人，都恨不能追随于阳明先生，得他一句两句点拨。所以，不管王阳明走到哪里，总有读书人跟着，只要见他坐下来，便要上前求教。但是，误解，甚至反对"阳明心学"的，也大有人在，而且反对派多是有权有势之人，时常给王阳明讲学带来妨碍。仅影响学界倒也罢了，就连军中也有微词。

  那年夏天，王阳明到南赣巡视，在检阅军队操练的时候，赣州卫指挥使余恩就曾阴阳怪气地说："南赣和江西的平乱，都堂大人都是不战而屈人之兵，依我看，只要有王都堂坐镇的地方，这兵就练得多余。我听说，土匪们有这样一句话：只要王都老爷在，我们就是饿死困死，也不当土匪。据说王都堂那心学，就像神咒一样的，只要念念咒语，就能降兵哩。所以只要有王都堂在的地方，我看我们这帮军人是多余了。"

  这话虽然出自一粗人之口，但在场的人听了还是有些受惊。王阳明一提督都御史，余恩何以这么大胆，说出了这样有失尊敬的讽刺话？要是王阳明怪罪起来，余恩可要吃不了兜着走了。

在场的唯有王阳明不吃惊。一套新兴哲学理论，学界接受起来尚且那么难，何况这些粗人呢？他只是风平浪静地说："余指挥使言过了。我王阳明就凡人一个，怎么能念什么神咒。土匪们之所以不愿再当土匪了，也不是我王阳明的功劳，而是他们自己的良知的功劳。是人，就有良知，摸着了良知，就明白了是非，我只不过为他们指了一条找到良知的路子。但虽人人都有良知，却不是人人都在摸着良知做人做事，所以说，这兵还得练。当然，最好的结果是多余，是有兵而无用兵之时。那不就是天下太平吗？我们备军，虽然是为了打仗，但和平才是我们的愿望。但若必须要用兵来争取和平的时候，却没了兵，那就是你余指挥使的失职了。"

听说王阳明到了赣州，邹守益、陈九川等十几位秀才、举人、进士就都追随而来。可与此同时，窥探者也追随而至了。就在他和弟子们讨论学问讨论得正酣的时候，岭北道兵备副使王度便派人来报：大校场周围发现了几个鬼鬼祟祟之人，从穿着和模样上看，应该来自北方。据查实，阳明先生这次来赣州，朝廷里有人居心不良，派了暗探跟随，想必就是这些人了。王度的意思，要王阳明防着点，别让人抓住了把柄。可王阳明觉得这种担心很多余，他说："我光明磊落做人，为什么要怕暗探呢？"

邹守益分析说："王兵宪也是好心，先生这两年频频立下平乱大功，朝廷里妒忌先生的人不少。我听说有人竟在圣上跟前进谗言，说先生的平乱并不是真的，实际上是先生跟乱匪私下勾结，说先生用花言巧语蛊惑了乱匪的心，将他们暗地里收在自己麾下，等到了时机，您便用他们来造反……"

这话听得王阳明哭笑不得，便没让邹守益继续往下说。他开了句玩笑，说："这些人的脑子还真好使，只可惜用错了地方。"

末了他突然想起昨晚写的那首诗，于是他让王学益进后堂取了来。拿到那首诗，他又说："做事谨慎固然很好，但畏首畏尾就不好了。我们做人做事先问良知，便能光明磊落，磊落之人便不用畏惧。"

说着，他将那首诗交到邹守益手上，说："大家看看这首诗吧。"

那首诗是这样的：

> 知者不惑仁不忧，君胡戚戚眉双愁？
> 信步行来皆坦道，凭天判下非人谋。
> 用之则行舍即休，此身浩荡浮虚舟。
> 丈夫落落掀天地，岂顾束缚如穷囚！
> 千金之珠弹鸟雀，掘土何烦用镯镂？
> 君不见东家老翁防虎患，虎夜入室衔其头？
> 西家儿童不识虎，执竿驱虎如驱牛。
> 痴人惩噎遂废食，愚者畏溺先自投。
> 人生达命自洒落，忧谗避毁徒啾啾！

待大家传阅完了，王阳明才说："这诗为什么起头就是一个'知'字？因为我们做人做事，得先'知'，才能'明'，知了明了，就没了疑虑，没了困惑，自然也没了畏惧。当官的时候，做光明正大的官，为百姓的时候，做心怀坦荡的百姓。"

邹守益听得心里一亮："先生这说的是《孟子》了，不思而知，不虑而得，不学而能？"

王阳明会心一笑，说："孟子确有这么一说，可是我们不学，怎么才能知呢？"

话到这儿，一个亲兵带来了消息，说有圣旨到了，宣旨的人正等着他去接圣旨哩。师生之间暂且只能聊到这儿了。

中秋节那天，利用节日之便，王阳明在通天岩下开了一堂课，续上了这天的讨论。

秋高气爽，几十位弟子围坐在他面前，课堂上一片静谧，只听他开讲了。他看看大家，微笑着跟大家问了声好，便问："大家听见的是什么？"

大家想都不想就回答："先生的问好。"

王阳明不再说话，而是用眼神示意："现在听到的是什么？"

大家就都摇头，表示什么也没听见。

王阳明又问："你们看得见我对吗？"

大家笑着说："我们当然能看见先生。"

王阳明说："那你们把眼睛闭上呢，能看见什么？"

弟子们回答："什么也看不见。"

王阳明问："什么也看不见吗？"

弟子们答："看见了黑暗。"

王阳明说；"这就对了。我说话的时候，你们听到了我的声音，没有声音的时候，你们听到了静，睁开眼睛你们能看到我，能看到同学，还能看到这个讲堂，讲桌等等，闭上眼睛的时候，你们看到了黑暗。除了听和看，还有闻，我们能用鼻子辨别气味，没有气味的时候，我们也能辨别'无味'。除此之外，我们还能感觉，比如说，我们的后脑并没有长眼睛，但如果身后来个人，我们就能感觉到。再比如，有人掐你一下，或者蚊子叮你一下，你都会有反应。再比如，夏天的时候，我们感觉太阳很燥热，秋天的时候，我们感觉秋风很凉爽。诸如这些，我都把它叫'知'。"

他说："在座的都阅读过我的《啾啾吟》，'知者不惑'说的是一种不存在疑惑的认知，其实就是良知。但人的天赋不一，有的生来就聪明，有的却又生得愚笨，这就注定了人与人的认知不能同步，不能一致。就眼、耳、鼻、舌而言，各人的认知深浅都是不同的。良知是天生的，当我们出生那一天，就有了。但因为我们有眼、耳、鼻、舌，有它们不断为我们提供着对这个世界的表面的认知，我们便将它忘记在内心深处了。用佛家的话说，我们出生之后，便被遮上了无明。我们为什么要学习，正是为了通过学习找到这个被遮蔽了的东西，这个与生俱来却被我们忽略掉的东西，这个叫'良知'的东西。我们找到它，将它擦亮，内心明亮了，做人做事就不会心存疑虑，不会畏惧。"

他说："《大学》所说的'明德'，指的就是这颗被擦亮后的良知。

所谓'格物致知',讲的正是格去良知上的灰尘,致良知。为什么常言总说'做事要用心',要'用心听',要'用心看',这个'心',指的就是良知。就是说,我们不能只凭眼睛去看,也不能只凭耳朵去听,在听在看的时候,我们一定要让良知做老师,在它的指导下去看、去听、去行。只有这样,你才能把人、把事做好。做官才能服务于民,做民才能遵纪守法……"

坐在他旁边的盛茂实在忍不住了,便插话问道:"请问大人,这说的是'圣人无所不知,无所不能'吗?"

王阳明笑道:"圣人也不是无所不知,无所不能的。圣人知道人人都有良知,知道用什么办法才能找到良知,并将它擦亮。但圣人却不一定知道糖醋鱼怎么做,也不一定知道牡丹花要怎么养。他能做的,也只是凭着良知去做一些别人看上去不那么容易的事情,但你若让他将一块石头打成猪食槽,他肯定不如一个石匠做得好。"

他说:"圣人不是神人,圣人只是一种坚守良知、照着良知做事的人,是我们应该做的一种人。"

在他这里,良知学问竟是如此简单明了,可不管他讲了多少遍,讲得多么通俗易懂,还是有人听不明白。在白鹿洞书院的时候,他的老乡、巡按御史唐龙和按察司提学佥事邵锐就属于这样的人。

这两人在白鹿洞书院听完他的课,不是像别人那样茅塞顿开,倒像反而给听进了一脑子茅草了。

那唐龙说:"你这学说,在南昌啊、赣州啊,私下里讲讲无所谓,怎么能拿到白鹿洞书院这样的地方来讲呢?"

王阳明不明白了:"我这学说怎么了,难道见不得天光,是强盗学说?"

唐龙说:"大人看看这明伦堂吧,墙上张贴着朱子的《揭示》(《白鹿洞书院揭示》),为什么啊?朱子学说是朝廷钦定的,是正经学说,我们世世代代学了几百上千年了。可今天你却用另一种说法来解读他的'格物致知',试图走另一条道路,你不怕别人说你求新立异,违背朱子学说吗?更何况,考场上考的都是朱子学说,学生们来你这里求学,为的是能考中个进士,你却给他们讲良知学说,这不是耽误学生的学习吗?"

那邵锐也说:"下官也觉得,良知这种学说,不适应在府学和县学里讲,尤其不能大讲特讲。本人身负督学责任,得考虑学生们的前程。"

王阳明说:"你们为学生前程考虑,我很能理解,但我很想知道,如果撇开学生前程的担忧,你们是不是认同我的良知学说呢?"

唐龙说:"请问大人,你的意思是,朱子错了,而且几百年来天下读书人都一直走在一条错误的路上吗?就你的良知学而言,在本人看来,不过是陆象山的'我心即宇宙'换汤不换药的一种说法而已,况且'我心即宇宙'的说法,是挨过朱子批的。那么,你这不是公然否定朱文公吗?"

邵锐也紧跟着说:"我们可都是朱子学说的忠实信徒。"

王阳明深深地叹了口气,点点头,说:"你们说,'不能耽误了学生的考试',我很认同,但你们说,会耽误学生的前程,我不认同……"他还想做些解释的,但那两位已经不想听了,末了他只好自己半路刹车。看他们已经站起来打躬作揖要告别,他便向他们推荐了《朱子晚年定论》,那是在赣州的时候,他和一帮诚心推崇心学的弟子刻印的。他希望这两位能抽时间看一看,解除心中的误会。但这两位却告诉他,他们手上有《朱文公全集》,不用再读别的书了。

41

正德皇帝驾崩,临死时说过一句话:"我这半辈子,做过很多错事。"所谓"半辈子",大概是因为他临死时才三十一岁,他认为还没活满一辈子吧。若我们站在他的位置去想,就还能想到,他要是还有下半辈子可活,那他一定会悔改,会做个好皇帝。

这句遗言,其实是阳明心学的"人人皆有良知"的非常好的一个例证,可是,十四岁的新皇帝嘉靖登基后,并没有给王阳明的心学带来起色。一些迂腐的朝廷官员甚至趁新皇帝少不更事,在朝上公然上奏说:王阳明现在到处传播妖言邪说,希望皇帝下旨剿灭阳明心学这股新兴学说。

明明是一池清水,硬给这些人搅得七荤八素,朝廷里那些心学弟子很是不平,刑部主事陆原静写信将这些情况告诉了王阳明,并表示自己将在上朝时为"阳明心学"鸣不平。可王阳明却回信说:"面对诽谤,我们最好的办法是一笑了之。良知学说,是我半身磨砺、苦学而得,并不是信口之词,不需要争辩,也不怕一时的误解。每一件新事物的出现,人们都需要一个接受的过程,一般情况下,年轻人接受起来要快些;年老之人,因为旧的东西已经在他们身体里根深蒂固,所以再容新的东西就很难。你比如,一个吃了一辈子大米的南方人,你突然要他拿面食当正餐,他就很难接受。但如果这个南方人还很年轻,大米在他的生活中还没能形成树大根深的积习,他便很快就能喜欢上面食。还有一种,就是热爱新鲜事物的人,这样的人一般不会将自己困在某一种事物之上,他们虽然吃了一辈子大米,但到了北方,他们也愿意尝试着接受面食。前者属于内心封闭、守旧的人,这样的人,你若给他一块他没见过的高级点心,他也是不会吃的。他会说,我不要,我从来没吃过。或者说,那有什么好吃的?只因他没有吃过,他就不会相信它会好吃。所以这样的人往往迂腐、裹足不前。后者呢,则是内心开放,包容的。这样的人,什么新东西都愿意去尝试,去学习。这样的人进步往往就快,而且人生也会因此而更丰富、更不凡。"

他说:"好在良知学说,说的是良知,是人人皆有的东西,不管是迂腐之人也好,开明之人也罢,总有一天,他都会发现它。不管这一天来得早还是晚,他们都有明白的时候。"

他说:"这些人反对我,也并不能说他们就是坏人。站在他们的角度,甚至应该把他们看成崇高的卫道士。他们捍卫的,是已经流传了几百年的学说,而他们,是它的忠实信徒,甚至是既得利益者。就像一棵生长了几百年的大树,枝繁叶茂,人们在它的树荫下安逸地乘着凉,你却要上前推倒它,行吗?所以说,他们也没有错。"

弟子们问:"那先生的意思,就这样算了?"

王阳明说:"不是就这样算了,只是不用去争辩。我们只需默默做给他们看，证明给他们看。一个始终不敢吃螃蟹的人，你总在他面前吃着螃蟹，而且还吃得津津有味，他最终就会产生要尝一口的想法，只要他愿意尝，就不怕他最后不喜欢。"

他说："就那些迂腐之人而言，他们不仅仅是不愿意接受新的学说，在平时的生活和工作中，也常常没法应变，这种人往往见变就怵，就不敢向前，就抱膝苦闷，甚至成为心疾。他们若能尝试一下良知学说，便能救他们一时一世。所以，我们可以静心等待那一天。"

他说："我们活在这个世上，一辈子都在应对外在社会事务：考试、官场、社交、人情世故等等，所以我们要读书，要学技能，要学礼仪，有的甚至还要因为职业的需要学习虚伪的笑容、谎言。良知的知，指的不是这些知识，是它本来的知，原始的知，我们叫它'觉知'。我们一生疲于外求，却忘了良知。倘若能早些反观内心，我们就不会有那么多憎恨、愤懑，就不会陷进这种负面的泥潭，而使自己身心疲累，甚至窒息而死。世人都咏荷花出淤泥而不染，却都只是肤浅地停留在它不屈事俗、洁身自爱的表面。却忘记了一个'内心'的重要。一开始，荷是被深埋在淤泥下的，因为它需要生活在淤泥里，才能开出惊世骇俗的花朵。它没有拒绝淤泥，跑到清水里去生长，而是坚守良知，在淤泥里磨炼，最后冲出淤泥，惊心动魄地开放。"

到这儿他突然记起秋试就在眼前，便笑道："所以说，你们眼下还是赶紧准备考试吧。"

42

有一次，绍兴知府南大吉来拜望王阳明，两人在伯府的"点志亭"玩投壶游戏，结果王阳明进了四个，南大吉只投进了三个。因为输了，南大吉便开玩笑说："先生不会投壶也在用良知学吧？"

王阳明笑道："一个人只要尝到了良知学的好处，便时时处处都不会放下它。"

南大吉问："那么先生难道睡觉也在用良知学吗？人睡着了，良知还要工作，那它什么时候休息？"

王阳明说："人睡觉可以，心要睡觉了，那人不就成死人了吗？元善是渭南人，能不知道'为天地立心，为生民立命，为往圣继绝学，为万世开太平'？这说的不就是良知吗，我们若人人有良知，不就天下太平吗？"

南大吉略想了一想，说："横渠大人讲过'有纯德性的知'，那么，先生的'良知'，是不是就是这个'纯德性的知'呢？"

王阳明说："德性即心性，纯粹的德性，就是纯粹的心性，纯粹的心性就是道、是良知。"

南大吉有了恍然大悟之状，他摸着后脑，看着远处，自语一般道："那'为往圣继绝学'，难道指的就是继承千古失传的良知学说？"

他将目光从虚幻处转移到阳明先生脸上，就看到了一脸安静的微笑。

两日后，南大吉再次登门拜望，手上拿了一本《传习录》和一本《大学》，一见王阳明，他便兴奋地喊起来："先生，晚生真是如醍醐灌顶了。"

王阳明开玩笑道："醍醐灌顶，那头顶是不是像抹了薄荷？"

南大吉却正色道："不瞒先生，晚生真是茅塞顿开呀。"说着，他便扑通跪到地上，恭恭敬敬磕了三个响头。起身后，便是红光满面，两眼放光。

王阳明依然笑道："看来元善现在是看太阳比往日明，看花朵比往日艳了？"

南大吉说："正是啊。我们整天被身外的东西困扰，这里踩空，那里碰壁，鼻青脸肿，内心一片黑暗，还不看什么都阴暗三分吗？正像先生所说，把心擦亮了，就看什么都清了、亮了。"

他说："实不相瞒，最开始我也是抵触先生的良知学说的。"他将手上的《传习录》扬了扬，说："这书，我也是去年就读过了，但因为心有成见，并不认同。后来陆续听了先生几次讲课，也没敢动摇。两天前你提醒我的'为天地立心，为生民立命，为往圣继绝学，为万世开太平'，一下子就点醒了我。我一下子就明白了，先生的良知学说，实际上就是横渠大人的'纯德性的知'，而横渠的学说，宗源是孟子。这样一来，再读《传习录》，就一通百通了。心即宇宙，天人合一，如此做人，才是真境界啊。所以，我真是惭愧啊，竟然这么晚才来拜师。"

王阳明微笑着说："良知才是我们最好的老师，拜人不如拜它啊。"

又说："太在意这个，就不对了。清净的心，即是无念之心，不存恶念，也不存善念。正如一块玉，它的本质是块石头，人们根据自己的喜好把它雕琢成这样、那样，拿来买卖、交易、玩耍，那都是因为人的私欲和虚荣，人为地让它变得世俗了。我说的'致良知'，就是要我们恢复心的本质，而心的本质，就是良知。"

南大吉那刚刚还明亮如灯的眼睛，又渐渐起了云雾，他弱弱地问道："难道，良知不就是道？"

王阳明点头说："是的。"

南大吉又问；"那么道，难道不就是天理？"

王阳明说："是的。"

南大吉深吸了一口气，好像是为了让自己后面的话变得更有底气一点。他说："那么道也好，天理也罢，难道不是善？"

王阳明摇头，说："无善无恶。"

南大吉又深吸了一口气，但这一回他看上去却是十分无语了。

王阳明笑了笑，觉得自己又得打些比方了。他说："食肉动物要吃食草动物，这是天理，你能说这是食肉动物恶吗？"

见南大吉一时反应不过来，他接着又说："屠夫的工作是杀猪宰羊，你能说他是恶吗？"

南大吉张了张嘴，似有话要说，王阳明便停下来，等他说话。

"如果狼咬了先生家的羊，也不算恶吗？"这便是南大吉急于想说的话。

王阳明笑起来，他说："站在狼的角度说，不是，站在我的角度说，就是。"

南大吉得意地做出一副等着他自圆其说的表情，像所有将对手逼近墙角的人那样两眼放光。

王阳明便是那个被他逼到墙角的人，但正如上面那个例子一样，这只是南大吉的想法。在王阳明那里，南大吉不仅没把他逼到墙角，他倒是看到南大吉的两腿给藤蔓拌着，随时都有栽跟头的危险。

王阳明用他惯有的慢条斯理的动作喝了口茶，又笑了笑，才说："在狼那里，弱肉强食是生存规则，所以它吃羊是天理。但站在我的角度，因为那是我养的羊，属于我的私人财产，它咬了我的羊，便是侵犯，所以这是恶。这都是因为一个'私'字，产生了一个'恶'的概念。"

南大吉等不及他话音落地，便紧追着问："那么这件事情的天理在哪里？也就是良知，良知在哪里？"

王阳明说："在我应该把羊看好，把羊圈修牢固。"

南大吉哑然。

王阳明喝茶。

南大吉又起劲了："那先生的意思是，狼来咬我的羊，我要是拿枪打它，我就是恶了？"

王阳明说："在你的角度不是，在狼的角度就是。你若能听懂狼的语言，你杀它的时候，一定能听见它喊的是'天理何在呀'。"

这后面半句是玩笑话，王阳明是笑着说的，但南大吉却没笑，他更像是撞上了一头雾水，两眼徒劳地睁着，却什么也看不见。

王阳明只好打住笑，又开起了另一个玩笑。他说："当然，如果狼吃饱了还要去捕猎，那就是贪婪，就是恶了。"但这道理其实是很严肃的，所以，他虽然用了玩笑的口吻，可到头来自己也没觉得有多好笑。

他说："比如打猎吧，猎人以打猎为生，杀生就不是恶，但一些人吃饱了撑的，跑进森林里打猎取乐，那就是恶。"

他说："再说这善吧，假如一个人想放倒一头大象，他一个人做起来很吃力，你在旁边见了很同情他，便上前帮他，你肯定认为，你的行为是善吧？但这个人却是为了取象牙去卖，为了满足自己发财的欲望呢，你还觉得你的行为是善吗？"

"那要是因为这头大象伤害了他或者他的家人呢？"南大吉突然问道。他为自己好不容易抓到了一线生机而得意。

王阳明说："那就是大象违背了天理，违背了良知了。"

南大吉紧逼着追问："那我帮那个人，算是恶还是善呢？"

王阳明说："这是主持公道。"

又说："但主持公道，就得问问那大象为什么会伤害人了，是大象疯了吗？它又不吃肉，为什么要伤害人？不是疯了，那又是什么？是受到了这些人的伤害，发起了自卫和反击吗？如果是前者，患了疯病的大象攻击人，虽说不是天理，也不能算是恶。如果是后者，那就不是大象的不是，而是人的不是了。"

南大吉一张脸木在那里了，像是突然给人劈头浇了一桶冰水，把他的表情给凝固住了。

王阳明喝着茶，等他慢慢"活"回来。

那是足足半盏茶的时间。

王阳明看着南大吉的脸部皮肤慢慢变松、变软，眼睛里渐渐有了光，才冲他笑了笑。

活回来的南大吉，却又像发条上过了头的机器那样弹了一下，随后两眼放光地问道："那么，所谓道，就是公道？天理即是公道？良知也就是公道？致良知，也就是找到公道？"

王阳明荡开一脸的笑容。

可南大吉的问题又来了："照大人所说，那么那些土匪，不就是以打砸抢为生吗？那他们也不是恶了？"

王阳明不笑了。他说："土匪为什么叫土匪，就是因为他们是一群违背了良知的人。人可以打猎为生，可以农耕为生，可以经商为生，可以从政为生，这都是天理，但若以杀人放火为生，就是违背天理了。"

南大吉说："那刑部的行刑人呢？就以杀人为生。"

王阳明说："那是杀死刑犯，杀的是该杀之人。再说了，行刑人只是执行刑部的命令，就像刀只是执行杀人者的命令一样，你能说刀是恶吗？"

讨论这样冰冷的话题，他总算是没法微笑了。"点志亭"旁边有一片白玉兰，此时正开得热闹。王阳明将目光投向那片繁花，说道："就像那片玉兰，因为它是玉兰花圃，要是进来了一棵玉米，那这棵玉米就会被园丁视为恶，就要将它除掉。可同样的，一株玉兰要是长到了玉米地里，不管它开得多美，农民也是要把它拔掉的。为什么？因为'善与恶'不过是一种意动的东西。你爱兰花，所以兰花是善，它边上的草就是恶；你喜欢草坪，草就是善，那么草坪里的花也成了恶。良知上本身不存这些东西，这些东西全存在于你动了心。我为什么时常把良知比作一面镜子，就是因为，镜子里本身是没有像的，但只要你去照，它就有像了。正因为它有这个功能，我们才要时常找到镜子，时常照照，要照才知道自己脸是不是很脏，要洗去脏，我们的脸才干净。这心，也要时常照照，才能明白是与非，明白了是与非，我们把'非'格去，把'是'留下，'知行合一'，才是正人君子啊。所以我总结了四句话：无善无恶心之体，有善有恶意之动，知善知恶是良知，为善去恶是格物。不知道你们是不是能够认同？"

南大吉深叹了一口气，这是浑身通透的一声叹息，随后他的脸上便泛开了明媚的笑容。

不知道是不是听了王阳明这一席话的原因，南大吉回去后的第一件事，便是将他的府衙大堂改名为"亲民堂"。

43

绍兴知府南大吉成了王阳明的弟子，绍兴的稽山书院便成了良知学的讲堂。来听王阳明讲学的，不仅有绍兴本地人，还有江西、广东、福建、浙江、湖广等四面八方的读书人。听讲的人太多，"明德堂"装不下，讲堂只好搬到堂前的院子里。"明德堂"门楣上挂着"学致良知"的匾牌，下面是密密麻麻的良知学弟子。正好那时令天气又好，春天的日头，欲抱琵琶半遮面地露着半个脸，阳光落在身上暖暖的，温柔的春风中，不时夹着花香。

　　春为万物催生之季，王阳明的良知学说也在这个春天开始了大规模的播种。

　　随着王阳明的课堂开启，南大吉新刻了《传习录》，这又算是加大了传播力度。但即便是这样，很多人还是不信他，这其中还有很多是朋友。余姚的老朋友钱蒙就是其中一个。说起来，钱蒙的三个儿子都是王阳明的弟子，但这都不是钱蒙的意思，而是孩子们自作主张投到王阳明门下的。钱蒙之所以没有反对，那也是碍于朋友的面子，不好反对。但平时的旁敲侧击，甚至大张旗鼓的讨论是免不了的。

　　这年清明，王阳明回余姚扫墓，顺便去探望老朋友，那钱蒙虽热情招待，但嘴上却不饶人，说："我的孩子们都跟你学良知说，可考场上却考的是朱子学。依我看，他们跟着你学得再好，要是考试卷答不好，中不了进士，便耽误了哩。"

　　钱蒙是双目失明之人，看不到王阳明的表情，便不怕老朋友下不来台，继续说："往远了说，我们钱家祖上可是吴越王，往近了说，我们钱家门前可竖着一块进士牌坊，这些可都是光辉历史。到我这里，我一个瞎子，自然是没法光耀门庭了，可我还得把这个希望寄托于孩子们身上哩。我们暂且用你的良知学说来理论一下，你觉得耽误孩子们的前程，算不算没良知呢？"

　　这话问得太不讲情面了，王阳明还没来得及反应，他身边的钱德洪急忙接过话来，说："爹您有所不知，我们虽然学着心学，却并没有放弃应试的准备。《应试大全》提供的，无非就是一些应试考题，记记背背，应付考试可以，可对于怎么做人，并没有用处。"

　　钱蒙急了："考试考不好，你就做不了官，上不了台阶，就得做人下人，怎么叫对做人没有用处？"

　　他说："你们阳明先生跟你们讲做人不要在乎名利，那是因为他身为爵爷，已经尝过名利的滋味了，说白了，那叫站着说话不腰痛呢。你们都没做上官，怎么就敢说不要在乎名利了？"

钱德洪也急了，说："就拿阳明先生来说，爵位也不是考试得来的，而是他立德、立功得来的……"他还想往下说，王阳明轻轻拉了拉他的衣袖，将他打住了。

虽然钱蒙两眼一抹黑，但王阳明还是向他倾着身体，满脸微笑。他一点都不像是在争论，倒像是两个老朋友拉着家常。

他说："心渔翁说得对，如果我耽误了德洪他们的前程，那自然是叫没良知了。可是我得告诉你，心学和考试不冲突。考试，是生活中的一种社会规则，孩子们通过考试谋取一份官职，谋取一份体面的职业，同时还能满足做家长的愿望，光宗耀祖。良知学便是为了告诉孩子们，人活着需要一份职业来维持生计，所以读书参加考试，遵守社会规则，这是天理；作为一个读书人，读好书考好试，是一个读书人的天理，作为一个孩子，满足父母的愿望，光宗耀祖，是一个孩子的孝道、良知。同样是孩子，学的又都是同样的课本，但明明白白地学，跟盲目地学，效果完全不一样。当孩子明白这是天理所在，他就能心甘情愿，全心全意地去学。如果不明白这一点，那学起来就很被动，被动便产生痛苦，痛苦便导致厌学。我打个简单的比方，心渔翁你双目失明，我若不告诉你前面是条大路，也不告诉你去前面干什么，而只是一味地把你往前推，这路你会走得好吗？但你若眼前明亮，看得见路，知道我们要去哪里，还用得着我在后面推吗？"

说到这里，他故意停了下来，想听钱蒙说点儿什么。可钱蒙固执地闭着嘴。因为眼睛无光，他看上去并没被王阳明说服。

王阳明只好接着往下说："今年的秋试上，魏良政中了江西省解元，举子第一名。魏良政你是知道的，去年在会稽山陪你爬山的那位，也是我的弟子。山阴的钱梗，也是我的弟子，这次秋试也中了咱们浙江的解元；吴仁、孙应奎、郑寅、孙升等都是良知学弟子，也都是今年的新举子，而且孙升还是第一次参加考试。"

他说："怎么应试，那不过是技巧问题，但怎么做人，却是人生智慧。一个人不知道该怎么做人，那即使他中了进士，当上了官，也为不好官。

所以我不同意心渔翁的观点，说良知学说是会耽误孩子前程的。我倒是认为，孩子们心里早早地就有了良知，知道该怎么做人，反而会更加前程远大。"

钱蒙终于清了一下嗓子，这便是要说话的意思了。王阳明停下来，安静地等待着他发表意见，结果等来的，却是"先生喝茶、喝茶"这样一句客气话。但不管如何，这位刚才还情绪激烈的家长，心情已经平和了。

王阳明会心一笑，端起茶来喝了一口，诚恳地说了一声"谢谢"。

有过这一出，十一月，钱梗进京赶考进来请益，完了王阳明就催钱德洪赶紧进京赶考。

钱德洪说："弟子并不贪恋身外虚名，倒是一心想求心中富贵。"

王阳明不高兴了，他说："为子当孝才是良知，你的良知学学到哪里去了？"话到这里，又笑起来："钱家还指望你光宗耀祖呢。"

他说："圣贤和普通人的区别在于，圣贤求的是有良知的名利，也就是名副其实的名利。这种名利，不光能光宗耀祖，还能造福于人。圣人之所以叫圣人，就是他能把该做的事都做好，把该尽的责任都尽到。倘若你过于计较参不参加考试这个形式，便说明你还没真明白良知学问，或者就是没有'知行合一'。"

先生既这么说，钱德洪便高高兴兴地赴考去了。

第二年三月，钱德洪从北京回来，带回来一个"贡士"。他和王畿都十分顺利地通过了礼部的会试，但都放弃了由皇帝亲自主持的殿试。为什么？他们没有说，但他们告诉阳明先生，要拿个进士，对于他们来说就是举手之劳。很显然，他们的志向不在于拿个进士。由弟子们自发集资修建的"阳明书院"早在去年十月就竣工了，他们更希望投身于书院，跟着大人传播圣学。在他们看来，这个世界上，多他们两个人做官并改变不了什么，但多他们两人传播圣学，却能多一片天下仁和啊。

除了他们，钱梗、管见、朱演等几位绍兴的心学弟子也都是金榜题名。不管如何，他们都有力地纠正了一个误解：即学习良知学问是耽误科考的。

44

但凡读书人，都有养花的雅兴，心学弟子薛侃更是对这方面痴迷。阳明书院是有专门的园丁的，但薛侃倒显得比园丁们还勤快。这春暖时节，不光花开得欢，杂草也长得快。偏偏他眼里又是容不得杂草的，所以只要稍有闲暇，他便一头栽进花园里，风雨无阻。

王阳明自来身子骨就弱，进入晚年之后，更是病不离身，因此，除了坚持站桩，他每日都要到园内散散步，遇上薛侃打理花园，他们便有一句没一句地聊聊。

薛侃是个勤奋之人，但这草除完了又长，除完了又长，看上去没完没了，他也免不了要抱怨："先生您说，为什么这天地之间，善难培养，恶难铲除呢？！"

王阳明问："你说花是善，草是恶？"

薛侃说："嗯啦。"

王阳明静静地叹了口气，说："你就没有培养善，也没在铲除恶。"

薛侃莫名其妙，他天天在这里除草，天天都在这里浇花，先生也是天天都看见的，这下怎么说他什么也没做呢？他当时因为除草，弄得一头一脸的汗水。这下拿手一抹汗，又抹了一脸的泥。王阳明看着他那张满是迷茫的花脸，忍俊不禁了。

他笑道："你呀，如此看待善恶，因为从形体上着眼，错误在所难免。"

薛侃这回更是如坠云里雾里了。

王阳明只好耐心解释了。他说："天生万物，就和花园里有花又有草一样。哪里有善恶之别？你想赏花，花就是善的，草就是恶的。可如果有一天，你想做片草坪，草又是善的，草坪里的花就肯定被你当成恶的了。这种'善恶'都是由你的好恶产生的，所以你该明白它是错误的了。"

薛侃说："这样说来，岂不是无所谓善和恶了？"

阳明先生回答道："无善无恶是理的静态表现，有善有恶是由于气的发动，能不为气所动，就会无善无恶，就是至善。"

薛侃又问："佛家也讲无善无恶，和儒家所说的有什么不同呢？"

阳明先生说："佛家着意在无善无恶上，便一切都不管，所以不能用来治理天下。圣人所说的无善无恶，只是'无有作好'，'无有作恶'，不被气所动，不过是'遵王之道，会其有极'，就自然完全遵循天理，就能对天地之道进行取舍，作为人安身立命的辅用。"

薛侃问："草既然不是恶的，那么草就不应该去除了？"

阳明先生说："要是这样认为，那就是佛家、道家的观点了。草如果成为障碍，你除去又有何妨呢？"

薛侃问："这样做是行善呢？还是作恶呢？"

阳明先生说："不着意去为善除恶，不是说善恶全无区别，那不成了全无知觉的人了吗！所谓的不作的意思，只是对善恶的区分完全遵循'理'，不在'理'的上面再去着一丝人的意思。这样，就是不曾有善恶一样。"

薛侃问："以除草来说，怎样才是完全遵循天理而不着人的意思呢？"

阳明先生说："草有了妨碍，理当除去，那就除去就是。如果一时没有除掉，也不要因此而牵累到此心，如果在心中着了一丝意，就会给心体留下痕迹，就会有许多动气的地方。"

薛侃说："如此说，善恶完全不在外物上面？"

阳明先生说："只在你的心中，循理就是善，动气就是恶。"

薛侃说："毕竟外物本身没有善恶。"

阳明先生说："在心上如此，在事物上也是如此。世间的俗儒不懂这一点，舍弃内心去追逐外物，将格物的学问错看了，整日在心外孜孜以求。只做得个'义袭而取'，终生下来，也只是'行不著，习不察'。"

薛侃问："像'好好色，恶恶臭'，该怎么解释呢？"

阳明先生说："这正是完全遵循天理，是天理本该如此，它本来没有私意去为善去恶。"

薛侃又问："好好色，恶恶臭，又怎么能说没有着意呢？"

阳明先生说："这种意却是诚意，不是私意，诚意只是遵循天理。虽然是循天理，也着不得一份人的意思，所以心中有一点愤恨好乐，心就不得其正。必须是廓然大公，这才是心的本体。懂得这一点，也就知道'未发之中'的意思了。"

不知什么时候，孟源来到了这里。听他们聊得这么有趣，他也插上了嘴："先生刚才讲'草有妨碍，理亦宜去'，为何又是从私意发起念头呢？"

阳明先生说："这需要你自己用心体会自己的心念，你要除草，是什么心，周茂叔窗前的草不除，又是什么心。"

45

王阳明体弱多病，而且已近花甲，若按他自己的心思，静下来教学，是再好不过了。可这个时候，朝廷却起用他为左都御史，总制两广、江西和湖广四省军务，要去讨伐广西田州叛乱。王阳明上奏《辞免重任德乞恩养病疏》，意思是请个病假，但没得到皇帝的准假。

既然如此，他就得拖着病弱之躯平乱去了。临走前，他将书院交代给了弟子钱德洪和王畿。这两位已经在书院做了一年的教师，已经是书院的骨干了。所以他希望自己走了之后，由他们二人担起掌教的责任来。那二人见先生如此信任自己，自然是欣然接受了任务。于是，王阳明让钱德洪掌管余姚天中阁的教务，王畿掌管绍兴书院的教务。

那当口，又遇上新科进士钱楩来拜访。钱楩被分配到晋江做百里侯，上任前回家祭祖省亲，便看望阳明先生来了。

看钱楩信心勃勃赴任的样子，王阳明心里既欣慰，又免不了想多叮嘱几句。

几句寒暄过后，两人就着一杯清茶坐下，王阳明便语重心长地说："世材呀，过去是读书，这往后就是做官了。比较起来，做上了官，比读书时修身就更难了。人在仕途，如果没有良师益友时常提醒、劝勉，人就会不知不觉沉沦于世俗。这就是为什么，有志之士都喜欢有一个座右铭，因为从某种意义上说，座右铭就是一面镜子，也像是一位良友，每每看见它，就能提醒自己。我说，做学问要'立志、勤学、改过、责善'，做官也一样。我们虽然已经做了官，并不代表我们就不用学习了。为师这一辈子，可不天天都在学习吗，只有不断勤学，才能进步。我们立下了圣贤志，就要做一位圣贤官，所以，曾经的教条，是一辈子都有用的。要想做好官，必须先做好人啊。"

他说："这样泛泛地讲，你可能不好记住。我讲具体一点吧，就是良知随时都要醒着，不能让它打瞌睡。关于这一点，有些办法可以检验。比如说，人在得意忘形的时候，是不是能立即刹车？在暴怒的时候，能不能静下心来自省？贪婪心起来的时候，能不能认出它，并且将它按下去？我们做官，心中得始终高悬着一面明镜，这镜子不是为照别人，而是为照自己。"

那钱梗，进来时还是一副兴冲冲志得意满样子，听了阳明先生这番教诲，那满脸的亢奋不见了，取而代之的，是一种平静，一种蓄势待发的平静。他没有回答阳明先生，先生的话他都记下了。他没有向阳明先生下什么保证。阳明先生只需看看他那一脸平静，看看他那坚定的眼神，就明白，自己刚才那番话，他是听进去了。

弟子赴任去了，先生也该起程了。王阳明写了一篇《客座私祝》帖，要钱德洪他们悬挂于会客室的墙上。"客座"，也就是我们现在叫的"客厅"，会客的地方。"私祝"，也就是"私嘱"的意思。

此帖写道：

"但愿温恭直谅之友来此讲学论道，示以孝友谦和之行。德业相劝，过失相规，以教训我子弟，使毋陷于非僻。不愿狂燥惰慢之徒来此博弈饮酒，长傲饰非，导以骄奢淫荡之事，诱以贪财黩货之谋；冥顽无耻，扇惑鼓动，以益我子弟之不肖。

呜呼！由前之说，是谓良士；由后之说，是谓凶人。我子弟苟远良士而近凶人，是谓逆子，戒之！戒之！

嘉靖丁亥八月，将有两广之行，书此以戒我子弟，并以告夫士友之辱临于斯者，请一览教之。"

读了这篇帖子，便可见王阳明那颗为师之心的良苦了。这哪里仅仅是一位老师的嘱咐，更像是一位慈父的嘱咐啊。父亲要远征了，除告诫在家的孩子自己要好好做人好好做学问，还要告诫可能来家走访的客人：不要带坏了我的孩子。

帖子是钱德洪和王畿一起挂到墙上的，挂完了，两人也不打算离开，一副有话要说的样子。于是，王阳明问他们："还有事吗？"

两人你看看我，我看看你，最后是钱德洪开了口。他说："我们两个在先生的'四句教'上理解不一致，想在先生走之前搞明白。"

王阳明笑道："有争论就好。"说着话，他示意两人跟着他。他们出了客厅，到了旁边的天泉桥上。

那时已是傍晚，西天一抹火烧云，将整个天地笼罩在霞光之中。三人临风站了，王阳明说："说来听听？"

钱德洪说："'无善无恶心之体'，良知原本是无善无恶的，无善无恶便是至善，对圣人来说是这样的，但对于普通人来说，就难免有私欲、私心，这些意念一发，便生出了善与恶来，所以要求我们在一念发动之处，便将不善的念头克制住。是与非，一问良知便知道，所以说，'知善知恶是良知'，既然良知能知善知恶，我们照着良知，便能除去恶念，所以'为善去恶是格物'。我认为，大人这'四句教'是良知学说的根本、宗旨，我们讲学，就得按照这个去讲，一个字都不能改。"

说完他看向了王畿，这就是要王畿说话了。

王畿看看阳明先生，又看看钱德洪，最后却把目光投向了天边的云霞。他说："既然心的本体无善无恶，为何意之动又能生出善与恶来呢？心既'无'，为什么又能生出'有'来？"说到这里，他将目光收回来，望着王阳明。显然，有了前面的这些设问，他便觉得自己有了跟先生对视的信心。那双明澈如静水的眼睛里，除了诚恳的请教，还有那么一点羞答答的信心，它试图想告诉先生,他有不同的看法。

王畿说:"如果心是无善无恶的,那么意也会是无善无恶的,意既然是无善无恶的,那么知也是无善无恶的。所以我认为:无心之心则藏秘,无意之意则应圆,无知之知则体寂,无物之物则用神。"

王畿话音刚落,钱德洪便红了脸,着急想要争辩。王阳明微笑着示意他打住。

王阳明说:"论学论学,就是争论。但争论得有原则,这是我在中天阁就讲过的。一是要学会聆听,先把自己的见解放在一边,用心去听别人的见解。而不是像打架一样,不攻则守。你守着防着,就听不进别人的意见了。二是要学会欣赏,别人立论,肯定有他的道理。每个人的视野、阅历都是有限的。简单地说,眼睛再亮的人,也没法看到自己的后脑不是吗?所以,不论对方的观点错与对,我们都要认真听。对的,于我们是长学问,可以提高自己,错的,于我们也是一个提醒,因为我们从此便知道那条路不能去。所以说,第三就是要学会接纳了。辩论的时候,我们需要打开心扉,需要用一颗包容的心去对待别人的见解。"

他想起了禅家的惠能和神秀,神秀说:"时时勤拂拭,莫使惹尘埃。"惠能又说:"本来无一物,何处惹尘埃。"

他觉得,钱王二人的争论,很有点儿这种意味。看似两种极端的观点,其实境界都是一样的。

所以他说:"你们两位说得都对,我这里接引朋友,原本就有两种方法。人原本就有两类,一类是利根之人,一类是钝根之人,这本来是佛家的说法。利根之人是特别聪慧的、一点就透的一类人;钝根之人是比较笨拙、愚昧之人,只能是一步一个脚印,慢慢学习。对于利根之人,一悟本体即是功夫,一了百了,王畿所讲的正是我这里讲的利根的人;但对于一般普通人来说,还是要讲为善去恶,要讲知善知恶。你们两人的见解,正好相资为用,千万不能各执一边。今后讲学,千万不能失了我的宗旨——'无善无恶心之体,有善有恶意之动,知善知恶是良知,为善去恶是格物'。只依我这话随人指点,自没病痛……良知本体原来无有,本体只是太虚。太虚之中,日月星辰，风雨露雷，阴霾饐气，何物不有？而又何一物得为太虚之障？人心本体亦复如是。太虚无形，一过而化，亦何费纤毫气力？德洪功夫须要如此，便是合得本体功夫。"

他说："你们这一争论，倒是提醒了我，为师研究了一生的良知学，是早该有个定论了。我这后半生都在讲'心即理'，在讲'致良知'，在讲'知行合一'，听上去好像都是在讲不同的东西。现在好了，我归纳成这四句话，就统一起来了。听的人，也好理解。你是愚笨的人也好，还是聪明的人也罢，这都是我们做人的功夫。"

46

一切安排停当，王阳明起程了。到达衢州府上航驿站的时候，天下起了大雨，一大群迎候他的人站在雨中。王阳明问上前来搀扶他的驿丞："大家为什么不在屋里躲着雨呢？"

驿丞说："听说王都堂要来，这些人都站这里一个上午了，这雨也是刚下不久，大家都不愿进屋躲雨，怕错过了见都堂大人的第一时间。"

王阳明问："这些人是有冤情要上诉吗？"

驿丞说："大人看看他们像吗？"

王阳明朝雨中看去，只见那些人自觉分两边站着，目光平静，还真不像是要拦路喊冤的样子。而且这一看，他就看见里头有好几个秀才模样的人。他心里不禁嘀咕：这又是为啥呢？我一黄皮寡瘦的老头子，有什么好看的？他有驿丞为他打伞，那些人却是光着脑袋任雨浇。心里不安起来，他便冲他们吆喝："都回屋里去，都回屋里去，这么大的雨，你们这是想洗澡吗？"

都知道王阳明是一平易之人，他既然开起玩笑来，大家就开心地笑。笑声"哗哗"地起来，竟然赛过雨声。

一路看着他进了驿站,他们又像潮一样涌上前去,停在门口。驿站是衙门,不是谁都可以进的。更何况,里头又刚进去了一位都堂大人,就更不能随便进了。他们站在雨中,你推我搡,拼命伸着脖子,踮着脚,都争着要看王阳明。雨水从头顶灌下来,淹没了眼睛,淹没了嘴。因而他们一边拥挤着,一边还得不停地抹脸,得把雨水抹开,才能看得清。有人甚至挤掉了鞋,但因为害怕被挤到后面去了,他也顾不上鞋了。

王阳明原本以为他们会跟着他进门来的,他们不是冲他来的吗?他想。可见自己进了门,他们还停在雨里,他便冲他们喊:"你们不进来了?"

没有人回答他,又或许因为雨太大,有人回答了他也听不见。

这样,他只好说:"要么进屋来,要么回去,不能待在雨里,会淋出病来的。"

这回他听见回答了。那人为了能让他听得见,嗓门可真大。

"淋雨怕什么,我们想听大人的良知学!"喊话的是一位秀才,若不是亲耳所听亲眼所见,你真没法相信他那瘦骨伶仃的身体里能发出那么洪亮的声音。

王阳明扭头看了看身边的驿丞,驿丞也正看着他。只是当遇上王阳明的目光后,驿丞才赶紧低下了头。那年代官场中等级森严,下级一般不能直视上级。王阳明虽是全天下都知道的平易近人的人,但这时候他是以都堂大人的身份来到驿站的。老百姓可以不管不顾,他这个驿丞却不能。

王阳明本来想找他拿个主意的,见他低了头,便忍不住玩笑了一句:"门外的人争着挤着要看我,你呢?我就站你跟前你都懒得看。"

驿丞骇得赶忙抬起头,急切切要做申辩。然而,这时候最好的申辩就是把视线摆正了,看着都堂大人了。可越是这样,他越不敢看。那目光,就像吓慌了的耗子,没头没脑地乱窜乱撞。王阳明看他不光眼神慌乱,连脸都白了,便不好再开什么玩笑了。

他问:"你觉得该拿这群人怎么办?"

驿丞咧了咧嘴,看样子是打算笑,末了却没笑得出来。但有一点非常肯定:这一回,他敢认真看都堂大人的眼睛了。他甚至瞬间便恢复了一位官爷的威严,就在他离开王阳明半步开外的时候,在他刚站在自己的衙门门口的时候。他用一位粗人该有的嗓门,或许也是一位驿丞该有的嗓门,冲雨里那群人喊:"快回去!从哪里来的回哪里去!都堂大人旅途劳顿,没有时间接见你们!"

原本兴冲冲的一群人,被他这样一呵斥,就都有些蔫巴。雨还在哗哗下,雨水照样在脸上汹涌奔流,他们为了能好好睁着眼睛,好好地呼吸,依然得不停地抹脸,抹掉眼睛上的,抹掉嘴巴上的。但都没了先前的灵动,倒像是上过发条的机器,只是一些机械般的动作了。一些人已经动摇了,人群中开始有人移动。

驿丞见状,又更加威严地喝喊了两嗓子。

王阳明听不惯他那大嗓门儿,站到了他的旁边。一见他上前来了,驿丞便赶紧侧过身子站在一边,一瞬间又变成了谦恭之人了。

王阳明没管他,他的注意力全都在雨中那群人那里。他原本是位都堂大人,可看着雨中那群人,看着那些渴望求知的眼神,他却没法摆出一副都堂大人的威严来。倒是他那颗作为老师的心,那颗作为人的心,却在那些炽热的目光中化成了温润的糖水,随着那股温热和甘甜贯穿他的身体,他的脸上也荡开了笑容。他说:"多承大家的这份信任和爱戴,王某这里谢谢大家了。刚才,我听见有人说,你们来此迎我,是想听我讲良知学。这话让我听了很是欣慰,也很希望跟大家交流一下。但是,王某此去是要打仗,不能耽搁。要说讲课,那是我一生中最喜欢的事情了。可无奈我现在肩负着前往田州平乱的重任,不能懈怠。这么大的雨,大家淋着雨听我说话,我也不啰唆了。我只想告诉你们,如果你们来此的目的,真就是想听我讲良知学,那你们已经不用听了。为什么呢?这说明你们已经找到良知了。如果你们没有找到良知,又怎么会对良知学感兴趣呢,是吧?"

他的话在那群人里引起了一片唏嘘,那些湿透了的脸在大雨中泛起了光,就连那些个刚才打算退场的人,这时候也是两眼生辉。难道良知学就这么简单?这个问题随着那些转来转去的目光奔跑在那些突突直跳的脑袋里。

王阳明没学过读心术，但他依然一眼就看到他们脑子里去了。他说："是的，良知学就这么简单。"

他说："你们回去吧。回去后，先换身干衣服，再泡杯热茶喝下，等身子暖过来了，你们再细细地想。或许一想就明白了，或许怎么想都想不明白。不过没关系，我打完仗，还要从这里回，到时候如果你们还有兴趣听我讲课，我再和大家一起交流。"

人群开始松动，这一回，他们你推我搡是为了撤离。相约而来的，现在要相约而去。走吧，阳明先生这次没时间，不如我们等他回来？

三三两两的，一步三回头地散去了。王阳明冲他们挥挥手，他们回头鞠一个躬，再挥挥手，他们再鞠一回躬，如此依依念念，没完没了，最后总算是大雨帮了忙，雨幕隔断了他们的视线，他们终于看不见对方了，这缠绵的告别仪式才算结束了。

听说王阳明要到广西平乱，这一路上都有人追随。或三五结伴，或独自一人，要么在岸边，要么在码头。徐樾和张士贤便是在广信下面的芗溪驿等着，但因为这一路上都遇上这样的人，王阳明身边的随从们早已有了经验，早早地就拿人将他们劝走了，根本就不让王阳明见到他们。那之后，张士贤放弃了，但徐樾没有。徐樾是那种执着之人，又赶上自己正求知若渴。这里没见上，他干脆租了一艘船，跟在王阳明的船后面。这样一路相跟着，从芗溪驿跟到安仁县，又跟到余干县龙津驿，终于被王阳明知道了。

于是，王阳明让人把徐樾叫上船来了。

王阳明是那样一个人：不管身体有多困乏，只要见了求学的人，便来了精神。这一路上，水上陆地赶着路，他那病困交加的身体早已经有些不支，可当徐樾来到跟前的时候，他依然是一副神采奕奕的样子。

"我听说你一路从芗溪驿追来？"他示意徐樾在他对面的座位上坐下，问道。

徐樾不敢坐，红着脸杵着。看上去，他正为自己的跟屁虫行为无地自容。

王阳明说："你要这样站着，我就得仰着脖子跟你说话了。"

徐樾听了一急，赶着就要往下跪。

王阳明赶紧起身拦，他说："你若是要喊冤可以跪，你若是求学问，还是坐着的好。"

徐樾半屈的腿悬在半空，上也不是，下也不是。王阳明说："你总不能让我一直这样扶着你吧？"

徐樾那条腿像生了弹簧一般，刷就直了。他鞠了个躬，作了个揖，诚惶诚恐地坐下了。

王阳明说："你追我追得这么辛苦是为啥呢？说来听听吧。"

徐樾又急忙起身鞠躬作揖，完了又才坐下。他说："我自学先生的心学已经有些时间了，这次有幸得遇先生，就是想当面请教一下。"

王阳明问："你学到哪个阶段了？"

徐樾说："静坐。"

王阳明说："静坐只是一种形式，是为静心。静心是格去心上的浮躁，格去私欲的一种办法。那么你有收获吗？"

徐樾说："有啊，学习静坐以后，我的性子就不像以前那么暴躁了，身边人的话，即便我不想听，我也不会愤怒了。"

王阳明摇了摇头。

徐樾说："还有啊！我原先一直执着于要在乡试上拿个头名，但因为太执着，难免紧张，所以第一次乡试考失败了。后来学习静坐以后，我就不再刻意要求自己考头名了，这样一来，我反而考得很好，还真中了头名了。"

他说："以前，我的志向就是考个进士，做个官，但现在我认为，我更应该一心一意作诗文，我更喜欢诗词歌赋，更愿意做一个天下闻名的文人。"他说完便眼巴巴看着王阳明，等着大人点头称"是"。可王阳明还是摇了摇头。

徐樾既然能追王阳明追出千里之外，就不可能在这里认输，他暗提一口气，又举了许多例子，表明他学习静坐之后，在某些问题，某件事情上的改变，但最终王阳明都以摇头叹息为回应。这样一来，徐樾那颗昂扬的头不得不耷拉下来，那放光的两眼也不得不暗淡下来了。

难不成我全都错了？徐樾沮丧地想。

见他垂头丧气，王阳明觉得是该指点的时候了。他清了清嗓，又喝了口茶，才慢条斯理地问："你想知道问题出在哪里吗？"

当然想知道啦，不然追这么远干吗？徐樾把头点成鸡啄米，眼眶都红了。

王阳明说："你的问题在于，你太执着于事物之上。"

徐樾眨巴两下眼睛，把沮丧眨没了，又眨出满眼迷茫来。

他说："良知学说，不是为了让你去解决某一个问题、某几件事。它要解决的，是你的心。"

他喜欢用比喻来解释大道理，这样别人听起来才容易懂。当时已是深夜，他们面前的烛台上正好燃着两支蜡烛，于是王阳明便指着烛光说："这是光。"末了又在空中划拉了一圈，说："这也是光。"而后又指着窗外的月光说："那也是光。"再指向更远的夜空说："那还是光。"

徐樾脸上的迷茫，随着先生的指点一点点化开来，最后经江风一吹，没了。与此同时，他心上的疑团也云开雾散了。正像阳明先生说的那样，这是光，那也是光，他的心里顿时便亮堂开来。

"先生，我明白了。"他兴奋地喊道。

王阳明笑了，他说："记住，不要执着于事物，光不仅在烛上。"

徐樾一生，先后任礼部侍郎、云南布政使，也是著名文学家，思想家。王阳明的骨灰级门生王艮，在考察徐樾前后达十一年以后，便于辞世前授徐樾以"大成之学"，将他收为义子。王艮对内人说："你膝下的五个儿，都是你生的，但这一位叫徐樾的儿子，是我生的。"徐樾一生致力于"阳明心学"的学习和传播，用王艮的次子王襞的话说，是"徐为其父高第弟子，于父之学，得之最深"。

47

事实上，当王阳明的官船到达南浦驿的时候，除了三司衙门的官员外，弟子魏良政三兄弟，还有吴子金，以及府学、县学的秀才们近百人，已经迎候在码头上了。王阳明算是明白了：有这么多求知若渴的人，他是不能不讲一讲了。正好南浦有一孔庙，王阳明挤出一点时间到庙上祭拜，同时在那里讲了一课。

"良知学说，开始于江西，成熟于绍兴，今后，我们还应让它在全国发展，让它传承下去……"

一开始，是一百多位秀才挤在孔庙里听他讲，后来知情的人越来越多，来听讲的人也越来越多了。孔庙里挤不下，大家就挤在门口，挤在窗前，连窗前也够不上的，就干脆把耳朵贴到墙壁上。

"良知是千古圣学的血统，《大学》里说的'诚'，就是良知。《大学》强调格物致知，致良知，便是格物的功夫，在良知学里，也就是为善去恶的功夫。同样是读《大学》，有的人会陷进'止、定、安、静、虑、得'就出不来；会在'格物致知、诚意正心、修身齐家、治国平天下'前不知所措。为什么？因为圣学太深奥，读书人的资质也有深有浅。我这辈子，不也走了许多弯路，还闹过'格竹'的笑话吗？现在，我化繁为简，将这千百年来圣贤们一直孜孜以求的良知提炼出来，让它显而易见于读书人的眼前。而'致良知'，便是我教给大家的功夫。既然是化繁为简，我也就只总结了四句话：'无善无恶心之体，有善有恶意之动，知善知恶是良知，为善去恶是格物'，凡立志于'良知学'的读书人，只需把这四句教言吃透，便可以了……"

告别了这一波，来到吉安，弟子刘邦采、刘阳、王钊等府学和县学秀才三百多人也正等着他。这吉安，曾经成立过一个"惜阴会"，意思是要珍惜光阴。这个会是一帮文友自己成立的，每月聚会五天，大家在这五天里一起学习，互相督促。之前，他们曾请王阳明为这个会写过一篇序，那篇序叫《惜阴说》：

"同志之在安成者，间月为会五日，谓之'惜阴'，其志笃矣。然五日之外，孰非惜阴时乎？离群而索居，志不能无少懈，故五日之会，所以相稽切焉耳。

呜乎！天道之运，无一息之或停，吾心良知之运，亦无一息之或停。

良知即天道，谓之'一'，则犹二之矣。知良知之运无一息之或停者，则知惜阴矣。知惜阴者，则知致其良知矣。子在川上曰：'逝者如斯夫！不舍昼夜。'此其所以学如不及，至于发愤忘食也。尧、舜兢兢业业，成汤日新又新，文王纯亦不已，周公坐以待旦：惜阴之功，宁独大禹为然？子思曰：'戒慎乎其所不睹，恐惧乎其所不闻，知微之显，可以入德矣。'或曰：'鸡鸣而起，孳孳为利。'凶人为不善，亦惟日不足，然则小人亦可谓之惜阴乎？"

　　脚刚着陆，他便提到了这个"惜阴会"，他说："去年十月间，安福的同学们成立了一个'惜阴会'，每月相聚一起学习五天时间。刚才我听说，会员已经多达一百多人了，这真是令我欣慰。俗语说得好：一寸光阴一寸金。可在我看来，光阴比金子贵多了。金子丢了，还可以再找回来，光阴丢了，可就永远也找不回来了。时间的脚步，一刻也不曾停下，这是同学们都明白的了。所以有'惜阴会'，就说明你们都知道要珍惜时间。可是，每月只珍惜五天，是不是不够？所以我说，'惜阴会'只是个名头，我们果真要珍惜时间的话，就不能局限于这五天。时间无一刻停息，我们的良知也无一刻停息。良知就是天道，所以我们致良知的功夫，也不能停息。从不息处用功，就是致良知之道。'子在川上曰：逝者如斯夫！不舍昼夜。'朱子也说，'进学不已'，时光就像流水一样在我们身边静静地淌过，我们一不留神便失去了最美好的时光。所谓青春易逝、韶华难在，正是这样的道理……"

　　讲到这里，他疲惫的脸上出现了一抹笑容，他扬了扬手上的一张纸，那是下面的学生递上去的一张纸条，纸条的内容，是请教长生不老的秘诀。

　　他说："你们看看我这个样子会长生不老吗？我告诉你们，我不仅不可能长生不老，甚至有可能活不过你们。"这虽是玩笑，但他却说得比较认真。

　　他说："要说这长生不老的说法，我年轻时候也曾迷信过，了解我的，都知道我年轻时候进过许多寺庙，访过许多道观，那都是在寻找长生不老的秘诀呢。可最后，我还是在龙场的'玩易窝'里才悟明白了：天生万物，万物皆有生命之限，人有生有死，才是自然。如果一定要追求不死、不朽，那就只能指望我们的良知。人世间，只有良知可以长生不老，永世长存。我曾写过一首诗，叫《长生》，看来今天递纸条的同学，是没读过那首诗了。大家想不想听我吟吟呢？"

不等有人说"想"，人群中已经有人吟起来："长生徒有慕，苦乏大药资……"

第一个吟起来，第二个又跟上了："名山遍探历，悠悠鬓生丝……"

后来竟是一群人合诵起来："微躯一系念，去道日远而……"

最后，王阳明自己也跟上了："乾坤由我在，安用他求为？千圣皆过影，良知乃吾师。"

当全场安静下来之后，他微笑着看着面前那几百张脸，说："不知道我的回答，是不是令这位同学满意？"

48

正如阳明先生自己所说：千圣皆过影，生死有命。待平完广西之乱，回途中，没出广东，他便病倒了。昏睡了几天醒来，发现病榻前围了一圈的弟子，再一看这群人中竟有布和阿吉，他便惊喜得连病都好了七分。

"你们怎么在这里？"第一时间，他竟有些不相信自己的眼睛，以为这是病患造成的幻觉。

布和阿吉，虽已不再是小孩子，但如今这两位翩翩少年的脸上，依然能找到他们小时候的影子，还有那黝黑的皮肤，那山野自然养出的安恬的眼神。他们是追随王阳明求学而来的，可实在没想到来得不是时候。两人已经在他病榻前守了整整两天两夜，就等着他醒来啊。可阳明先生几天水米未尽，那份惊喜有点像阴天的太阳，亮了一下又被阴云遮住了。

两人一左一右拉着阳明先生的手，泪珠像雨点一样砸到病榻上。

这时候，弟子周积领着安南最好的医生进门来了，他希望阳明先生先让这位医生给他把把脉，再和弟子们说话。但王阳明却摇头，他用眼神示意布和阿吉不要放开他的手。他对周积说："医生只能治病，但不能救命，我现在只剩下一口气了，没有多少时间了，你让我跟他们说几句话吧。"

周积听了，只好又将医生送回去。

王阳明这里，则拼尽力气，反握住阿吉和布的手。他说："你们能从大山里走出来，到这么远求学，真令人欣慰……贵州那地方偏僻、荒蛮，但只要有读书人出来求学，只要你们把文化带回去……那里就有文明繁荣的一天。"

说这些话令他费尽了力气，他闭上眼歇了一会儿，才又睁开眼睛，问："你们那里的学校，办得怎样了？"

阿吉说："家父一直谨记先生的教导，先生走后，父亲在我们寨子建了一间学校，又资助邻寨建了一间。家父过世后，是家兄在管理学校。"

布说："龙冈书院现在已经有一百多学生了，除此之外，就我知道的邻近的一些村寨，也都有了学校。"

阳明先生安详地笑笑，说："好，这就有传承了。"

歇了一会儿，又说："你们能在这个时候到我身边，真是上天眷顾啊。我临走之前，能见到你们俩，真是很开心。"

听着这话，那两人便又都抹起泪来。

阿吉说："吉人自有天相，先生是不会离我们而去的。"

布说："我们千里迢迢追随先生而来，先生要是去了，我们可怎么办呢？"

阳明先生又笑了。他放开布的手，无力地向上抬起。于是，床前的弟子们都看见了：他竖着四根手指。他说："当初我给你们定下的四个教条……还记得吗？"

阿吉和布淌着泪回答："'立志、勤学、改过、责善'，我们从来没有忘记。"

阳明先生又将眼神移向阿吉和布身后的那些弟子，他的手指还没有放下，他说："你们呢？知道我这手势是什么意思吗？"

那些个弟子早已潸然泪下，都哽咽着回答："无善无恶心之体，有善有恶意之动，知善知恶是良知，为善去恶是格物。我们一定谨记大人的'四句教'。"

"无善无恶心之体，有善有恶意之动，知善知恶是良知，为善去恶是格物。"这是阳明心学的总括，它告诉我们，心本无善恶，所有善恶皆因动了意念，一念之处便是立志，是立善志，还是立恶志，全在于你。怎么才能知道善与恶？致良知。良知是镜子，能照善恶。怎么才能致良知？事上磨炼，勤学。分清了善恶，再为善去恶，才是知行合一。怎样才能为善去恶？改过、责善。

心学的终极目标是什么？是做人，是做正写的人，是做心地光明的人。龙冈四规是什么？是人生法则，是通往心学最终境界的路径！而且是必经之路！

悟道后的阳明先生，一直没有停止过传道，除讲学言传以外，他还以践行"身教"。自贵阳开始，到天泉结束，他已经圆满地完成了"传道—证道"的过程。弟子既能明白，他便闭眼一笑，举在半空的那只手也就放下了。那只手跌落进布的手心，被布紧紧握住了。

他说："有道有法，可以为师。我可以去了。"说完这句话，他便闭上了眼睛，气息也不见了。床前这群弟子见了，吓得只是哭。去送医生的周积刚好回来了，见了这般景象，急忙上前来喊他。他原本已经上路了，清清静静一个人，走在一条清清静静的路上，可周积这一阵喊，他只好回来了。

他微睁着眼，看着周积。周积跪在床前，紧抓着他的手，泪流满面地问他："先生，您没有什么遗言吗？"

他用尽最后的力气说："此心光明，亦复何言。"

后记

"此心光明，亦复何言。"

这本书的初衷是写给中学生、大学生读的。首先因为龙冈四规是书院教条，原则上属于教育这个版块。其次，青少年时期，是否能建立起正确高尚的人生观和价值观，也非常重要。学生之所以要成为学生，就是为走向社会，走向今后的人生做准备，倘若在这个时期没能明白自己该做一个什么样的人，该如何去做这样的人，那即便是学了一肚子课本知识，当到了走向社会的那一天，他依然会迷茫，会慌张，会在生活的洪流中迷失自我，随波逐流。

但王阳明临终前的那句轻叹，却像霹雳一样提醒我们：社会何尝不是一个大课堂？人生何尝不是一堂大课？那么，我们何尝不是一生都在做学生？

很多人从来没有停止过追求，求名利、求富贵、求天伦、求幸福，在此过程中竭尽所能，机关算尽，可到头来，依然是满心空虚、两眼迷茫。这就是为什么那么多人感叹"人生苦短"，一切都因为人生到头了，却还没活明白啊。

然你若活到尽头也没活出个明白来，那不就等于，人生这堂大课你根本就没有毕业吗？若是如此，你这一生再富再贵，活得再长，又有什么意义？若活得明白，你一生再穷再困，活得多短，又有何妨？

对于一个学生来说，应试，那不过是一个技巧问题，然而做人，却是人生智慧。有了应试技巧，而无人生智慧，你考取了功名，也无法改变你的平庸。有了人生智慧，技巧却是随时可学的。

这就是龙冈四规为什么要强调立志的重要，立什么志？立做人的志。立圣人志，便可做圣人；立贤人志，便可做贤人；立君子志，便可做君子。圣贤学问，是救人之道，倘若你在学生时代就能得到四事相规的教益，是大幸；倘若你已踏入社会，或已人到中年方才得到它的好处，那也不晚。明白了该做一个什么样的人，又立下了这个志向，并照着做了，你一生是富贵也好，贫穷也罢，内心都是清明磊落。

"心即理"，"心虽主乎一身，而实管乎天下之理；理虽散在万事，而实不外乎一人之心"。

古人便有心即能照的说法，阳明心学便是继承并超越了这一说法，心是万事万物的能照，如同镜子一般，心若有光，便立光明志。心若一直有光，那便是光明正循环了。